NHK BOOKS
1254

「古今和歌集」の創造力

suzuki hiroko
鈴木 宏子

NHK出版

目次

五章　古今集の百年——和歌史を創造する　218

校　閲　大河原晶子
本文組版　佐藤裕久

はしがき

日本の文学や詩歌に関心をお持ちの方は、大勢いらっしゃることでしょう。けれども、その中のどれくらいの方が『古今和歌集《こきんわかしゅう》』をお読みになっているでしょうか。

『古今和歌集』は、かつて日本語によってなされた表現の中で最も良質なものの一つであり、日本の文学や文化、言語に興味のある方なら一度は手に取ってみるべき歌集である——私は、そのように考えています。全二十巻一一一一首から成る『古今和歌集』は日本的美意識の原型を創造した歌集であり、長いあいだ日本文化の礎《いしずえ》となってきたのは、『万葉集』でも『新古今和歌集』でも『源氏物語』でもない、ほかならぬ『古今和歌集』でした。そして、勘所をつかんでしまえば、『古今和歌集』は現代の私たちにとっても十分に魅力的な、創造性に富んだ歌集なのです。私はこの小さな書物を、読者のみなさまとご一緒に『古今和歌集』の内部に分け入って、多くの歌々を読み味わい、千百年を隔てた歌人たちの感情や感性に触れて、この歌集の世界を楽しむことをめざして書きました。

現在『古今集』(以下『古今和歌集』を『古今集』と略称します)には、現代語訳や語釈のついた、大小さまざまな注釈書があります。『古今集』について知りたいのなら注釈書を読めばよいのでしょう？　という声も聞こえてきそうです。しかし厄介なことに歌集というものは、『古今集』のような洗練されたすぐれた歌集であってさえ、徒手空拳でテキストと向き合っても面白さがわかりにくい嫌いがあります。初めての土地を旅するときには道案内がほしいように、歌集を読むときにも、まずはパートナーがあった方がよいのです。『古今集』を読む良きパートナーとなるために、本書ではいくつかの手立てを講じました。

手立ての一つめは、キーワードを設定することです。本書では「こころ」と「ことば」、そして〈型〉という三つのキーワードを使用することにしました。

「こころ」と「ことば」は、『古今集』自体に由来するキーワードです。『古今集』には撰者《せんじゃ》の一人である紀貫之《きのつらゆき》の手になる「仮名序《かなじょ》」がありますが、その冒頭部分は次のように始まっています。

やまと歌は、人の心を種として、よろづの言《こと》の葉《は》とぞなれりける。

和歌とは、人の心を起源として、さまざまな言葉になったもの――貫之は歌の成り立ちを「こころ」と「ことば」という二つのタームによって説明しようとしました。本書でも、貫之の言う「こころ」と「ことば」を、『古今集』の歌について考えるための一対のキーワードとして、この二つを関連させながら、『古今集』の魅力を解き明かしていきたいと思います。

〈型〉は、私が選んだキーワードです。『古今集』を読むときに、現代の私たちが当惑を感じることの一つに、同じような表現・発想に基づいた歌が延々とつづいていることが挙げられるでしょう。たとえば、「梅」の枝に止まっているのは必ず「鶯《うぐいす》」ですし、暦の上で夏が訪れると人々はこぞって「時鳥《ほととぎす》」を待つ気持ちになってしまう。そうしたことが、実に似通った言いまわしによって歌われています。つまり『古今集』の歌には――これは古典和歌と言い換えてもよいのですが――「こころ」においても「ことば」においても、個人の創作の前提となる共通の〈型〉が厳然として存在しているのです。そして、〈型〉に命が吹き込まれることから、個々の歌が誕生します。〈型〉に注目することは、『古今集』をよりよく理解し、楽しむための秘訣であるといってよいでしょう。

手立ての二つめは、紀貫之という歌人に、意識的に比重を置いたことです。『古今集』には百人を超える歌人が登場しますが、代表的な歌人を一人挙げるなら、それはまちがいなく紀貫之です。貫之は歌集の編纂作業の中心を担った人であり、彼の歌は歌集全体の一割近い数を占めています。それらの歌の中では「こころ」と「ことば」が見事な均衡を保っている、と私は思います。そして貫之は、表現・発想の〈型〉の存在に、きわめて自覚的な創作者でもありました。貫之の歌を中心に据えることで、私たちは『古今集』の歌の典型を知ることができますし、貫之を基準とすることで、ほかの歌人たち――たとえば在原業平《ありわらのなりひら》は重要な歌人です――の「個」の輝きも鮮明に見えてくるはずです。

本書の構成は次のとおりです。まず序章では、『古今集』を軸として和歌の歴史を概観したのちに、私たちの身近なところに生きつづける古今集的感性の例をいくつか拾ってみましょう。一章では、多様な伝本の問題、歌集の成立にまつわる謎、四人の撰者たちのあり方など、『古今集』の外側の事情を簡単に押さえておきます。二章と三章では、『古今集』全二十巻を、撰者たちが編んだ巻の順序にそって読んでいきます。二章では四季歌（巻一～巻六）を中心にして、前半の十巻を、三章では恋歌（巻十一～巻十五）を中心にして、後半の十巻を取り上げます。時とともに移ろう花鳥風月の美や、恋の情感を読み味わう中で、『古今集』歌の持つ表現・発想の〈型〉や、個々の歌を配列して新しい作品を創り上げていった、撰者たちの編集の工夫も明らかになるはずです。四章では、この歌集を特徴づけるレトリックに注目して、歌の「ことば」の組み立て方を分析します。枕詞《まくらことば》・序詞《じょことば》・掛詞《かけことば》・縁語《えんご》に加えて、『古今集』において高度に発達したレトリックである「見《み》立《た》て」についても考えます。五章では、『古今集』の組織をいったん解体して、時間軸を意識しながら、あらためてこの歌集を読み解いていきます。『古今集』に内在する和歌史や、個々の歌人についても考えたいと思います。そして終章では、『古今集』成立前夜から誕生に至る、最後の飛躍について考えることにいたしましょう。

それでは、ご一緒に『古今和歌集』の世界へ――。

序章

現代につながる「こころ」と「ことば」

しづ心なく花の散るらむ

十代の頃、『百人一首』の中で私が最も好きだったのは、紀友則《きのとものり》の桜の歌であった。

ひさかたの光のどけき春の日にしづ心なく花の散るらむ

歌意は、日の光ものどやかな春の日に、どうして落ち着いた心もなく、桜の花は散っていくのだろうか、というもの。麗《うら》らかな光の中で、とりたてて風もないのに、桜の花だけがしきりに散り急いでいる、という春の情景が思い浮かぶ。ハ行音のリフレインも耳に快い。静謐《せいひつ》で美しい、と思った。

しかしこの歌は、春景色そのものを歌っているわけではないのであろう。春の日がのどかであればあるほど、作者は散っていく花が惜しくてたまらないのである。そして、その思いが「しづ心なく花の散るらむ」という下句、つまり、花を擬人化し早々と散っていく理由をいぶかしむことを通して、かたちをなしている。歌われる景の美しさもさることながら、花を惜しんでやまない「こころ」が、理知的な思考の装いによって、明晰な「ことば」として結実している点に、この歌の真の魅力がある、と今の私は思う。歌われる景と歌人の「こころ」とが、三十一文字《みそひともじ》の小さな詩型の中で、一つに融け合っているのである。

『百人一首』の中で出会ったこの歌が、実は『古今集』の歌であるとはっきり認識したのは、大学の国文学科に進学してからである。『古今集』の春歌下（古今集の組織については四一、五八頁参照）には「散る桜」を詠んだ大歌群（六九番歌〜八九番歌。全二十一首）があって、友則の歌もその中の一首として登場しているのだった。

1　ことならば咲かずやはあらぬ桜花見る我さへにしづ心なし　（春下・八二・紀貫之）
2　桜花とく散りぬとも思《おも》ほえず人の心ぞ風も吹きあへぬ　（春下・八三・紀貫之）
3　ひさかたの光のどけき春の日にしづ心なく花の散るらむ　（春下・八四・紀友則）
4　春風は花のあたりを避《よ》きて吹け心づからや移ろふと見む　（春下・八五・藤原好風《ふじわらのよしかぜ》）

散っていく桜をめぐって、「どのみち散ってしまうなら、いっそのこと桜は咲かずにいてくれたらよいのに、見ている私の心までが落ち着かなくなる」と恨みがましい気持ちを抱いたり（1）、「桜が早く散ってしまうなどとは思わない、むしろ人の心の方が風をも待たずに移ろってゆくのだ」と人の心の変わりやすさと比べてみたり（2）、「春風は桜のあたりを避けて吹いておくれ、桜が自分の意志で散っていくのかどうか確かめてみたいから」と風に命じてみたり（4）、『古今集』の歌人たちは桜を偏愛して、さまざまな「ことば」を繰り出している。よく似た、それでいて一つ一つ異なる歌が連続するさまは、ある種壮観でさえある。そして「ひさかたの光のどけき」の歌に感じられた魅力――移ろうものを愛惜する「こころ」が、理知的に組み立てられた「ことば」によって、明晰なかたちをなしていること――は、『古今集』歌を特徴づける性質であるらしいことも見えてくるのである。

万葉集と古今集

『古今集』は、今から千百年あまり前の十世紀初頭に編まれた（成立年には諸説あり）、初めての勅撰《ちょくせん》和歌集である。和歌史の中で、この歌集の存在はきわめて大きな意味を持っている。あらかじめ『古今集』を軸として、和歌の歴史をごく大まかにさらっておこう〔＊1〕。

『古今集』以前。そこに存在していたのは、現存最古の歌集『万葉集』である。『万葉集』の作歌年代が判明する最後の歌は天平宝字《てんぴょうほうじ》三年（七五九）正月の大伴家持《おおとものやかもち》の作で、歌集全体も八世紀の後半には成立していたと考えられている。

『万葉集』の歴史は、通常四期に分けて把握されている。

第一期は「初期万葉」とも呼ばれ、おおむね壬申《じんしん》の乱（六七二年）以前をいう。『万葉集』には雄略《ゆうりゃく》天皇や、仁徳《にんとく》天皇の后である磐姫《いわのひめ》の歌も収められているが、それらは訛伝《かでん》であり、記載された作者名に信憑性が認められるのは舒明《じょめい》天皇（六二九年〜六四一年在位、天智《てんじ》天皇・天武《てんむ》天皇の父）以降であると考えられている。第一期の歌人は天皇・皇后・皇子女やその周辺の一握りの人々に偏っており、残された歌々も宮廷の行事や儀礼に関わるものが大半を占めている。日本の歌の歴史は、七世紀半ば頃に、宮廷を中心として始まったといえよう。

第二期は平城京遷都（和銅《わどう》三年〈七一〇〉）以前で、柿本人麻呂《かきのもとのひとまろ》の活躍期である。人麻呂は主に持統《じとう》天皇の周辺で作歌活動を行ない、数々の壮麗な長歌《ちょうか》を創作した。また第二期は万葉仮名を用いて歌を記載する方法が模索された時期でもあり、「書き記す」ことによって文芸としての歌の質的な深化も促された。

第三期は天平《てんぴょう》五年（七三三）以前。平城京という都市空間を背景にして、男性官人たちがそれぞれに個性的な作品を作った。この時期の歌人には山部赤人《やまべのあかひと》、高橋虫麻呂《たかはしのむしまろ》、豊かな漢詩文の素養を持つ大伴旅人《おおとものたびと》や山上憶良《やまのうえのおくら》などがいる。

これ以降が第四期にあたるが、資料として残るのは、大伴家持とその周囲の人々の歌に限られている。『万葉集』は全二十巻からなるが、最後の四巻（巻十七～巻二十）は家持の「歌日誌」と呼ばれる特異な巻で、家持の日々の詠歌が、正確な日付を付されて、時には漢文によって記された所感とともに並んでいる。『万葉集』の編纂過程は明らかではないが、その最終段階において家持が深く関与したことはまちがいないであろう。

『万葉集』と『古今集』の関係は一筋縄で捉えることはできない。『万葉集』の中の「現代人の心をうつ」要素、たとえば人麻呂の長歌の雄渾な調べや憶良のヒューマニスティックな主題、家持の六朝詩《りくちょうし》に学んだ光彩に溢れた自然詠などは、『古今集』には直接には継承されていない。けれども『古今集』の表現・発想の〈型〉の淵源を辿ると、『万葉集』第二期あたりまで遡れるものも多い。また家持の「歌日誌」に見られる繊細な季節感や歳時意識は、『古今集』四季歌の世界に確実につながっている。二つの歌集のあいだには、断絶と連続性の双方が認められる。

和歌史の中の古今集

平安遷都から約百年を経て、『古今集』が成立したことは、和歌史における画期的な出来事であった。『古今集』の「こころ」と「ことば」――何を、どのような観点で捉えて、どのように表現するか――は、和歌も散文も含めて、古典文学の基本的な枠組みとして、長く尊重されることになる。この歌集の影響力は明治時代にまで及んでいるのである。『古今集』の影響下にある時間を、勅撰和歌集のある時代と、勅撰和歌集のない時代とに二分して素描しておこう。

まず勅撰和歌集のある時代である。勅撰和歌集の編纂は、『古今集』成立ののち室町時代の『新続《しんしょく》古今和歌集』（永享《えいきょう》十一年〈一四三九〉成立）に至るまで、五百年以上にわたってつづけられた。その数は全部で二十一におよび、これらを「二十一代集」と総称している。このうち『古今集』から『新古今和歌集』（元久《げんきゅう》二年〈一二〇五〉に成立したが、ひきつづき切り継ぎが行なわれた）までの八つの勅撰集——古今集・後撰《ごせん》集・拾遺《しゅうい》集・後拾遺《ごしゅうい》集・金葉《きんよう》集・詞花《しか》集・千載《せんざい》集・新古今集——を「八代集《はちだいしゅう》」、九番目の『新勅撰和歌集』以降のものを「十三代集《じゅうさんだいしゅう》」という。

勅撰和歌集は、時の天皇の命令のもと、しかるべき見識を持った撰者の手によって、同時代の名歌を中心として編まれる最高の歌集である。勅撰集に歌が採られることは、歌詠みであるという自負を持つ人にとってはもちろんのこと、上流貴族にとっても名誉ある出来事であった。また勅撰集の編纂は、その時代が政治的に安定し成熟した文化を有することの証明ともなった。勅撰和歌集は、興味深い文学作品であると同時に、それが生み出された時代（あるいは政権）の力を誇示する装置だったのである。南北朝の時代に、吉野に籠った南朝方の人々が『新葉《しんよう》和歌集』（弘和《こうわ》元年〈一三八一〉成立、現在勅撰和歌集に準じるものとして扱われる）を作り上げたことも、勅撰和歌集の持つ政治性を物語っていよう。

それぞれの勅撰和歌集は、四季歌と恋歌を二本の柱とする『古今集』の組織を範型として作られており、中に収められる歌々も、基本的には『古今集』の「こころ」と「ことば」を踏襲して詠まれている。『古今集』の枠組みを守りつつ新生面を開いていくこと――これが歌人たちの大きな課題であった。平安時代後期の歌人たちは、『万葉集』の言葉や漢詩文の表現を摂取することによって、あるいは景観に恵まれた地を訪ねて感興を催すことによって、みずからの和歌に新しい命を吹き込もうとした。また『新古今集』において高度な発達を遂げた「本歌取《ほんかど》り」は、『古今集』以来の重すぎるほどの伝統を逆手にとって、有名な古歌をそれと見えるかたちで取り入れて、自身の歌の世界を豊かなものとする手法であった。十三代集の歌には伝統を遵守する態度が顕著であるが、その中では『玉葉《ぎょくよう》和歌集』（正和《しょうわ》元年〈一三一二〉成立）と『風雅《ふうが》和歌集』（貞和《じょうわ》五年〈一三四九〉頃成立）に、ほかの歌集とはやや異なった清新な叙景や繊細な心情表現が見られると評価されている。

『新続古今和歌集』につづいて、二十二番目の勅撰和歌集の編纂も企図されていたのだが、京都を主戦場とする応仁《おうにん》の乱（応仁元年〈一四六七〉～文明《ぶんめい》九年〈一四七七〉）の混乱によって中断され、これ以降勅撰集の伝統は途絶えてしまった。しかし勅撰和歌集のない時代においても、『古今集』の影響力はなお大きかった。

勅撰集の断絶ときびすを接するようにして始まったのが、「古今伝受《こきんでんじゅ》（「伝授」ともいう）」である。古今伝受とは、師から弟子へと『古今集』の秘奥《ひおう》を教え伝えていくシステムで、室町時代に東《とうの》常縁《つねより》から宗祇《そうぎ》（応永《おうえい》二十八年〈一四二一〉～文亀《ぶんき》二年〈一五〇二〉）へ『古今集』の講釈が行なわれ、同時に秘伝とされるものが切紙《きりがみ》（秘事を書きつけた小さな紙のこと。一事を一紙にしたためたという）

によって伝えられたのが嚆矢《こうし》とされる。古今伝受を授けられることは、正統な歌道の継承者であるという保証を得ることであった。江戸時代に入ると、このシステムは主として天皇や公家の社会の中で受け継がれていった。

また江戸時代後期には、香川景樹《かがわかげき》（明和《めいわ》五年〈一七六八〉～天保《てんぽう》十四年〈一八四三〉）を中心とする「桂園派《けいえんは》」と呼ばれる歌人たちが力を持った。桂園派は『古今集』を仰ぎ見て、なだらかな調べを重視する「しらべの説」を主張するグループである。この門流からは有力な歌人が輩出し、やがて明治時代になって設置される「御歌所《おうたどころ》」にもつながっていった。

御歌所とは、明治二十一年（一八八八）に宮内省に設置された役所で（前身にあたる歌道御用係は明治四年の設立）、宮中の和歌に関わる事務一般を取りしきるほか、天皇・皇后の詠歌に際する助言や、国民からの詠進歌の撰歌にも携わった。初代御歌所長に任命された高崎正風《たかさきまさかぜ》（天保七年〈一八三六〉～大正元年〈一九一二〉）は、桂園派の歌人であった。このように『古今集』の伝統は近代に入っても生きつづけており、『古今集』を「読む」ことと歌を「詠む」ことは、分かちがたく結びついていたのである。

その一方で、新時代の思想や風俗、言葉に対応した新しい詩歌の必要性も説かれていた。明治二十年代に短歌の改良を唱える落合直文《おちあいなおぶみ》によって短歌結社「あさ香社《かしゃ》」が設立されたこと、そして三十年代に入って、あさ香社の一員であった与謝野鉄幹《よさのてっかん》のグループ（新詩社）や、これとは別の正岡子規《まさおかしき》たち（根岸短歌会《ねぎしたんかかい》）の活動が始まったことが、近代短歌のスタートと目されている。

正岡子規の痛罵

古典文学に興味のある人々が『古今集』を敬遠しがちであるとしたら、近代短歌の初発期における正岡子規（慶応《けいおう》三年〈一八六七〉～明治三十五年〈一九〇二〉）の痛罵が、未だに影を落としているのかもしれない。短歌の革新を志した子規が、まずは伝統の要《かなめ》に位置する『古今集』に一撃を加えることから出発した事実は、広く知られている。次に引用するのは、明治三十一年（一八九八）二月十四日に新聞『日本』に掲載された「再び歌よみに与ふる書」の冒頭部分である。

> 貫之は下手な歌よみにて『古今集』はくだらぬ集に有之《これあり》候。その貫之や『古今集』を崇拝するは誠に気の知れぬことなどと申すものの、実はかく申す生も数年前までは『古今集』崇拝の一人にて候ひしかば、今日世人が『古今集』を崇拝する気味合《きみあひ》は能《よ》く存申《ぞんじまうし》候。崇拝してゐる間は誠に歌といふものは優美にて『古今集』は殊《こと》にその粋《すい》を抜きたる者とのみ存候ひしも、三年の恋一朝《いつてう》にさめて見れば、あんな意気地《いくぢ》のない女に今までばかされてをつた事かと、くやしくも腹立たしくも相成《あひなり》候。先づ『古今集』といふ書を取りて第一枚を開くと直ちに「去年《こぞ》とやいはん今年《ことし》とやいはん」といふ歌が出て来る、実に呆《あき》れ返つた無趣味の歌に有之候。日本人と外国人との合《あひ》の子を日本人とや申さん外国人とや申さんとしやれたると同じ事

にて、しやれにもならぬつまらぬ歌に候。この外の歌とても大同小異にて駄洒落《だじやれ》か理屈ツぽい者のみに有之候。

（「再び歌よみに与ふる書」）〔＊2〕

右の文章の中で子規は、『古今集』と、その撰者の一人であり代表的な歌人である紀貫之を、「くだらぬ集」「下手な歌よみ」であると断言する。くだらない歌の典型とされているのは、『古今集』春歌上の巻頭を飾る「年内立春《ねんないりっしゅん》」の歌である。

ふる年に春立ちける日よめる　　在原元方《ありわらのもとかた》

年のうちに春は来にけり一年《ひととせ》を去年《こぞ》とや言はむ今年とや言はむ　（春上・一）

旧年中に立春となった日に詠んだ歌

暦の上ではまだ十二月だというのに、早くも春が訪れた。この一年を去年と言おうか、それとも今年と言おうか。

「年内立春」とは、暦上の元旦よりも先に立春が訪れる現象である。平安時代に用いられていた暦は、月の満ち欠けの周期と太陽の一年間の運行の双方を生かした太陰太陽暦である。本来なら、元旦と立春（冬至から数えて四十五日目を立春とする）が一致するのが望ましいのだが、太陽と月のサイクルが微妙にずれているために、年によっては立春が元旦に先行する、つまり旧年中に立春を迎えることも起こり得る。これは平安時代には案外ありふれた現象であった〔＊3〕。『古今集』は、暦の小さな矛盾を面白がり、予定よりほんの少し早くやってきた春を寿《ことほ》ぐことから始まる。子規が「駄洒落」と切って捨てた「去年とや言はむ今年とや言はむ」というフレーズは、感動をひとひねりして思考のかたちにするという点で、いかにも『古今集』らしい春の喜びの表現なのである。

この巻頭歌《かんとうか》は、古典の時代を通じて、文学作品の中に大きな影響を与えつづけた。平安時代末から鎌倉時代初期の歌人藤原俊成《ふじわらのしゅんぜい》は、歌論書『古来風体抄《こらいふうていしょう》』（建仁《けんにん》元年〈一二〇一〉成立）の中で「この歌、まことに理《ことわり》強く、また、をかしくも聞えて、有難く詠める歌なり」と激賞しているし〔＊4〕、「年内立春」そのものも、古典和歌の重要な歌題《かだい》（和歌を創作するときのテーマのこと）の一つとして定着している。その影響は和歌というジャンルの壁を超えて、広く俳諧や狂歌にも及んでいることが指摘されている〔＊5〕。近代以前に、この歌には長く豊かな享受の歴史があった。

子規の主張をもう少したどってみよう。先に引用した部分につづいて彼は、実は『古今集』にも褒めるべき点があると言い、それは『万葉集』以外に新しい歌風を生み出したことであるとする。そして問題なのは『古今集』の模倣に終始した後世の人間であると述べて、「何代集の彼ン代集のと申しても、皆古今の糟粕《そうはく》の糟粕の糟粕の糟粕ばかりに御座候」と酷評する。子規が攻撃しているのは、『古今集』そのものよりも、伝統を墨守しつづける態度や、旧態依然たる歌に甘んじている同時代の歌人たちなのであった。しかしながら、子規の文章は、その生き生きとした筆致の力もあって、彼の思惑以上に『古今集』を痛めつけたのではないだろうか。大岡信氏が、『古今集』や紀貫之の名誉回復を図る立場から、次のように述べていることが首肯される。

彼自身は必ずしも古今集や貫之そのものをまなじりを決して否定しようとしたのではないにもかかわらず、「貫之は下手な歌よみにて古今集はくだらぬ集」という冒頭の挑発的な断言は、正確に、深々と、たぶん子規自身の意図をもはるかに上回るセンセーショナルな影響力をもって、明治三十年代の詩歌界に突刺さった。

(『紀貫之』)〔＊6〕

幕末に地方の下級士族の子として生まれ、志をもって上京し、短い生涯において短詩型の革新運動を担うことになった子規には、雅やかな文学の中心と目されてきた『古今集』の伝統を、ひとたび断ち切ってみせる必要があった。

子規に残る古今集的感性

「あんな意気地のない女に今までばかされてをつた事か」と覚醒したはずの子規であったが、では彼の歌は本当に、『古今集』の伝統から切り離されているのだろうか。たしかに『古今集』歌を特徴づける序詞・掛詞・縁語といったレトリックは、子規の歌にはほとんど見られない（枕詞はある)。しかし、その感情や感性の中には、おそらく彼自身も意識しないままに、『古今集』の余韻が残っているのではないか。次に挙げるのは、死の前年にあたる明治三十四年(一九〇一)の五月四日に詠まれた、「しひて筆をとりて」と題する連作十首からの抜粋である。

佐保神《さほがみ》の別れかなしも来《こ》ん春にふたたび逢はんわれならなくに　(十首中の一首目)
いちはつの花咲きいでて我目《わがめ》には今年ばかりの春行かんとす　(十首中の二首目)
別れゆく春のかたみと藤波《ふぢなみ》の花の長ふさ絵にかけるかも　(十首中の五首目)〔*7〕

この年、子規の病状(脊椎《せきつい》カリエス)は、悪化の一途をたどっていた。子規庵の庭に咲く春の草花を見るにつけても、これが最後の春、最後の花ではないかと思われる。いちはつ、牡丹、山吹、藤、薔薇と一つ一つの花を歌い、慈しみながら、子規は自分の命をも愛惜する。掲出歌一首目の「佐保神」は春の女神のことで、別名「佐保姫」ともいい、古典和歌にしばしば用いられる歌ことばである〔*8〕。子規は去っていく春を擬人化して、別れを悲しみ、「来ん春にふたたび逢はんわれならなくに」——来年やってくる春に再会できる我が身ではないのに、と歌う。二首目の「いちはつ」はアヤメ科の花で、五月頃に白や紫色の花が咲く。梅が終わり、桜も散って、とうとう「いちはつ」が咲いた。子規にとっての最後の春が過ぎて行こうとしている。次は「藤」の歌。「いちはつ」が古典和歌には用例の少ない花であるのに対して、「藤」は春の終わり、あるいは夏の始まりを告げる花として、長く詠み継がれてきた。「藤波」も古典和歌由来のことばである。子規の藤の歌としては「瓶《かめ》にさす藤の花ぶさみじかければたたみの上にとどかざりけり」（明治三十四年四月）がよく知られており、「その主張する写生の方法を順直に実践した作」と言われるが〔＊9〕、「別れゆく」の歌では、「藤」はありのままの事物ではなく、「春のかたみ」として見つめられている。この連作について粟津則雄氏は、「対象を見るまなざしとおのれのいのちを見るまなざしとがひとつにとけあっていて、その姿はまことに美しい」と評しているが〔＊10〕、そのような自然と人事の融け合ったさまは、『古今集』と通じ合うものなのである。

去って行く春を惜しむことを「惜春」という。散る花を嘆き、春の時間を惜しむことは、『古今集』春歌に遍在するテーマであった。移ろっていく春や花と、人生や命を重ねて詠嘆する歌は、『古今集』の中にしばしば見られるのである。たとえば次のように。

春ごとに花の盛りはありなめどあひ見むことは命なりけり　（春下・九七・よみ人知らず）

春が来るごとに、花盛りの時は必ずあるはずだけれど、それに出会えるのは、命があってのことだなあ。

花のごと世の常《つね》ならば過ぐしてし昔はまたも帰り来《き》なまし　（春下・九八・よみ人知らず）

花が毎年咲くように、この世が変わらないものであったなら、過ぎてしまった昔が、また帰ってくるだろうに。

また『古今集』の中には、過ぎていった季節の「形見」を詠じる歌もある。

梅が香《か》を袖に移して留《とど》めてば春は過ぐとも形見ならまし　（春上・四六・よみ人知らず）

梅の花の香を袖に移して留めておいたなら、春が過ぎてしまったのちも思い出の品になるだろう。

右の歌では、「春」という季節が擬人化されて、自分をおいて去って行った人であるかのように捉えられている。袖に消え残っていた梅の香りが、懐かしい春を偲ぶよすがの品、すなわち「形見」なのである。このような「季節の形見」という発想は、『万葉集』には未だ見られず、『古今集』から始まって、のちの時代へと受け継がれていく。

そして、春歌下の最末尾には、去りゆく春そのものへの思いを詠じた歌群（一二七番歌〜一三四番歌）がある。その中の二首を見てみよう。

寛平御時后宮歌合《くわんぴやうのおほむときのきさいのみやのうたあはせ》の歌　藤原興風《ふぢはらのおきかぜ》

1 声絶えず鳴けや鶯一年《ひととせ》に二度《ふたたび》とだに来《く》べき春かは　（春下・一三一）

三月《やよひ》の晦日《つごもり》の日、雨の降りけるに藤の花を折りて、人につかはしける　在原業平

2 濡れつつぞしひて折りつる年のうちに春は幾日《いくか》もあらじと思へば　（春下・一三三）

1は「一年に二度とない春なのだから声を絶やさずに鳴いておくれ」と鶯に呼びかける歌である。2は、三月末の雨の日に藤の花——前述のとおり春の最後の花である——を手折って人に贈るときに添えた歌である。歌意は「雨に濡れることも厭わずに、あなたのために折り取った藤の花なのです。一年のうちに春はもう幾日も残っていないと思うので」というもの。いずれの歌も、春の名残を惜しみ、二度とない時間を心ゆくまで味わい尽くそうという思いを詠じている。享楽的・耽美的であるともいえるが、その底には、時が無常であることへの悲しみが潜んでいる。

このような『古今集』の感性は、子規の「しひて筆をとりて」の中に流れている気分と重なっているであろう。これが最後の春だという感慨を抱いたとき〔＊11〕、子規の中に消え残っていた『古今集』の「こころ」や「ことば」が呼び覚まされて、これらの歌が生まれているのではないだろうか。子規は連作の末尾に「心弱くとこそ人の見るらめ（何と気弱なことかと人は見るだろう）」と添え書きをしているが、この連作の中には、創作者である子規自身をも戸惑わせるような、不可思議な古典和歌の力が働いているのである。

「早春賦」を遡る——大正から昭和へ

正岡子規が没してから一世紀以上を経た今日もなお、私たちのまわりには意外なかたちで、古今集的感性が生き残っている。

私事で恐縮であるが、私には昭和五年（一九三〇）生まれの父がおり、北関東で独り暮らしをしている。夕方に定時連絡の電話をするのが日課であるが、毎日のことでもあり、目新しい出来事があるわけでもない。おのずから話題は、食べ物のこと、天候のこと、季節の変化などに限られてくるが、立春ともなると父はどことなく嬉しそうになって、「光はもう春だな。春は名のみの風の寒さや、だな」などと言う。「早春賦《そうしゅんふ》」である。古びた父と娘の会話に、ほんの少し彩りを添えてみようかと、私は電話口で歌ってみたりする。

春は名のみの風の寒さや。
　谷の鶯歌は思えど
時にあらずと声も立てず。
　時にあらずと声も立てず。

（「早春賦」／吉丸一昌《よしまるかずまさ》作詞・中田章《なかだあきら》作曲）〔＊12〕

歌いながら私は、父の中に折り畳まれているらしい八十余回の春の記憶を思い、それから、ここにも『古今集』の春がある、と思う。

「早春賦」は、大正二年（一九一三）刊行の『新作唱歌（三）』の所収曲として発表され、以来今日に至るまで長く愛唱されてきた名歌である〔＊13〕。作詞者の吉丸は、大分県臼杵《うすき》市の出身であるが、地縁のあった信州安曇野《あずみの》の雪解けの景色から着想を得て、この歌詞を書いたという〔＊14〕。雪深い山国に訪れる、清らかな、しかし遅々として進まない春が想起されよう。長野県に縁のない者にとっても、どこか懐かしい日本の早春である。そして、このような早春の原型は『古今集』に求められるのではないか。

右の歌詞では、春と言っても名ばかりで「春告げ鳥」である鶯も未だ鳴かないと歌うが、どうして「谷の鶯」なのだろうか。その答えは『古今集』にある。『古今集』において、鶯は「春の初めに谷から出て来る鳥」なのである〔＊15〕。

鶯の谷より出づる声なくは春来ることを誰《たれ》か知らまし（春上・一四・大江千里《おおえのちさと》）

鶯が谷から出てきて鳴く声を聞かなかったら、春が来たことを、いったい誰が知ることができようか。

そして「早春賦」に歌われる、暦の上では春なのに一向に春らしくならない天候や、そうした天候をもどかしく思う心は、『古今集』春歌上の次のような歌々とも通じるであろう。

春霞立てるやいづこみ吉野《よしの》の吉野の山に雪は降りつつ（春上・三・よみ人知らず）

春霞はいったいどこに立っているのだろうか。ここ吉野山ではまだ、雪が降りつづいていて。

春やとき花や遅きと聞き分かむ鶯だにも鳴かずもあるかな　（春上・一〇・藤原言直《ふじわらのことなお》）

「春が来たのが早いの？　花が咲くのが遅いの？」と、鶯に尋ねたいけれど、その鶯さえもまだ鳴かないことだ。

春来《き》ぬと人は言へども鶯の鳴かぬかぎりはあらじとぞ思ふ　（春上・一一・壬生忠岑《みぶのただみね》）

「春が来た」と人は言うけれど、鶯が鳴かないうちは、まだ春ではあるまいと思う。

『古今集』の春は一直線には進んでいかない。『古今集』は、雪の中からゆっくりと生まれる春を歌い、待ち焦がれる「こころ」を歌う。このような『古今集』の「こころ」と「ことば」が、「早春賦」の中にも息づいており、私たちの共感を誘うのである。

「夢で逢えたら」——昭和から平成へ

古今集的な感性は、季節感の中にのみ残存するわけではない。次のラブソングはどうだろうか。

夢で　もし逢えたら　素敵なことね　　あなたに逢えるまで　眠り続けたい
あなたは私から　遠く離れているけど　　逢いたくなったら　まぶたを閉じるの
（「夢で逢えたら」／作詞・作曲　大瀧詠一《おおたきえいいち》）〔＊16〕

「夢で逢えたら」――昭和五十一年（一九七六）に発表されてから現在に至るまで、アレンジを変えながらさまざまな歌い手によって歌い継がれている、日本のポップスのスタンダード・ナンバーである。昭和三十五年（一九六〇）生まれの私にとっては、これは若い女声の曲なのだが、勤務先である千葉大学教育学部国語科の、平成生まれの学生たちに尋ねると、「ラッツ＆スターの鈴木雅之の歌唱」が印象的だという答えが返ってくる。なるほど、この曲には多様なヴァリエイションが存在していて、平成三十年（二〇一八）三月に発売された「大瀧詠一作品集Vol.3 夢で逢えたら（1976~2018）」には、作詞・作曲者である大瀧詠一のセルフ・カヴァーも含めて、全八十六曲（八十六とおり）の「夢で逢えたら」が収録されている。

「夢で逢えたら」は、どうしてこのように息長く歌われているのだろうか。シンプルながら浪漫的で美しいメロディの力、初期に大ヒット曲とならなかったために、特定の歌手や時代のイメージと結びつかなかったことも要因かと思われるが、多くの人の共感を呼ぶ、普遍性を備えた歌詞の力もまた、大きいのではないだろうか。

夢に願いを託すこと、夢の中で恋しい人に逢いたいと望むことは、文学作品の中に遍在するテーマである。和歌の歴史を遡ると、早く『万葉集』の中にもこうした思いは歌われているのだが、日本語の世界で夢の逢瀬のイメージを決定づけたのは、『古今集』の小野小町《おののこまち》の歌であろう。『古今集』は小町の「夢」の歌を、恋歌二の巻頭部分に三首、恋歌三にも三首、集中的に並べている。

思ひつつ寝《ぬ》ればや人の見えつらむ夢と知りせばさめざらましを（恋二・五五二・小野小町）
うたた寝《ね》に恋しき人を見てしより夢てふものは頼みそめてき（恋二・五五三・小野小町）
いとせめて恋しき時はむばたまの夜《よる》の衣《ころも》を返してぞ着る（恋二・五五四・小野小町）

右に挙げたのは、恋二の三首である。うたたねの夢に恋しい人が現われてからというもの、夢の逢瀬に期待を寄せずにはいられない――これらの歌については本書三章一節で述べるが、現実では逢えない人にせめて夢の中で逢いたいと願う、恋する者の切実な「こころ」が、三十一文字の「ことば」によって見事に結晶化している。大瀧が意識していたかどうかはさておき〔＊17〕、夢の逢瀬の原型は『古今集』の中にある。

「夢で逢えたら」は、「夢で　もし逢えたら　素敵なことね　あなたに逢えるまで　眠り続けたい」というフレーズをくり返しながら、次のようにつづいていく。

薄紫色した　深い眠りにおち込み　私はかけ出して　あなたを探してる……
春風　そよそよ　右のほほをなで　あなたは　私のもとへかけてくる……

歌の中の「私」は、恋しい「あなた」に逢えたのだろうか。それとも夢で逢えることを「夢見ながら」眠りつづけているのだろうか。恋は始まったばかりなのであろう。若い「私」は、甘やかなメロディに包まれて、幸せな薄紫色の眠りの中にいる。みずみずしい憧れの気分がこの歌の最も大きな魅力なのではないか——そう思いながら私は、「夢で逢えたら」を口ずさむ。

けれども、夢の逢瀬を願うのは、現実において「あなたは私から遠く離れている」からなのである。そして、どんなに幸せな夢も必ず覚めるものなのではないか。『古今集』恋三の小町の歌は、次のようなものである。

うつつにはさもこそあらめ夢にさへ人目を避《よ》くと見るがわびしさ（恋三・六五六・小野小町）

現実の世界では仕方がないとしても、夢の中までも人目を避けて、逢ってくれないと見るのがつらくてたまらない。

限りなき思ひのままに夜も来《こ》む夢路をさへに人はとがめじ（恋三・六五七・小野小町）

尽きることのない思いにまかせて、私の方から夜ごと訪ねて来よう。夢の中の通路までも人が見とがめることはあるまいから。

夢路には足もやすめず通へどもうつつに一目見しごとはあらず（恋三・六五八・小野小町）

夢の通い路では、足も休めることなく通っているけれど、現実に一目逢ったのには、到底及ばない。

夢は所詮夢に過ぎない、夢の中でくり返し逢えたとしても、それは現実のただ一度の逢瀬には及ばないのだ――『古今集』は、時間とともに移ろっていく恋の全体像を捉えようとしており、夢の逢瀬への幻滅をも歌っているのである。

私たちの中の古今集

見てきたように、『古今集』の「こころ」と「ことば」は、それと気づかないところで、現代に至るまで、私たち日本人のものの捉え方、感じ方を規定している。私たちはどうして、桜前線に一喜一憂してしまうのか。散っていく桜を吹雪として捉えるのか。秋の紅葉を錦織物のようだなどと眺めてしまうのか。日本列島の自然がそうさせている、という答えは不完全であろう。私たちは今なお、千百年前に編まれた『古今集』のフィルターを通して、春秋の自然を見つめている。『古今集』は、私たちにとって親密な、共感可能な存在である。

その反面『古今集』は、私たちに違和感を与えるものでもある。たとえば次の歌。

桜花散りぬる風のなごりには水なき空に波ぞ立ちける　（春下・八九・紀貫之）

桜の花が散ってしまった風の名残には、水のない空に白い余波《なごり》が立っている。

散ってしまった桜を惜しむ「こころ」――これは私たちも共有するものである――を歌っている

のであるが、「桜花」「散る」「風」「なごり」「水」「空」「波」「立つ」といった一連の「ことば」は、どのような論理によって組み立てられているのだろうか。そして、歌われているのは、いったいどのような光景なのだろうか。右の紀貫之の歌については本書四章三節で詳述するが、『古今集』は三十一文字の中で「こころ」と「ことば」のさまざまな可能性を追求しており、そこには、かつて日本語によってなされた表現の中の最も良質なものの一つがある。ただし、それを面白く思うためには、私たちの方から、もう一歩歩み寄らねばならない。

そしてまた『古今集』という歌集は、成立した時代の水準を凌駕する、革新的な作品であった。『古今集』の四人の撰者とりわけ紀貫之は、すぐれた歌人であると同時に、創造性に富んだ編集者、批評家でもあり——編集に携わったことが歌人としての貫之の成長をも促したのであろう——歌集の構成や、個々の歌の配列にも新生面を開いた。『古今集』という歌集が創造したさまざまなものは、のちの時代の日本文学や日本文化の中に受け継がれていくのである。

『古今集』は、「立派な古典」として奉っておくべき存在ではなく、私たちにとって親密であり異質でもある、生き生きとした文学である——このような認識をもって、次章から『古今集』の内部に分け入ってみよう。

注

＊1　より詳しい和歌史については、たとえば鈴木健一・鈴木宏子編『和歌史を学ぶ人のために』（世界思想社・二〇一一年）を参照されたい。
＊2　引用は『歌よみに与ふる書』（岩波文庫・一九五五年）による。
＊3　神尾暢子「在原元方と立春映像」（『王朝国語の表現映像』新典社・一九八二年）によれば、平安時代中期において、年内立春は平均して一・七年に一回の頻度で起きている。
＊4　引用は有吉保ほか校注『新編日本古典文学全集　歌論集』（小学館・二〇〇二年）による。
＊5　鈴木健一「年内立春歌の転生」（『江戸古典学の論』汲古書院・二〇一一年）。
＊6　大岡信『日本詩人選7　紀貫之』（筑摩書房・一九七一年）。
＊7　引用は久保田淳監修・村尾誠一校注『和歌文学大系　竹乃里歌』（明治書院・二〇一六年）による。
＊8　『古今集』には「佐保神」は見られないが、秋を擬人化した「龍田姫［たつたひめ］」を詠んだ歌はある。「龍田姫手向［たむ］くる神のあればこそ秋の木の葉の幣［ぬさ］と散るらめ」（秋下・二九八・兼覧王［かねみのおおきみ］）。
＊9　木俣修『近代短歌の鑑賞と批評』（明治書院・一九六四年）。
＊10　粟津則雄『朝日評伝選　正岡子規』（朝日新聞社・一九八二年）。
＊11　子規が亡くなるのは翌年の九月十九日である。彼はもう一度、春に会うことができた。
＊12　引用は堀内敬三・井上武士編『日本唱歌集』（岩波文庫・一九五八年）による。
＊13　たとえば金田一春彦は、この歌を「私の選ぶ唱歌ベスト12」の一つに選入して、「歌詞には日本の早春の情景、本格的な春を待つ心がよく写されており、曲も見事である」と評する（『童謡・唱歌の世界』講談社学術文庫・二〇一五年。初版は、主婦の友社・一九七八年）。昭和五十四年（一九七九）から五十七年にかけて、三枝成章の新しい編曲によって「NHKみんなのうた」で放映された。

＊14　読売新聞文化部『唱歌・童謡ものがたり』(岩波現代文庫・二〇一三年。初版は一九九九年)。

＊15　『古今集』の歌人たちが暮らした平安京近郊に、鶯が隠れるような深い谷があったわけではない。この歌には唐代の漢詩文の中で培われた「幽谷より出て早春の訪れを告げる鶯」という観念が踏まえられている。渡辺秀夫「谷の鶯・歌と詩と」(『平安朝文学と漢文世界』勉誠社・一九九一年)を参照されたい。

＊16　引用は「大瀧詠一作品集 vol.3 夢で逢えたら(1976〜2018)」のライナーノーツによる。

＊17　「夢で逢えたら」には「今も私、枕かかえて眠っているの。もしもしもしも逢えたなら、その時は力いっぱい私を抱きしめてね、お願い」という台詞が入るヴァージョンもある(男声の際には一人称が「僕」になったりする)。作詞者は、この台詞は都都逸を踏まえたものと発言している(We love Celia〈1997年7月13日〉https://web.archive.org/web/20010725043154/http://www.fussa45.com:80/celia/song01.html)。もっとも「枕」は『古今集』恋歌においても、独り寝をかこつ際の小道具である。

一章

千百年前の編集者・紀貫之——歌集の〈型〉を創造する

一　成立をめぐる謎

紀貫之の高揚

その日、紀貫之は胸の高鳴りを抑えきれなかった。

延喜《えんぎ》の御時《おほむとき》、やまと歌《うた》知れる人を召して、むかしいまの人の歌奉らせたまひしに承香殿《じようきやうでん》の東《ひんがし》なるところにて歌撰《え》らせたまふ。夜《よ》の更くるまでとかういふほどに、仁寿殿《じじゆうでん》のもとの桜の木に時鳥の鳴くを聞こしめして、四月六日《うづきむいか》の夜《よ》なりければ、めづらしがりをかしがらせたまひて、召し出でてよませたまふに、奉る

こと夏はいかが鳴きけん時鳥今宵《こよひ》ばかりはあらじとぞ聞く　（『貫之集』七九五）〔＊1〕

右に引用したのは、紀貫之の家集『貫之集』の中の一節である。「延喜の御時」つまり醍醐《だいご》天皇の時代（寛平《かんぴょう》九年〈八九七〉～延長《えんちょう》八年〈九三〇〉在位）に、天皇の命令によって和歌に堪能な者たちが招集されて、新旧さまざまな人の歌を集めて献上することがあった。つづいてその者たちは、内裏《だいり》の奥深く、天皇の居所である清涼殿《せいりょうでん》からもほど遠からぬ承香殿の中の東の一隅を与えられて、集まった歌をもとに新しい歌集を編む作業に取りかかった。議論は白熱し、気がつけば深夜。とその時、近くの仁寿殿の桜の木で、今年最初の時鳥が鳴いた。折から夏が始まったばかりの四月六日の夜であったので、鳴き声を耳にした天皇は感興を催して、その者たちに歌を詠むように命じた。これに応えて貫之が詠んだのが「こと夏は」の歌である。

夏の鳥として毎年愛でてきた時鳥ではありますが、これまでの夏にはいったいどのように鳴いたのでしょうか、今夜ほどすばらしい声はあるはずがないと思って聞いております。

今夜、宮中で聞いたこの時鳥は私の生涯最高のものです、と貫之は歌う。時鳥の初声《はつごえ》を聞いた喜びに重ねて、勅命を受けて新しい歌集を編みつつある高揚が歌われている。このエピソードは、『古今和歌集』編纂のさなかのことであると考えられている。

貫之たちが編纂しつつある『古今集』とは、どのような歌集なのだろうか。

失われた原本と「定家本」

『古今和歌集』は、今から千百年ほど前の十世紀初頭に、醍醐天皇の命令によって編まれた、日本文学史上最初の勅撰和歌集である。撰者は紀友則、紀貫之、凡河内《おおしこうちの》躬恒《みつね》、壬生忠岑の四人。総歌数は一一一一首（後述する定家本《ていかぼん》による）で、次のような二十巻に部類《ぶるい》（和歌をテーマによって分類すること）されている。

春上・下、夏、秋上・下、冬、賀《が》、離別、羇旅《きりょ》、
物名《もののな》、恋一・二・三・四・五、哀傷、雑《ぞう》上・下、
雑躰《ざってい》、大歌所御歌《おおうたどころおおんうた》

四季歌（巻一〜巻六）と恋歌（巻十一〜巻十五）を二本の柱にすえて、王朝人の感情と感性を一つのパッケ

上畳本三十六歌仙絵　紀貫之像（部分）
（鎌倉時代・13世紀　五島美術館蔵）

ージの中に収めてみせたもの――それが『古今集』である。

出来上がった『古今集』は、下命者である醍醐天皇の御前に届けられたはずである。天皇が手にした『古今集』は、おそらくは最高級の料紙の上に優美な仮名によって書かれた巻子本《かんすぼん》であり、珠玉の歌集であると同時に、見事な芸術品でもあったにちがいない。しかし残念なことに、その原本はすでに失われてしまった。今日伝わっている『古今集』の写本は、平安時代後期から鎌倉時代前期にかけて書写された本に端を発している。そうした写本群の中でも最も尊重されているのが、藤原定家《ふじわらのていか》の校訂と書写に由来する「定家本」と呼ばれる本である。

藤原定家（応保《おうほう》二年〈一一六二〉～仁治《にんじ》二年〈一二四一〉）は、『新古今集』の撰者の一人であり、この歌集を代表する歌人であるが、その生涯の後半において古典研究にも力を注ぎ、『古今集』をはじめ『伊勢物語』『源氏物語』『土佐日記』など、平安朝の多くの文学作品を書き写した。現代の私たちは、さまざまな古典を、定家の目と手を経由したテキストによって読んでいる。とりわけ定家の『古今集』書写は、知られるだけでも十七回に及んでいる。彼は父俊成（七番目の勅撰集『千載集』の撰者）から伝えられた『古今集』のテキストを基本にしつつ、入手し得たさまざまな写本を参照して、『古今集』の「理想的な」姿を模索しつづけたのであった〔＊2〕。そのため定家本と総称される諸本の中にも小さな字句の異同が生じており、「貞応《じょうおう》二年（一二二三）本」（定家の子孫であり歌道の家とされた二条家に伝えられた本。十三代集の撰者の多くは二条家の出身である）や、「嘉禄《かろく》二年（一二二六）本」（同じく冷泉《れいぜい》家に伝えられた本）などの複数の系統に分かれている。

現在、定家自筆の『古今集』としては、次の二点が確認されている。一点は冷泉家時雨亭文庫《しぐれていぶんこ》蔵の嘉禄二年書写本（昭和五十八年〈一九八三〉に国宝に指定された）。もう一点は「伊達《だて》本」と呼ばれる本である。本書では、多くの注釈書類の底本ともされている「伊達本」をテキストとして、この歌集を読んでいくことにしよう〔＊3〕。「伊達本」はかつて伊達政宗が所持し、長く仙台伊達家に伝来した本で、昭和十三年（一九三八）に旧国宝（現在の重要文化財）に指定された。正確な書写年代は不明だが、内容的には嘉禄二年本に近く、定家が晩年に書き写した本であろうと推定されている〔＊4〕。

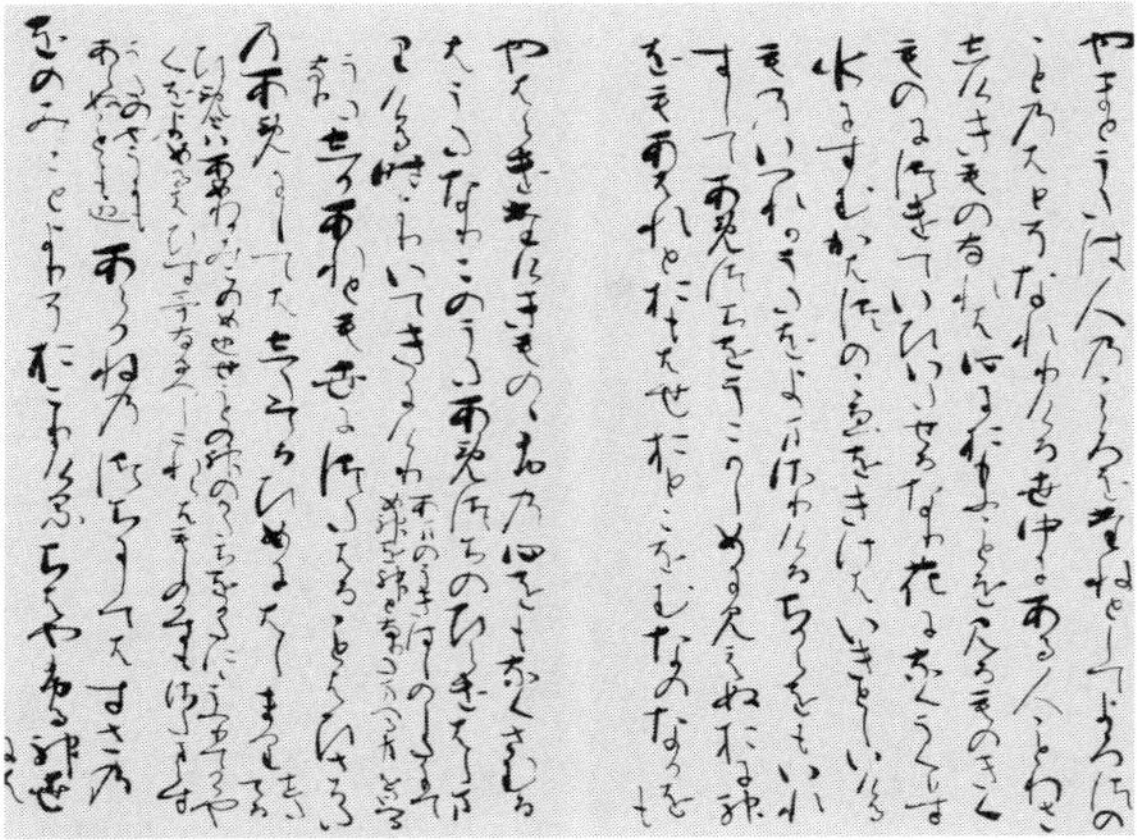
伊達本『古今集』仮名序
（鎌倉時代・13世紀　個人蔵）

『古今集』には、定家本以外にも清輔《きよすけ》本、雅経《まさつね》本、俊成本、元永《げんえい》本などの写本が伝存している。それらについても簡単に触れておこう。まず「清輔本」は、平安時代後期の歌人藤原清輔が書写した本である。定家がどちらかといえば鑑賞的な姿勢で書写に臨んだのに対して、清輔は研究的な目で比較検討を行なっており、平安時代後期に由緒正しい本と目されていた三種の『古今集』——崇徳院《すとくいん》本（貫之妹自筆本であったという）・小野宮《おののみや》皇太后本（貫之自筆本であったという）・陽明門院《ようめいもんいん》本（同じく貫之自筆本であったという）——を校合《きょうごう》して「正統な」本文を整えようとした。「雅経本」は『新古今集』の撰者の一人である飛鳥井《あすかい》（藤原）雅経が書写した本で、崇徳院本と清輔本を校合したもの。「俊成本」は定家の父である藤原俊成が書写した本で、崇徳院本と、歌人の藤原基俊《ふじわらのもととし》の所持本（花山法皇宸筆《かざんほうおうしんぴつ》本の転写であったという）に基づいている。前述のとおり定家本は俊成本を祖本としている。そして「元永本」は、元永三年（一一二〇）に書写された現存最古の『古今集』完本（全二十巻が揃っている本）である。定家本と比べると、元永本にはかなりの異同が認められ、平安時代後半の貴族社会に広く流布していた——人々が書き写すうちに帝《みかど》に献上された本とはかなり異なる姿になっていたであろう——『古今集』の面影を伝えるものと考えられている。

このほか完本ではないものの、古筆《こひつ》の名品として知られる「高野切《こうやぎれ》」も、早く平安時代に書写された『古今集』の断簡《だんかん》である。高野切には紀貫之筆という伝承があるが、実際は『古今集』成立から百年以上を隔てた十一世紀半ばの書写であり、書風の違いから三人の人物による寄合書《よりあいがき》（一つの作品を複数の人が分担して書写すること）であると見られている。巻五（秋下）・巻八（離別）・巻二十（大歌所御歌）の全体が残っているほか、巻一（春上）・巻二（春下）・巻三（夏）・巻九（羇旅）・巻十八（雑下）・巻十九（雑躰）の一部が存在している。高野切という名称は、羇旅歌巻頭部分の断簡が高野山に伝えられていたことに由来するという〔*5〕。

二つの序と編纂の階梯

『古今集』の成立事情については、残された資料が限られているため、不明な点が多い。手がかりとなるのは、先に引用した『貫之集』の記述や、『古今集』自体の序文なのだが、実はその序文についても解明されていない謎がある。

『古今集』の多くの写本には、和文で記された「仮名序」と、漢文体の「真名序《まなじょ》」の二つの序文が備わっており、前者は紀貫之の手になるもの、後者は貫之の遠縁で漢詩文に秀でていた紀淑望《きのよしもち》の執筆か、と考えられている。定家本では通常、巻頭に仮名序が、巻末に真名序が置かれている（ただし伊達本は真名序を欠いている）。一つの作品に二つの序文があるのは奇妙なことであるが、両序の内容には文体の相違をこえて重なり合う部分が多いので、密接な関係があることはまちがいない。では、どちらが先に執筆されたのか？ そして、正式な序と認められたのは、仮名書きの歌集にふさわしい仮名序なのか、それとも当時の公用語である漢文体による真名序なのか？ 両序をめぐる問題は古来さまざまに論じられており、結論を出すことは簡単ではない〔＊6〕。本書では、紀貫之が書いたといわれる和文による仮名序を重視しつつ、必要に応じて真名序をも参照することにしたい。

さて仮名序には、『古今集』の成立事情や編纂過程について記した、次のような一節がある。

少し長くなるが、大切な箇所なので引用しておこう。

かかるに、今すべらぎの天《あめ》の下しろしめすこと、四つの時、九《ここ》のかへりになむなりぬる。あまねき御慈《おほむうつく》しみの波、八洲《やしま》のほかまで流れ、ひろき御恵《おほむめぐ》みの蔭、筑波山《つくばやま》の麓《ふもと》よりも、繁くおはしまして、よろづの政《まつりごと》をきこしめす暇《いとま》、もろもろのことを、捨て給はぬ余りに、いにしへのことをも忘れじ、古《ふ》りにしことをも興《おこ》し給ふとて、今もみそなはし、後《のち》の世にも伝はれとて、延喜五年四月十八日に、大内記《だいないき》紀友則、御書所預《ごしよのところのあづかり》紀貫之、前甲斐少目《さきのかひのせうくわん》凡河内躬恒、右衛門府生《うゑもんのふしやう》壬生忠岑らに仰《おほ》せられて、万葉集に入らぬ古き歌、みづからのをも奉らしめ給ひてなむ。それが中にも、梅をかざすより始めて、時鳥を聞き、紅葉を折り、雪を見るに至るまで、また鶴亀につけて君を思ひ人をも祝ひ、秋萩夏草を見て妻を恋ひ、逢坂山《あふさかやま》に至りて手向《たむ》けを祈り、あるは春夏秋冬にも入らぬくさぐさの歌をなむ、撰ばせ給ひける。すべて千歌《ちうた》二十巻《はたまき》、名づけて古今和歌集といふ。

（仮名序）

要約すると「即位から九年を経た延喜五年（九〇五）、帝の恩愛は世界の隅々にまで広がり、ついには旧弊なものとして打ち捨てられていた和歌にまで及んで、四人の撰者に命令が下され、新しい歌集が撰進されるに至った、完成した歌集は千首全二十巻からなり、『古今和歌集』と命名された」という内容である。

右の記述から、『古今集』の編纂作業に関するいくつかの重要事項を読み取ることができる。まず、この集の編纂が、

①『万葉集』に入らない古い歌や、撰者たち自身の歌を献上する。

②集まった歌から秀歌を撰び、それらを四季・恋・賀・離別・雑などのテーマごとに分類し配列する。

という二つの階梯を踏んで行なわれたことが知られる。この手順は先に見た『貫之集』の記述とも符合していよう。真名序に、

> 爰《ここ》に大内記紀友則、御書所預紀貫之、前甲斐少目凡河内躬恒、右衛門府生壬生忠岑等に詔《みことのり》して、各《おのおの》の家の集、幷《ならび》に古来の旧歌を献ぜしめ、続万葉集《しょくまんえうしふ》と曰《い》ふ。是《ここ》に於《お》いて、重ねて詔有り、奉る所の歌を部類して、勒《ろく》して二十巻となし、名づけて古今和歌集と曰ふ。
>
> （真名序）

と記されることから、分類前の歌稿は「続万葉集」と呼ばれたことも知られる。もっとも、①「歌の収集」と、②「選別・分類・配列」は截然と分かれるものではなく、編纂作業の途中でよい歌が得られたらその都度足していくような、柔軟な対応もあり得たのであろう〔＊7〕。素材を収集・整理し、何らかの価値判断に基づいて分類・配列を試み、アンソロジーのかたちを作り上げてい

くという過程は、現代の編集作業にも通じる普遍性を持った知的生産の営為である。

また「延喜五年四月十八日」が、『古今集』の成立を考える上で鍵になる日であることもわかる。一般に序文に記される日付はその作品の完成時を示す場合が多いことから、これが『古今集』の奏覧《そうらん》（完成した歌集を天皇に御覧いただくこと）の日であったと考えられるが、現在の『古今集』の中には延喜五年以降に詠まれたことが明らかな歌もごく少数ながら含まれているので、少々ややこしい。この問題については、いったん成立した歌集に何らかの補訂がなされた、あるいは、序文の日付は奏覧ではなく奉勅《ほうちょく》（歌集編纂の勅命を受けること）の日を示している、という二つの説があり、これもまた未だに決着がつかない〔＊8〕。

『古今集』の中の、詠歌年次が判明する最も新しい歌は、延喜十三年（九一三）三月十三日に開催された「亭子院歌合《ていじのいんのうたあわせ》」〔＊9〕の歌であると明記される次の三首である。

1 見る人もなき山里の桜花ほかの散りなむのちぞ咲かまし　（春上・六八・伊勢《いせ》）
見に来る人もない山里の桜は、よその桜が散ってしまったのちに咲けばよいものを。

2 桜花散りぬる風のなごりには水なき空に波ぞ立ちける　（春下・八九・紀貫之）
桜の花が散ってしまった風の名残には、水のない空に白い余波《なごり》が立っている。

3 今日のみと春を思はぬ時だにも立つことやすき花の蔭かは　（春下・一三四・凡河内躬恒）
春は今日で最後と思わない時でさえ、簡単に立ち去ることのできる花の蔭だろうか。まして春の末日である今日は、立ち去ることなどできそうにない。

1は春上の巻軸歌《かんじくか》（巻の最終歌のこと）、2は、四季歌全体の中でも特に重視されている「桜」の大歌群をしめくくる歌、3は春下の巻軸歌である。これらの歌は、『古今集』四季歌の中でも節目となる箇所に、ぜひとも必要な名歌として、あとから補入されたのではないだろうか。本書では延喜五年四月十八日を奏覧の日と見なして、歌集編纂の最後の階梯として、「延喜五年にいったん成立した歌集に、よりよい姿をめざして新しい歌が後補された」と考える立場をとりたい。

このように考えるなら、冒頭に掲げた『貫之集』の挿話は、延喜初年から四年あたりの初夏の出来事であったことになろう。貫之が生まれたのは貞観《じょうがん》十三年（八七一）頃、没年は天慶《てんぎょう》八年（九四五）と推定されている〔＊10〕。『古今集』編纂時の彼は三十代にさしかかったところ、歌人としての成熟期を迎えつつあった。

位よりも才能

『古今集』の四人の撰者は、高位高官の人ではない。最上位の紀友則の官職は「大内記」。朝廷の文書作成に携わる専門官で、位階は正六位《しょうろくい》相当である。平安朝において、ひととおりの貴族と認められるのは従五位下《じゅごいげ》以上であり、五位と六位のあいだには大きな懸隔があった。正六位の友則の立場は、中流の下といったところである。貫之の「御書所預」は宮中の書籍を管理する、いわば図書館司書のような官職。躬恒は「前甲斐少目」――甲斐国の四等官の任期を終えたところであり、忠岑は「右衛門府生」――宮中の警護などを行なう右衛門府の下級官人であった。勅撰集の格式に見合った身分よりも、歌人としての力量や、編集作業への適性を重視した人選であったと見てよいであろう。四人それぞれの入集歌数は、貫之一〇二首（全体の一位）、躬恒六十首（同二位）、友則四十六首（同三位）、忠岑三十六首（同五位）で、合計すると二四四首にのぼる。撰者の歌が二割以上を占めるのは、あとにつづく平安時代の勅撰集には見られない特徴である〔＊11〕。

　この四人は、二人ずつのペアが二組あると捉えることができる〔＊12〕。まず〈友則・貫之〉と〈躬恒・忠岑〉のペア。前二者は古代からの名族で大納言クラスの官人が輩出した紀氏《きし》の末裔で、従兄弟同士である。それに比べると、後二者はより低い身分の出であった。

また〈友則・忠岑〉と〈貫之・躬恒〉のペア。前二者は年長で、醍醐天皇の父である宇多《うだ》天皇の時代（仁和《にんな》三年〈八八七〉～寛平九年〈八九七〉在位）から、歌人としてのキャリアを積んでいた。宇多天皇は和歌に関心が深く、その治世には「寛平御時后宮歌合《かんぴょうのおおんときのきさいのみやのうたあわせ》」や「是貞親王家歌合《これさだのみこのいえのうたあわせ》」（いずれも寛平五年九月以前成立と推定される）などの催しが行なわれたが――後述のとおり両歌合は後日『古今集』の重要な撰集《せんじゅう》資料となる――その中には友則や忠岑の歌が多く含まれている。それに対して後二者は若い世代であり、『古今集』以前の活躍はわずかであった。

　貫之と躬恒は個人的にも親交を結んでおり、『古今集』にも二人の気の置けないやりとりが収められている。

月おもしろしとて、凡河内躬恒がまうで来たりけるによめる　紀貫之

かつ見れどうとくもあるかな月影《つきかげ》のいたらぬ里もあらじと思へば　（雑上・八八〇）

「月がきれいですね」と言って、躬恒が貫之の家を訪ねてきた。心の通う者どうし一緒に楽しみましょうというのである。出迎えた貫之はこのように歌う。

美しいと思うけれど、その一方で疎ましくも感じられるなあ、月の光が行き届かない場所はあるまいと思うと。

月は美しいけれど自分の家だけで独占できないので不満だという歌であるが、この「月」は躬恒の比喩でもある。貫之の歌には次のような裏の意味がある。

お会いしているけれど、その一方で疎ましくも感じられるなあ、人気者のあなたは私の家だけでなくどこにでも訪ねていくのだと思うと。

せっかく訪ねてくれた友人に対してずいぶんな物言いである。どことなく恋人どうしの媚態めいた趣も感じられようか。本書の中でくり返し述べていくことになるが、『古今集』の歌人たちは自身の感情をそのまま真っ直ぐに歌うことはしない。感情はひとひねりされて、技巧的な「ことば」として表現される。この歌は『古今集』流の、屈折した歓待のメッセージなのである。

中心人物は紀貫之だった

こうしたペアのあり方から、編纂を主導したのは、しかるべき地位にあり経験も豊富な紀友則であったかと思われるが、実はちがったらしい。友則は志半ばでこの世を去ってしまった。『古今集』には彼の死を悼む歌が収められているのである。

紀友則が身まかりにける時よめる　　紀貫之

明日《あす》知らぬ我が身と思へど暮れぬ間《ま》の今日は人こそ悲しかりけれ　(哀傷・八三八)

私の命だって明日はどうなるかわからない、そのような無常の世だとは思うけれど、日が暮れるまでの今日一日は、亡くなったあの人のことが悲しくてならないのだ。

貫之は友則と死に別れた悲しみを、「この世は無常である」という理法を持ち出して歌う。無常だとわかっている、わかっているのだが、今日はあの人を亡くしたことが悲しくてたまらないのだ、と。『古今集』は、死別の悲しみをも分析的な思考を経由して表現するのであった。そしてまた、この歌には「明日」と「今日」、「我が身」と「人」という対になることばがあることにも注意したい。三十一音の小さな詩型の内部に、緊密な「ことば」の照応が形成されているのである。『古今集』歌を特徴づける「ことば」のメカニズムである。

紀友則は歌集の完成を見ずに亡くなった。編纂の中心を担ったのは紀貫之である。

二　紀貫之は〈型〉を創る

歌人であり編集者

紀貫之は『古今集』とどのように関わっているのだろうか。前述のとおり、彼の歌は一〇二首を数えるが、単に数が多いというだけではなく、『古今集』全二十巻のうち集団的・口承的な性格を持つ最終巻（大歌所御歌）を除いたすべての巻に遍在するという、他の撰者には見られない特徴を示している。彼の歌は『古今集』の主要なテーマを網羅しているのである。貫之はまず、量的にも質的にも、『古今集』を代表する「歌人」であった。

全二十巻の組成自体も、貫之の発案を基礎にしているらしい。『古今集』の中には、貫之の「古歌《ふるうた》奉りし時の目録の序《ぞ》の長歌」(雑躰・一〇〇二)という作品が収められている〔＊13〕。撰集資料となる古い歌を集めて献上したときに目次として添えた歌であるが、この長歌の内容から、献上古歌群には「春、夏、秋、冬、賀、恋、離別、羇旅、哀傷、雑」という、のちの『古今集』の原型となる部類が施されていたことがわかる。貫之は、新しい歌集のもとになる〈型〉を立案した、すぐれた「編集者」でもあった。

疑問に思われるのは、『古今集』の編纂に携わる以前の貫之にどの程度の歌の蓄積があったのか、ということである。彼の一〇二首のうち、『古今集』前夜にあたる宇多天皇の寛平年間に詠まれた歌は、多めに見積もっても十首に満たない〔＊14〕。『古今集』には詠作年次が判明する歌が少ないことを割り引くにしても、貫之にはさほど多くの歌の蓄積はなかったのではないだろうか。『古今集』に入集する貫之の歌は、編纂作業と並行して、新しい歌集のために集中的に詠まれたのではなかったか。論証することは簡単ではないものの、このような仮説を立ててみたい。

歌集を編むという行為——多くの歌を収集し、それらを読みこんで取捨選択を行ない、ふさわしい枠組みを作って分類し配列する——を通して、貫之は和歌についてのさまざまな知見を得たことであろう。たとえば新旧の歌に見られる史的変遷について、歌人たちの人生や個性について、歌のテーマや表現パターンの豊かな多様性について。そして、新しい歌集はどうあるべきか、その歌集にふさわしい歌はどのようなものなのか、そもそも和歌とは何であるのか、省察を重ねたにちがいない。このような経験は、歌人としての貫之の成長をも促すものであっただろう。これもまた本書の中でくり返し述べることになるが、貫之は表現の〈型〉についてきわめて自覚的な文学者である。彼のこうした資質は、『古今集』の編纂作業の中で磨かれたものであり、また『古今集』の編纂を支えるものでもあった。「歌人」紀貫之と「編集者」紀貫之とは、不可分に結びついている。

批評家・紀貫之

そして貫之は仮名序を書いた。その内容は、和歌の本質と効用、和歌の起源、和歌の表現法、古代和歌の賛美、六歌仙の批評、『古今集』編纂の経緯、完成の喜びなど多岐にわたっているが、ここでは有名な冒頭部分に目を通してみよう。和歌の本質と効用を説いた一節である。

やまと歌は、人の心を種として、よろづの言の葉とぞなれりける。世の中にある人、ことわざ繁きものなれば、心に思ふことを、見るもの聞くものにつけて、言ひ出《いだ》せるなり。花に鳴く鶯、水に住む蛙《かはづ》の声を聞けば、生きとし生けるもの、いづれか歌を詠まざりける。力をも入れずして天地《あめつち》を動かし、目に見えぬ鬼神《おにかみ》をもあはれと思はせ、男女《をとこをむな》の仲をもやはらげ、たけき武士《もののふ》の心をも慰むるは歌なり。

（仮名序）

和歌は、人の心を種として、多くの言葉となっているものである。この世の中に暮らしている人は、いろいろと関わり合うことが多いものなので、その心に思うことを、見るもの聞くものに託して、歌として言い表わすのである。花に鳴く鶯や清流に住む蛙の声を聞くと、命あるものすべて、どれといって歌を詠まないものがあるだろうか。力をも入れないで天地を動かし、目に見えない鬼神の心をも感じ入らせ、男と女のあいだをもなごやかにし、猛々しい武士の心をもやわらげるのは、歌である。

やまと歌は――と貫之は起筆する。「やまと歌」とは「唐歌《からうた》」つまり漢詩に対する和歌をさす言葉で、仮名序に用いられたのが文献上で確認できる最初の例である。すでに指摘されているとおり、この冒頭部分には中国最古の詩集『詩経《しきょう》』「大序《たいじょ》」の、

詩は志の之《ゆ》く所なり。心に在るを志と為し、言に発するを詩と為す。

詩は志が発現したものである。心の中にある状態を志といい、それが言葉に表現されたものを詩という。

（『詩経』大序）〔＊15〕

という書き出しが踏まえられている。仮名序は、詩とは志の現われであるという「極めて普遍的な、根源的な詩の定義」〔＊16〕を自らの立脚点に据えて、ここから和歌の本質について語り始める。

和歌というものは「こころ」と「ことば」からなる、と仮名序は言う。「こころ」は、大まかにいえば、感情や感動のこと。「ことば」は和歌の言語や表現のこと。この二つの関係は、生き生きと繁茂する植物の比喩によって説明される。種は葉のもととなるものではあるが、そのままでは種にすぎない。それと同様に、「こころ」は「ことば」を生み出すものではあるが、「ことば」そのものではない。では、「こころ」はどのようにして「ことば」になるのか？　そのメカニズムの一つとして、「見るもの聞くものにつけて」つまり外在する事物に託して、みずからの思いを表現する方法が挙げられている。

歌は人間だけのものではない。命あるものはすべて、例外なく歌を詠む。世界は万物の歌に満ちているのである。そして、歌には無形の力がある。歌の力は、天地を動かし、鬼神をも感動させる。もちろん人々のあいだでも自在に働き、男女の心を通わせ、荒々しい武士の心さえもなごやかにするのだ——仮名序はこのように語っている。

仮名序は、和文で書かれた、最初の本格的な文学評論である。これによって、本来普通名詞であった和語「こころ」や「ことば」が、文学批評の用語として定位された。また和歌を「こころ」と「ことば」の相関として把握する「心詞二元論」と称される考え方も、こののちの歌学や歌論の範型として、長く継承されることになる。紀貫之は、日本古典文学における批評の〈型〉をも創造している。彼はすぐれた「批評家」でもあった。

四季と恋との二本の柱

仮名序において貫之は「すべて千《ち》歌《うた》二十《はた》巻《まき》、名づけて古今和歌集といふ」と記しているが、その「千歌二十巻」は、どのような構造を持つのだろうか。あらためて全二十巻の部立《ぶだて》（歌集の体系的な分類のこと）とそれぞれの歌数を通覧してみよう。

千歌二十巻の構成

［前半］

四季歌	巻一	春上	六十八首
四季歌	巻二	春下	六十六首
四季歌	巻三	夏	三十四首
四季歌	巻四	秋上	八十首
四季歌	巻五	秋下	六十五首
四季歌	巻六	冬	二十九首
	巻七	賀	二十二首
	巻八	離別	四十一首

［後半］

恋歌	巻十一	恋一	八十三首
恋歌	巻十二	恋二	六十四首
恋歌	巻十三	恋三	六十一首
恋歌	巻十四	恋四	七十首
恋歌	巻十五	恋五	八十二首
	巻十六	哀傷	三十四首
	巻十七	雑上	七十首
	巻十八	雑下	六十八首

巻九……羇旅　十六首
巻十……物名　四十七首
巻十九……雑躰（長歌・旋頭歌《せどうか》・誹諧歌《はいかいか》）　六十八首
巻二十……大歌所《おおうたどころ》御歌《おおんうた》・神遊《かみあそ》びの歌・東歌《あずまうた》　三十二首
＊墨滅歌《すみけちうた》　十一首

一見して知られるとおり、『古今集』全二十巻のうち、六巻が四季歌（巻一〜巻六、計三四二首）、五巻が恋歌（巻十一〜巻十五、計三六〇首）で占められており、前半は四季歌から始まり、後半は恋歌から始まると捉えることができる。四季と恋は『古今集』の、そして古典和歌の二本の柱となるテーマである。この二つを中心にして、『古今集』は人が生きる中で味わうことになるさまざまな「こころ」、たとえば子どもの誕生の喜び、長寿のめでたさ、老いの嘆き、死別の悲しみ、旅立つ者の思い、旅のさなかの哀感、日常生活の折々に心をよぎる感情などを集成し、分類している。情趣を解する人は、何をどのように感じるのか、そして、それはどのような「ことば」で表現されるのか——『古今集』は一つの歌集であると同時に、かくあるべき「こころ」と「ことば」の見本帖である。

もちろん『古今集』に先行して『万葉集』や漢詩文のアンソロジーが存在しており、それらの中でも何らかの基準によって詩歌を分類・配列することが行なわれている。『万葉集』の中には、収集した歌をテーマによって雑歌・相聞《そうもん》・挽歌の三つに分類したり、時代や詠作年次の順に並べたり、「花を詠む」「鳥に寄す」などの小見出しを設けてまとめたりする編纂の工夫が認められる。しかし、一つの歌集の中で、およそ和歌に詠まれ得るすべての「こころ」、つまり人間の感情生活の全体を網羅的・体系的に捉えて、各巻のテーマとして掲げたのは、『古今集』が最初であった。

『古今集』はまた、各巻内部の歌々の配列にも意匠を凝らしている〔*17〕。たとえば四季歌では、歌を並べることによって、立春から歳暮に至る四季の推移が写しとられている。恋歌では、恋の始まりから終焉に至る顚末《てんまつ》が描き出されている。そして連続する歌々は、ちょうどのちの時代の連歌を先取りするかのように、なめらかな「ことば」の連想関係によって結ばれている。こうしたことも『古今集』が創始した方法であった。『古今集』とは、歌集の〈型〉を創造した画期的な編纂物なのである。

最後の「墨滅歌」は、定家本『古今集』の末尾にある付載歌群である。定家自身の覚書によれば、父俊成筆の『古今集』には「墨で消したしるしがついた歌」が見られたので、それらの歌を本文から抜き出して、歌集末尾に一括して掲載する措置をとったのだという。この付載歌群をあわせて、『古今集』は全一一一一首である。

では章をあらためて、全二十巻一一一一首、仮名序のいうところの「千歌二十巻」を、貫之たちが整えた巻の順序に従って読んでいくことにしよう。特に二本の柱である四季歌と恋歌については、丁寧に目を通してみることにしたい。

注

＊1　引用は木村正中校注『新潮日本古典集成　土佐日記　貫之集』（新潮社・一九八八年）による。

＊2　定家本については、片桐洋一「古今和歌集と藤原定家」「俊成本・定家本の成立」（『古今和歌集の研究』明治書院・一九九一年）、浅田徹「定家本とは何か」（『國文學』一九九五年八月）が現在の指標となる。

＊3　久曾神昇編『笠間文庫影印シリーズ2　伊達本古今和歌集』（笠間書院・二〇〇五年）によって影印を見ることができる。本書での引用に際しては、読みやすさを考えて歴史的仮名遣いに統一したほか、適宜漢字をあてたり仮名にひらいたりする処置を施した。伊達本を底本としたテキストには高田祐彦訳注『新版　古今和歌集』（角川ソフィア文庫・二〇〇九年）などがある。

＊4　片桐洋一「貞文・文屋から定文・文室へ―藤原定家の本文改訂、その一例」（『古今和歌集以後』笠間書院・二〇〇〇年）。

＊5　村上翠亭監修・高城弘一編『平安かなの美』（二玄社・二〇〇四年）。

＊6　両序をめぐる近年の研究状況は、工藤重矩「古今集の成立―和歌勅撰への道―」（増田繁夫・小町谷照彦・鈴木日出男・藤原克己編『古今和歌集研究集成　第一巻』風間書房・二〇〇四年）に詳しい。

＊7　『古今集』の編纂過程はよくわからないが、『新古今集』については資料が残っており、編纂途上で詠まれた最新の秀歌が直ちに歌集に取り入れられたこと、不要と判断された歌は切り出されたことが知られる。田渕句美子『新古今集　後鳥羽院と定家の時代』（角川選書・二〇一〇年）に詳しい。

＊8　『古今集』の成立過程について正面から論じた近年の研究書には、田中喜美春『古今集改編論』（風間書房・二〇一〇年）があり、延喜五年奏覧説をとる。

＊9　醍醐天皇の父、宇多上皇が御所である亭子院で開催した歌合。歌題は「仲春・季春・初夏・恋」。

＊10　藤岡忠美『王朝の歌人4　紀貫之―歌ことばを創る―』（集英社・一九八五年）。

＊11　二番目の勅撰集『後撰和歌集』（天暦［てんりゃく］五年〈九五一〉奉勅）は、権門の貴族が日常生活の中で

詠んだ歌を中心に編まれており、五人の撰者（源順［みなもとのしたごう］・清原元輔〈清少納言の父〉、紀時文［きのときふみ］〈貫之の子〉・大中臣能宣［おおなかとみのよしのぶ］・坂上望城［さかのうえのもちき］〈是則［これのり］の子〉）の歌は一首も採られない。

＊12　菊地靖彦「『古今的世界の研究』の成立と意義」（『古今的世界の研究』笠間書院・一九八〇年）。

＊13　ちはやぶる　神の御代［みよ］より　呉竹［くれたけ］の　世々にも絶えず　天彦［あまびこ］の　音羽の山の　春霞　思ひ乱れて　五月雨の　空もとどろに　さ夜ふけて　山時鳥　鳴くごとに　誰も寝覚めて　唐錦　龍田の山の　もみぢ葉を　見てのみしのぶ　神無月　時雨しぐれて　冬の夜の　庭もはだれに　降る雪の　なほ消えかへり　年ごとに　時につけつつ　あはれてふ　ことを言ひつつ　君をのみ　千代にと祝ふ　世の人の　思ひ駿河［するが］の　富士の嶺の　燃ゆる思ひも　飽かずして　別るる涙　藤衣［ふぢごろも］　織れる心も　八千草［やちくさ］の　言の葉ごとに　すべらぎの　仰せかしこみ　巻々の　中に尽くすと　伊勢の海の　浦の潮貝［しほがひ］　拾ひ集め　採れりとすれど　玉の緒の　短き心　思ひあへず　なほあらたまの　年を経て　大宮にのみ　ひさかたの　昼夜分かず　仕ふとて　顧みもせぬ　我が宿の　しのぶ草生［お］ふる　板間［いたま］あらみ　降る春雨の　漏りやしぬらむ　（雑躰・一〇〇二・紀貫之）

＊14　『古今集』の歌番号を挙げると、詞書から寛平期に詠まれたことが明らかな貫之の歌は、一一六、一一八、一五六、五七二、八四九、八五二、である。これらに加えて小沢正夫編著『作者別年代順　古今和歌集』（明治書院・一九七五年）は、二九九、三一一番の二首も寛平期に詠まれたものである可能性を指摘する。

＊15　引用は青木正児等編・高田真治『漢詩大系　詩経　上』（集英社・一九六六年）による。

＊16　藤原克己「文章経国思想から詩言志へ―勅撰三集と菅原道真」（『菅原道真と平安朝漢文学』東京大学出版会・二〇〇一年）。

＊17　先駆的な研究に、松田武夫『古今集の構造に関する研究』（風間書房・一九六五年）がある。

二章
移ろう時と「こころ」——理想的な四季を創造する

一　四季歌の世界——巻一から巻六まで

歳時記の原型

『古今集』という歌集は、全二十巻でまとまった統一体をなしているが、その中にはどのような歌があり、どのような世界が展開されているのだろうか。この章では、仮名序のいう「千歌《ちうたはたまき》二十巻」の前半の十巻——四季・賀・離別・羇旅・物名——を読んでいこう。

『古今集』は「四季歌」（巻一〜巻六）から始まる。四つの季節は等価ではなく、春と秋は二巻ずつ、夏と冬はコンパクトな一巻にまとめられている。これらが「自然を詠んだ歌」ではなく「四季歌」であることに注意したい。高くそびえたつ山の美しさや、コバルトブルーの海は、四季歌の「こころ」や「ことば」の範疇には入らない。春夏秋冬の季節とともに移り変わっていく花鳥風月と、それらに寄せる思いとが、四季歌のテーマである。『古今集』の歌人たちは、時とともに移ろうもの、あるいは移ろうことに対して鋭敏な感受性を持っており、それは自然の捉え方にもはっきりと表われているのである。

四季歌は、歳時や景物を詠んだ歌を順に配列して、立春から歳暮に至る時の推移を描き出していく。まず春上・下を見てみよう。春上は次のとおり。

立春・雪・鶯・若菜・霞・草木の緑・柳・百千鳥《ももちどり》・呼子鳥《よぶこどり》・帰雁《きがん》・梅・咲く桜

雪の中に春が訪れ、鶯が鳴き、霞がたなびき、野山の草木が青々と色づいて、梅が開花し、待望の桜が咲くまで。これが春上の時間である。つづく春下には、桜が散り始めてから晩春までの歌が配列されている。

散る桜・咲く「花」・散る「花」・藤・山吹《やまぶき》・惜春

春上と春下にまたがって「桜」の大歌群（四九番〜八九番）があること、また桜の歌群のあとに、春の「花一般」の歌群（九〇番〜一一八番）が設けられていることが目を引く。

『古今集』四季歌には多くの景物が見られるが、あらゆる歌材を網羅的に取り上げようとする志向はなかった。次の夏は、そもそも小規模な巻であるが、全三十四首のうちの二十八首までが「時鳥」の歌で占められている。数首を抜粋してみよう。

1 我が宿の池の藤波咲きにけり山時鳥いつか来《き》鳴かむ（夏・一三五・よみ人知らず）
2 いつの間に五月《さつき》来ぬらむあしひきの山時鳥今ぞ鳴くなる（夏・一四〇・よみ人知らず）
3 夏の夜の臥《ふ》すかとすれば時鳥鳴く一声《ひとこゑ》に明くるしののめ（夏・一五六・紀貫之）
4 五月雨《さみだれ》の空もとどろに時鳥なにを憂《う》しとか夜《よ》ただ鳴くらむ（夏・一六〇・紀貫之）
5 時鳥我とはなしに卯《う》の花の憂き世の中に鳴きわたるらむ（夏・一六四・凡河内躬恒）

1は夏の巻頭歌。暦の上で夏になり、池のほとりに藤の花が咲くと――池のほとりに松や藤が植えてあるのは当時の貴族の邸宅によく見られる風景である――早くも時鳥が待ち遠しくてたまらない。2は、時鳥の声を聴いて「いつの間に五月が来ていたのだろうか」と季節の推移を感じとる歌。あっけなく明けてしまう夏の短夜にも（3）、また五月雨の降る暗い夜にも（4）、時鳥の存在はいつも身近にある。5は時鳥詠の最終歌で、「この鳥も自分と同じようにつらい世の中を鳴きながら――泣きながら――過ごしているのだろうか」と、鳥にみずからの感情を投影している。このように『古今集』は、時鳥に焦点を絞って夏の時間の推移と折々の思いを追っていく。

時鳥以外に夏の歌材がなかったわけではない。『古今集』の恋歌や雑歌には、夏草、蛍、夏衣《なつごろも》といった夏に属する景物を詠みこんだ歌が散見されるが、これらは四季歌の世界からは除外されたのだった。撰者たちによる取捨選択の跡を見ることができよう。

秋には、春と同様に二巻が当てられている。秋上には次のような歌が並ぶ。

立秋・七夕・秋の悲哀・月・「虫」・雁《かり》・鹿・萩・露・「秋草」・秋の野辺

秋が訪れて七夕の節句も過ぎると、人々の心にはしみじみとした悲しみの情が広がる。秋は悲しみの季節なのである。露に濡れた野辺には可憐な秋の草花が咲き、妻を恋う鹿の声、かすかな虫の音、空を渡る雁音《かりがね》が聞こえてくる――これが秋上の世界である。「虫」には、きりぎりす、松虫、蜩《ひぐらし》が、「秋草」には、女郎花《おみなえし》、藤袴《ふじばかま》、薄《すすき》、なでしこ、月草《つきくさ》（現在の露草のこと）が含まれる。つづく秋下は「紅葉」を中心としている。

色づく「紅葉」・菊・散る「紅葉」・山田・逝く秋

『古今集』の秋を代表する景物は紅葉。春の桜、秋の紅葉が『古今集』の自然美の双璧である。『古今集』の季節感は、のちの時代に規範として継承されていくが、秋の場合は、四番目の勅撰集『後拾遺和歌集』（応徳《おうとく》三年〈一〇八六〉成立）を境目として、紅葉よりも月が重視されるようになるという変化が認められる。

冬は、四季歌の中で最も少ない全二十九首で、そのうちの二十三首に何らかのかたちで「雪」が詠みこまれている。平安京は雪深い土地ではなく、また平安時代は比較的温暖な時期であったことが知られているが、『古今集』の冬は雪の世界である。冬の巻末には「歳暮」の歌群があり、一年の過ぎ去る速さに驚く歌や、年の暮れと自身の老いを重ねて慨嘆する歌が置かれる。立春を寿ぐことから始まった四季歌の時間は、歳暮の感慨によって終わりを告げるのであった。

立春から始まって歳暮に至るまでの景物の連続の相――まるで現代の私たちが手にする「歳時記」のようではないか。そのとおり。『古今集』こそが、日本人の季節観の原型であり、「歳時記」の源にあたるのであった。しかもこの歌集は、梅・桜などと小見出しを立てて分割することをせず、巻全体をひとつながりの読み物としている。『古今集』全体が一つの創造物なのである。

四季の節目を捉える

季節の移ろいを鋭敏に感じ取る感受性は、個々の歌の中にも認められる。春夏秋冬の節目を捉えた歌を一首ずつ取り上げてみよう。

最初は、紀貫之の歌。年内立春を詠じた「去年とや言はむ今年とや言はむ」につづいて、春上の二首目に置かれる歌である。歌に先だって「春立ちける日よめる（立春の日に詠んだ歌）」という、歌が詠まれた事情を伝える短い文が記されている。このような文、もしくは文章のことを「詞《ことば》書《がき》」という。『古今集』をはじめとする勅撰和歌集は、撰者の手によって「詞書→作者名→歌」という書式に整えられている。

春立ちける日よめる　　紀貫之

1 袖《そで》ひちてむすびし水のこほれるを春立つ今日の風やとくらむ（春上・二）

夏の日に袖を濡らして両手ですくった水が、秋も過ぎて、冬になって凍りついていたのを、立春の今日の風が解かしていることだろうか。

この歌では「春風が吹いて氷が解ける」ことが立春の表徴とされているが、こうした春の捉え方は『万葉集』には未だ見られない。この発想のルーツは、儒教の聖典である『礼記《らいき》』「月令《がつりょう》」篇の一節「孟春《もうしゅん》之月……東風解凍（春の初めの月には……東風が吹いて氷を解かす）」に求められる。「月令」は、一年の自然が礼に則って秩序正しく運行していく様相を記述した書物である。貫之の立春の歌は、単に漢詩文に由来する新しい季節感覚を学び取っただけではなく、歌のことばによって天地自然のあるべき法則——それは勅撰集にふさわしいものであろう——を示したものでもある。

では、中国由来の新しい立春を取り入れて、貫之はどのように「ことば」を組み立てているだろうか。現代語訳をもう一度見てみよう。本書では、なるべく余計な言葉を足さず語順も変えずに、本来の歌の表現にそった現代語訳を示す方針をとりたいが、1の場合は「夏の日に」「秋も過ぎて」「冬になって」などの言葉を補うことにした。貫之が、三十一文字の中に「夏→秋→冬→立春」という四つの季節の移り変わりを封じ込める、という離れ業を演じていることを明示するためである。

初二句（最初の「五・七」のこと）の「袖ひちてむすびし水」は、夏の日の記憶の中のもの。野辺に遊んで、清らかな湧き水を両手で掬《すく》い取ったのである。冷たい清水で喉を潤そうとしたのだろうか。掌《たなごころ》の中で小さな水がきらめいている。やがて秋が来て冬になり、酷寒のあいだ野辺の清水は「こほれる」——凍りついて静まりかえっていた。ようやく立春が訪れて「春立つ今日の風やとくらむ」——今ごろあの野辺では、凍結していた水を春風が解かしているだろうか。傍線を施した「し」は過去の助動詞、「る」は完了の助動詞、「らむ」は現在推量の助動詞である。貫之は、過去から現在に至る水の変化を通して、四季の推移を捉えている。躍動する水の映像は、春を迎えた喜びのかたちでもあるだろう。

二首目は、夏の巻軸に置かれた凡河内躬恒の歌である。詞書の「六月《みなづき》の晦日《つごもり》の日」は六月末日のことで、旧暦における夏の最終日にあたる。

六月の晦日の日よめる　　　　　　　凡河内躬恒

2 夏と秋と行きかふ空の通ひ路《ぢ》はかたへ涼しき風や吹くらむ　（夏・一六八）

去りゆく夏とやってくる秋、この二つの季節がすれ違う空の通路は、片側だけ涼しい風が吹いているのだろうか。

この歌では季節が擬人化されている。去ってゆく「夏」とやって来る「秋」とが、旅人どうしのように大空の通路ですれ違っていくが、秋は風を身にまとっているので、秋の通る側だけに涼風が吹いていることだろうか――このように歌人は想像力を働かせている。現代の私たちも、天気図を描いて大気の入れ代わりを可視化し、厳しい寒気を冬将軍などと言うが、『古今集』歌人もこうした鮮明なイメージによって季節の推移を捉えたのであった。

次の三首目は、秋上の巻頭歌。教科書などでもなじみ深い、藤原敏行《ふじわらのとしゆき》の立秋の歌である。躬恒の2とのあいだには、巻を隔てて「風」を秋の表徴とする連続性が認められよう。

秋立つ日よめる　　　　　　　藤原敏行

3 秋来《き》ぬと目にはさやかに見えねども風の音《おと》にぞおどろかれぬる　（秋上・一六九）

秋がやって来たと、目にははっきりと見えないけれど、風の音を耳にして、それと気づいたことだ。

『古今集』の秋は涼風とともに訪れる。「さやか」は視覚的に明らかであることを意味する言葉であるが、サヤという音の響きからは秋風の爽やかさも感じられる。「おどろかれぬる」は、実は漢詩文で季節の到来を察知するときの「驚〜」という表現を学びとったものである。たとえば敏行と同時代人である菅原道真《すがわらのみちざね》にも、次のような詩句がある。

歳漸《やうや》くに三分《さむぶん》尽く　秋は先《ま》づ一葉《いつえふ》に知らる　涼気の動くに驚くべし（＝応驚涼気動）
暁風の吹くを待たず……
（『菅家文草《かんけぶんそう》』巻四・二九七・一葉落）〔＊1〕

風によって秋の訪れを知る感性は、早く万葉歌の中にも認められ、現代にも受け継がれているが、そのような感じ方に典型となる「ことば」を与えたのは、『古今集』であった。
四首目は、冬の巻軸歌。再び紀貫之の登場である。

「歌奉《たてまつ》れ」とおほせられし時に、よみて奉れる　紀貫之
4 行く年の惜しくもあるかなます鏡見る影さへにくれぬと思へば（冬・三四二）
「歌を献上せよ」と帝が仰せられたときに、詠んで奉った歌
去ってゆく年が惜しいことだなあ、澄んだ鏡に映る私の姿までが、年が暮れるのとともに、ぼんやりと翳って老いてゆくように感じられるので。

五句の「くれぬ」は、「年が暮れていく」ことと「鏡に映った姿がぼんやりと曇っている」ことを掛けており、「くれぬ」を要として、歳暮の感慨とみずからの老いを嘆く思いが一つに結びついている。前述のとおり『古今集』撰進時の貫之は三十代の若さであり、こうした感慨は彼の実感ではなく、年の暮れを歌う際の〈型〉に即したものであった。『古今集』の四季歌は、一年の終わりと人生の終末、言い換えれば、自然の時間と人事の時間を重ね合わせるようにして閉じられている。

なお詞書によれば4は、醍醐天皇の「歌を献上せよ」という命令に応じて詠まれた歌であるという。同様の詞書が付される歌は『古今集』中に五首見られるが〔＊2〕、それらはすべて貫之の歌であることも注目される。帝の命令は仮名序に記される「万葉集に入らぬ古き歌、みづからのをも奉らしめ給ひてなむ」に相当するのか、それとは別に、特に貫之に対して『古今集』のための歌を献上せよとの命令があったのか、あるいは『古今集』編纂とは直接的な関係のない歌会などのための歌召しだったのか。残念ながら、こうした疑問に答えられるだけの資料は現存しない。いずれにしても4は、当今《とうぎん》である醍醐天皇の求めに応えて詠まれた新作であり、『古今集』の中でも最も新しい時期の歌であることはまちがいないであろう。四季歌は、紀貫之の最新作によってしめくくられるのであった。

景物を組み合せる

『古今集』の歌々は、共通する表現・発想の〈型〉を前提として成立している。たとえば「梅」の場合なら、百花にさきがけて咲く早春の花で、かぐわしい香りを愛でるものであり、枝では鶯がさえずり、清楚な白さを雪に見立てるというように。このような〈型〉を共有するところから、一つ一つ異なった「かたち」を持つ歌が生まれ出る。〈型〉の存在は、現代の私たちの目には制約のように映るが、古典和歌においては多様な「かたち」を生み出す創造力の源であった。さて、『古今集』四季歌の重要な〈型〉の一つとして、特定の景物どうしを組み合せて詠むことが挙げられる。たとえば次のような例である。

1 梅が枝に来ゐる鶯春かけて鳴けどもいまだ雪は降りつつ　（春上・五・よみ人知らず）

梅の枝に飛んで来てとまっている鶯は、春を待ちこがれて鳴いているけれど、まだ雪は降りつづいている。

2 けさ来《き》鳴きいまだ旅なる時鳥花橘《たちばな》に宿は借らなむ　（夏・一四一・よみ人知らず）

今朝やって来て、まだ旅の気分のぬけない時鳥よ、この橘の花に宿を借りてほしい、そして、しばらくのあいだ私に声を聴かせてほしいな。

3 白雲に羽うちかはし飛ぶ雁の数さへ見ゆる秋の夜の月　（秋上・一九一・よみ人知らず）

白雲に羽を重ねて飛んで行く雁の、数までがはっきりと見える秋の夜の月よ。

4 消《け》ぬが上にまたも降りしけ春霞立ちなばみ雪まれにこそ見め（冬・三三三・よみ人知らず）

積もった雪が消えないうちに、その上にもっと降り積もれ、春霞が立ったなら、雪を見ることも稀になるだろうから。

1は、「梅」「鶯」「雪」という三つの景物を組み合せて、「雪の降りしきる中で梅の枝で鶯が鳴いている」という一幅の絵のような構図を形成している。2は「時鳥」と「花橘」の組合せ。両者は「花橘は時鳥の宿である」という観念によって関係づけられている。3は、明るい秋の「月」を背景にして、列をなして飛ぶ「雁」の姿を捉えている。「月」と「雁」の組合せは、日本画の画題ともなった。歌川広重の浮世絵を図柄とした記念切手「月に雁」（昭和二十四年〈一九四九〉発行）なども想起されよう。4は、遠からず春が来ることを思いつつ雪を愛でる歌。春の景物である「霞」と、冬の景物である「雪」の組合せによって、冬から春への季節の移ろいが捉えられている。これら〈梅と鶯〉〈時鳥と花橘〉〈月と雁〉〈雪と霞〉の組合せは、いずれも古典和歌の中にしばしば見られる〈型〉である。このような、「複数の景物が固定的に結びついて美的な配合を形成している歌」を、私は「景物の組合せ」の歌と命名している。

『古今集』四季歌には、〈梅と鶯〉〈桜と霞〉〈桜と風〉〈山吹とかはづ〉〈時鳥と藤〉〈時鳥と花橘〉〈萩と鹿〉〈萩と露〉〈雁と月〉〈紅葉と露〉〈菊と霜〉〈梅と雪〉など七十種あまりの「景物の組合せ」が存在するが〔＊3〕、それらには二つの原則が認められる。

第一は、組み合せられる景物の数は二つを基本とすること。『古今集』の中には「景物三つの組合せ」の歌も見受けられるが、それらは「景物二つの組合せ」の複合形として理解できる。たとえば先に見た1は〈梅と鶯と雪の組合せ〉の歌であったが、『古今集』には〈梅と鶯〉〈梅と雪〉〈雪と鶯〉の組合せの歌も存在している。

第二は、組み合せられる景物どうしは、異なる範疇に属すること。四季歌の景物は植物、動物、天象《てんしょう》――霞・風・五月雨・露・霧・月・時雨《しぐれ》・霜・雪のような、空から降ったりたなびいたりするもの――に大別できるが、組合せは〈植物と動物〉〈植物と天象〉〈天象と動物〉というように、質を異にする景物のあいだで行なわれる。前掲4の場合は、「雪」と「霞」という天象どうしの組合せであったが、「雪」は冬に属し「霞」は春に属するという季節の相違があるので、やはり異なる範疇にあると見ることができる。考えてみれば、第二の原則は当然のことであろう。三十一文字の中に梅と桜を同時に詠みこんだところで、それぞれの魅力は相殺されてしまう。「花の枝に鳥がとまる」「露が降りて紅葉が色づく」というように異なるものどうしが結びついてこそ、組合せの妙が生じるのである。

「景物の組合せ」は、どのような機能を持つのだろうか。前掲1「梅が枝に来ゐる鶯春かけて鳴けどもいまだ雪は降りつつ」に即して確認してみよう。梅一つでは単なる景物にすぎないが、その枝に鶯がとまれば、そこには「空間」が生まれる。さらに雪が降っているなら、冬から春へとゆっくり動いていく「時間」も捉えられるであろう。鶯の声を「春かけて鳴く」と聞きなすことには、本格的な春の到来を待ちかねている人の「感情」も投影されている。景物の組合せは四季の自然を切り取る最小単位であり、花鳥風月を思う「こころ」の器であり、古典和歌の〈型〉として、また日本画や工芸の伝統的な〈型〉としても、長く継承されていくことになる。

「あるべき」景物の不在

「景物の組合せ」には、さまざまなヴァリエイションがある。次に挙げるのは、『古今集』を代表する女性歌人である伊勢の「帰雁」を詠んだ歌である。雁は秋に飛来し春になると北国へ帰っていく渡り鳥で、春秋二季の景物とされた。帰雁は春の景物である。

春霞立つを見捨てて行く雁は花なき里に住みやならへる　（春上・三一・伊勢）

春霞が立つのを見捨てて帰っていく雁は、花がない里に住みなれているのだろうか。

この歌には〈霞と雁と花の組合せ〉が認められる。三つの景物のうち、歌われる風景の中に存在するのは「霞」と「雁」。霞のかかった柔らかな春の空を背景にして、列をなして飛んでいく雁の姿が捉えられている。せっかく春がやってきたのに北の国へ帰っていくなんて！　歌人は「春を見捨てて行く雁」といささかの非難をこめて歌い、雁というものは「花なき里」に住むことを宿命づけられているのかしら？　と同情を寄せる。この歌の風景の中には「花」は存在しない。花のイメージは「なき」という否定によってかき消されて、都はやがて花盛りを迎えるのに、雁の帰る場所は荒涼とした世界であることを際立たせている。このように景物の組合せには、あるべき景物の不在が意味を持つ場合もある。

景物の不在を詠じた典型的な例となるのが、次の紀貫之の歌である。

三月《やよひ》に、鶯の声の久しう聞こえざりけるをよめる　紀貫之

鳴きとむる花しなければ鶯もはてはもの憂くなりぬべらなり　（春下・一二八）

三月に、鶯の声が長いあいだ聞こえなかったのを詠んだ歌

鳴いて散るのを留めようとした花が、すっかりなくなってしまったので、鶯もとうとう鳴くのが嫌になってしまったようだ。

三月になって花は散り果てて、花を惜しんで鳴いていた鶯も口を噤《つぐ》んでしまった。〈花と鶯〉の歌であるが、この歌の世界には「花」も「鶯」も存在しない。貫之は、不在の景物二つを組み合せることによって、春の終わりのがらんとした空間と、去っていった時間、そして取り残された者の虚しい思いを詠じている。

花を「隠す」霞

『古今集』四季歌の「景物の組合せ」には、すでに『万葉集』の中に登場しているものも多く見られる。『万葉集』には、巻八や巻十のように四季ごとの分類が施された巻があるが、それらに収められた歌々には多様な景物の組合せがあり、『古今集』四季歌との連続性・親和性が認められる。特に〈梅と鶯〉〈萩と鹿〉のような植物と動物の組合せは、万葉歌において高度な成熟を示している。それらに比べて、『古今集』において確立し、いかにも『古今集』的な〈型〉であると考えられるのが〈花（桜）と霞の組合せ〉である。

まずは数量的なことを確かめておこう。『万葉集』の春の訪れは、霞が立つことによって捉えられる。この歌集の中に「霞」を詠みこむ歌は七十首あまり見られるのだが、「花」や「桜」とともに歌われた例は、次の二首しかない。前者は四季の景物詠、後者は相聞歌であるが、いずれの場合も霞と花は一つの視野の中に収められて、春の風景を構成している。

見渡せば春日《かすが》の野辺《のべ》に霞立ち咲きにほへるは桜花かも
（『万葉集』巻十・春雑歌・一八七二・作者未詳）〔＊4〕

春の野に霞たなびき咲く花のかくなるまでに逢はぬ君かも

（『万葉集』巻十・春相聞・一九〇二・作者未詳）

一方『古今集』には三十例の「霞」があり、そのうち十四例が「花」あるいは「桜」とともに歌われている。〈花と霞〉が自然把握の〈型〉として定着していることが確認できよう。では『古今集』の中で、「花」と「霞」は何によって結びついているのだろうか。ヒントは次の歌の中に求められる。

1　山桜わが見に来れば春霞峰にも尾《を》にも立ち隠しつつ　（春上・五一・よみ人知らず）

山桜を私が見に来ると、春霞が峰にも山裾にもたなびいて、花を隠している。

1は「よみ人知らず」つまり作者未詳の歌で、せっかくやって来たのに霞がたなびいているために桜が見えないことを嘆いている。先に見た万葉歌とは異なり、歌の風景の中にあるのは霞がかかった春の山だけ。肝心の桜は霞が「隠している」。『古今集』の中には、このような霞が花を「隠す」という歌が散見される。〈花と霞〉が〈型〉として成立することと、二つの景物のあいだに「隠す／隠される」という関係性が発見・設定されることとは、分かちがたく結びついているのではないか。

実は「花を隠す霞」という捉え方は、紀貫之の歌の中に集中的に見られる。〈花と霞〉が成立し、その内実を豊かなものとしていく上で、貫之の果たした役割は非常に大きかった。具体例を見てみよう。

2 誰《たれ》しかもとめて折りつる春霞立ち隠すらむ山の桜を　（春上・五八・紀貫之）

いったい誰が、わざわざ探し求めて折ったのだろうか、春霞が立ち隠していたであろう山の桜を。

3 春霞なに隠すらむ桜花散る間《ま》をだにも見るべきものを　（春下・七九・紀貫之）

春霞はどうして隠すのだろうか、はかない桜の花を、せめて散る間だけでも見たいと思っているのに。

4 三輪山《みわやま》をしかも隠すか春霞人に知られぬ花や咲くらむ　（春下・九四・紀貫之）

三輪山をそんなにも隠すのか、春霞は。その奥には誰も知らない特別な花が咲いているのだろうか。

2は「折れる桜をよめる（折り取った桜を詠んだ歌）」という詞書を持つ歌。桜の枝が瓶などに活けてあったのだろうか、貫之はそれを見て、霞が大切に隠していたはずの桜なのにいったい誰が折りとったのだろうか、と歌う。3は、せめて散る間だけでも見ていたいと人々が切望している桜なのに春霞はどうして隠してしまうのか、と嘆息する。これらの歌では、「霞」と「人」は「花」をめぐるライバル関係にあって、2では「人」が、3では「霞」が勝利を収めている。

つづく4は、「霞」が三輪山を懸命に隠していることから、山の奥深くに禁断の花があるのではないかと推し量るもので、『万葉集』所収の額田王《ぬかたのおおきみ》の歌を踏まえている。

三輪山を然《しか》も隠すか雲だにも心あらなも隠さふべしや　（『万葉集』巻一・一八・額田王）

天智六年（六六七）に大和から近江大津宮へ遷都したときの歌で、故郷の神である三輪山に対する惜別の情をたっぷりと歌い上げることによって、旧都と訣別し、新しい都に向かおうとする力を生み出すものである。貫之は額田王の歌の初二句をそっくり踏襲した上で、山を遮る雲を「春霞」に変えて、その向こう側にある「人に知られぬ花」のイメージを描き出す。霞が隠しているのなら、そこには必ず花があるのである。見事な換骨奪胎であろう。本書五章でも触れるが、『万葉集』は『古今集』の時代には容易には読むことのできない稀覯本《きこうぼん》となっていたらしい。**4**は、そのような状況下で貫之が何らかのかたちで『万葉集』に接触した証拠としても注目される。このように貫之は、「隠す／隠される」という関係性を明示した上で、そこから思考を巡らせて、多彩な歌を詠んでいる。〈花と霞〉は貫之の集中的な詠作によって練り上げられた〈型〉であった。

面白いことに貫之は、恋歌の中にも〈花と霞〉を登場させている。

人の花摘みしける所にまかりて、そこなりける人のもとに、後《のち》によみてつかはしける　紀貫之

5 山桜霞の間《ま》よりほのかにも見てし人こそ恋しかりけれ　（恋一・四七九）

人が花摘みをしているところに行き合わせて、そこにいた人のもとに、あとで詠んで贈った歌

山桜を霞のあいだからほのかに見た、そのようにほのかに見かけただけのあなたが、恋しくてならない。

霞の間からほんのわずかに見た山桜のように、ちらりと見かけたあなたが恋しくてならない、と貫之は歌う。初二句が「ほのかにも見てし」を導く序詞であるが、貫之はその序詞の中に、彼の十八番である〈花と霞〉を用いている。先に述べたとおり「霞」と「人」のあいだには「花」をめぐるライバル関係が認められる。とすればこの序詞には、厳重に守られた文字どおりの高嶺の花である女への、憧れの気分を感じ取ることができよう。貫之は〈型〉のニュアンスを知悉《ちしつ》した上で、これを恋歌に応用しているのである。

秋の情感

今度は秋の例を見てみよう。

秋萩の花咲きにけり高砂《たかさご》の尾上《をのへ》の鹿は今や鳴くらむ（秋上・二一八・藤原敏行）

秋萩の花が咲いた。高砂の峰に住む鹿は今ごろ鳴いているだろうか。

「鹿」は秋に繁殖期を迎えて哀切な声で鳴くことから、『万葉集』以来秋の景物とされていた。「萩」は日本の秋を代表する花であり、初秋になると枝垂れた枝に白や赤紫の小さな花を咲かせる。万葉歌以来「萩は牡鹿の妻である」という通念があった。〈萩と鹿の組合せ〉は日本人が古くから持ち伝えてきた自然把握の〈型〉の一つである。歌人は可憐な萩の花が咲き始めたのを目にして、今ごろ遠い高砂（兵庫県高砂市の砂山）の峰では牡鹿が鳴いていることだろう、と思いを馳せる。組合せの〈型〉に即しながら、視覚と聴覚の双方を働かせて、季節の移ろいを捉えた歌である。

次は、撰者の一人である壬生忠岑の歌である。

秋の夜の露をば露と置きながら雁の涙や野辺を染《そ》むらむ　（秋下・二五八・壬生忠岑）

秋の夜の露は、露として置いたままで、雁の紅涙が野辺の草木を染めるのだろうか。

秋の夜、空には雁が飛び、地上では色づいた草木の上にしっとりと露が降りている。〈雁と紅葉と露の組合せ〉によって、秋の時間と空間が切り取られているのであるが、一首の中で、「雁」と「紅葉」と「露」は、どのように関係づけられているのだろうか。当時の歌の表現・発想の〈型〉の一つに「露が紅葉を染める」というものがあった。草木が色づいていくことを、露を染料とした大自然の手による染色であると見なすのである。しかし忠岑は「露は、草木を染めるものではなく、単なる露にすぎない」と言う。では草木を色づかせているのは何なのか。それは、鳴きながら——泣きながら——空を渡っていく雁の涙なのではないか、と予想外の思惟を巡らすのが、この歌の眼目である。通念もあった。古典和歌には「悲しみが極まったとき涙は真っ赤な血の色に変ずる」という通念もあった。「露」ではなく、空を渡る「雁」の紅の涙が、地上の「紅葉」を色づかせているというる——忠岑が三つの景物のあいだに設定したのはこのような関係性であり、知的な装置によってしみじみとした情感を湛《たた》えた秋の自然が捉えられている。

もう一首、同じく撰者の一人である凡河内躬恒の、『百人一首』でも知られる歌を挙げよう。

白菊の花をよめる　　　　凡河内躬恒

心あてに折らばや折らむ初霜《はつしも》の置きまどはせる白菊の花　（秋下・二七七）

見当をつけて折るならば折れるだろうか。初霜が降りて、見分けがつかなくしている白菊の花を。

一段と冷え込んだ晩秋の朝なのであろう。白菊の咲いた前栽《せんざい》（庭前の植え込み）に初霜が降りて、一面の白さである。霜が目くらましとなって、いったいどれが花なのか簡単には見分けがつかないのだが、「これ」と見当をつけて手折ってみようか……。真っ白な「菊の花」と、真っ白な「初霜」。この歌は〈菊と霜の組合せ〉によって秋の情景を切り取っているが、やはり単純に目に見える光景を歌っているわけではない。擬人化された「初霜」が人の眼を欺いて、「菊の花」を見分けがたくしているという趣向こそが、この歌の勘所である。そして、組み合せられた「白きもの」二つは、互いの清冽な美しさを引き立て合ってもいるのである。

理想的な四季を創造する「ことば」と「こころ」

見てきたような「景物の組合せ」には、『古今集』四季歌の特徴が端的に現われている。

まず一つは、ありのままの自然ではなく、かくあるべき四季を歌うこと。『古今集』には、見たまま感じたままの自然などはない。四季の自然はいったん細かな要素に分解され、それらの中から歌うに値する景物だけが選び取られる。そして、精選された景物のあいだには「梅の枝にとまる鶯」「桜を隠す霞」「花橘を宿とする時鳥」「萩を愛でる鹿」「紅葉を染める露」といった和歌固有の美的な連想の糸が張り巡らされている。このようにして、森羅万象の中から、もう一つの理想的な四季が見いだされているのである。歌われる景物どうし、言い換えれば「ことば」どうしは、新たに発見・設定された連想関係によって結びついており、ひとまとまりの有機的なネットワークを形成している。そうした「ことば」のネットワークを前提としてさまざまな歌が生まれるのであり、新しい歌を詠むことはネットワーク自体の更新にもつながっている。

もう一つは、自然把握の〈型〉が、そのまま人の「こころ」にかたちを与える装置でもあること。たとえば〈花と霞〉は、春の自然を切り取るものであると同時に、「霞」という邪魔者を設定することによって、「花」を愛してやまない人の「こころ」にくっきりとした輪郭を与える機能を持っている。〈菊と霜〉は、二つの景物の清らかな美しさを引き立て合うものであると同時に、そうした景物を嘆賞する人の「こころ」のかたちでもあった。つまり〈型〉自体の中で、四季の自然と人の感情とが、一つに融け合っているのである。こうした特徴は『古今集』四季歌に通底するものである。『古今集』は、人の「こころ」というフィルターを通した理想的な四季を創造しているのである。

変わる心と不変の自然

紀貫之の歌として最もよく知られているのは、『百人一首』にも選ばれた「人はいさ心も知らず」であろう。この歌は『古今集』春上に、やや長めの詞書とともに収められている。

初瀬《はつせ》に詣《まう》づるごとに宿《やど》りける人の家に、久しく宿らで、ほど経《へ》てのちにいたれりければ、かの家のあるじ、「かくさだかになむ宿りはある」と言ひ出《い》だして侍りければ、そこに立てりける梅の花を折りてよめる　　紀貫之

人はいさ心も知らずふるさとは花ぞ昔の香《か》ににほひける　（春上・四二）

『古今集』の伝える詠歌事情は次のとおりである。貫之には長谷寺（奈良県の初瀬にある寺。観音信仰で知られる）に参詣するごとに定宿としている家があった。しばらく無沙汰をしたのち久しぶりに立ち寄ったところ、その宿の主人が「かくさだかになむ宿りはある（私の家はこのようにちゃんとあります。それなのに、あなたは心変わりなさったのか、すっかりお見限りでしたね）」と家の中から言って寄こしたので、貫之は庭に咲いていた梅の花を折り取って、この歌を詠んだ。

あなたは、さあどうなのでしょう、お心の中はわかりません。古いなじみのこの土地では、梅の花だけが、昔のままの香りで咲きにおっています。

宿の主人の軽い皮肉に対して、あなたのお気持ちこそどうなのでしょう、梅の芳香は以前と変わらないけれど、と切り返した歌である。初二句の「人は……心も……」と、三句以下の「ふるさとは……花ぞ……」にはゆるやかな照応関係があって、変わってしまう人の心と変わらざる自然とが、対比的に捉えられている。もちろん二人のあいだに深刻な確執があるわけではない。この歌の「花」は桜ではなく梅。かぐわしい梅の花を手にとって即興的に詠まれた、再会の挨拶の歌なのである。

「人はいさ」の歌に見られる「自然は不変だが人は移ろっていく」という認識は、『古今集』をはじめとする王朝和歌にしばしば見られるもので、これもまた広い意味での表現・発想の〈型〉の一つであると捉えることができる。こうした〈型〉の淵源は、初唐の詩人劉希夷《りゅうきい》（六五一〜六七九?）の「代悲白頭翁（白頭を悲しむ翁に代はる）」のような漢文学にあると考えられている〔＊5〕。

詩の舞台は唐の洛陽の都である。まず冒頭で「洛陽城東、桃李の花、飛び来たり飛び去って、誰《た》が家にか落つる」と落花の散りまがう春景色が提示され、その花のイメージは人の盛りの容色へと重ねられていく。花の季節は毎年巡ってくるが、人の方はどうなのだろうか？　花は毎年咲くけれども、かつての「紅顔の美少年」が今は「半死の白頭翁」となり果てているように、人の時間は一直線に過ぎ去ってしまうことが嗟嘆されるのである。詩の中ほどの、

年年歳歳花相似、歳歳年年人不同（年々歳々花相似たり、歳々年々人同じからず）

という対句は、「この詩全体の眼目であり、同音のくりかえしによる、なめらかでしかも華やかな表現のうちに、人間のはかない宿命をうたって」〔＊6〕おり、日本においても今日に至るまで広く知られている。

この詩は早く奈良時代には日本に伝えられていたことが確認されており〔＊7〕、『万葉集』にもこうした〈型〉の先駆的な例が見られること、『古今集』の中にも同様の例があることが指摘されている。たとえば次のような歌である。

冬過ぎて春し来《きた》れば年月は新たなれども人は古《ふ》り行く　（『万葉集』巻十・一八八四・作者未詳）

百千鳥《ももちどり》さへづる春はものごとにあらたまれども我ぞふりゆく
（『古今集』春上・二八・よみ人知らず）

また「年々歳々……」という対句自体も、平安中期のアンソロジー『和漢朗詠集《わかんろうえいしゅう》』（藤原公任《ふじわらのきんとう》撰、寛弘《かんこう》九年〈一〇一二〉頃成立）の中に採録されており、王朝人に愛唱されていたことがわかる。貫之の「人はいさ」の歌も、このような「代悲白頭翁」受容の系譜の中に位置づけてよいであろう。

もっとも貫之の歌には、自然と人間の単純で生硬な二項対立には留まらない、「ことば」の自在さがある。貫之はまず「人はいさ、心も知らず」とリズミカルに問いを投げかける。この印象的な初二句につづいて「昔なじみのこの土地」が話題にされ、さらに変わらざるものの象徴として「梅の香り」が見いだされる。詠歌の場に即しながら「人↓心／ふるさと↓花↓香り」と思いのままに変化していくことばつづきに、貫之ならではのすぐれた手腕を認めることができよう。人の心についての冷ややかな見解を披瀝する一方で、彼の「ことば」は生き生きと躍動している。歌人貫之の中には若さと老成とが共存しているのである。このことは『古今集』全体に通じる特徴でもあろう。

貫之の家集である『貫之集』には、宿の主人の返歌として、次の歌が収められている。

花だにも同じ心に咲くものを植ゑたる人の心知らなむ　（『貫之集』七九一）

歌意は、無心であるはずの花でさえも、あなたのおっしゃるとおり昔と同じ心で咲いているのですから、まして、その花を植えた私の変わらない心をお察しください、というもの。貫之の「人」「心」「知る」「花」ということばを踏まえつつ、彼の言い分に反駁しみずからの誠意を証《あか》し立てようとする歌である。二人のやりとりには、たがいの愛情をはかり合う恋歌めいた響きが感じられるのではないか。王朝人には、同性間の贈答歌においても恋歌的な表現・発想を用いることがある。しかしこの歌の場合、宿の主人は顔を見せずに家の中から言葉を発しているので、貫之旧知の女性であったのではないかと考える立場もある。蓋然性は高いように思われる。青年貫之の傍らに、彼に伍して歌の応酬をする、馥郁《ふくいく》たる梅の記憶と結びついた、懐かしい初瀬の里の女性を想像してみたい。

歌を配列する

さて『古今集』は、四季歌内部の歌の配列にも細やかな工夫を凝らしている。撰者たち自身のコメントは残されていないものの、この歌集を手にした者は、歌の配列の妙をさまざまに読み解くことによって、撰者たちの思考過程を想像し、さらには歌の「こころ」と「ことば」について理解を深めることができる。

配列の具体相を、より詳細に見てみたい。次に引用するのは、春上の中盤に見られる一連の歌である。まずは景物の連なりを眺めてみよう。各歌の傍線部に注目されたい。

1　君がため春の野に出でて若菜摘む我が衣手に雪は降りつつ　（春上・二一・光孝天皇《こうこう》）

2　春日野《かすがの》の若菜摘みにや白妙の袖ふりはへて人の行くらむ　（春上・二二・紀貫之）

3　春の着る霞の衣緯《ぬき》をうすみ山風にこそ乱るべらなれ　（春上・二三・在原行平《ありわらのゆきひら》）

4　常盤《ときは》なる松の緑も春来ればいまひとしほの色まさりけり　（春上・二四・源　宗于《みなもとのむねゆき》）

5　我が背子が衣はるさめ降るごとに野辺の緑ぞ色まさりける　（春上・二五・紀貫之）

6　青柳の糸よりかくる春しもぞ乱れて花のほころびにける　（春上・二六・紀貫之）

7　浅緑糸よりかけて白露を玉にもぬける春の柳か　（春上・二七・僧正遍昭《そうじょうへんじょう》〈遍照とも〉）

1と2は「若菜」の歌、3は山にたなびく「霞」の歌、4と5は「草木の緑」の歌、6と7は「柳」の歌である。1から7へと景物が移り変わり、春の時間が流れている。

と同時に、これらの歌には、衣や染色など服飾にまつわる「ことば」の連続も認められる。波線部に注目してみよう。1は、若菜を摘んでいる「我が衣手」に雪が降っていると歌う。2にも人々の印象的な「白妙の袖」が歌われている。「ふりはふ」とは、わざわざ何かをする意で、袖を「振り」と「ふり（はふ）」が掛詞。歌意は、人々が白妙の袖を振ってわざわざ出かけていくのは春日野の若菜を摘みに行くのだろうか、となる。3は、遠山にたなびく霞を春の女神がまとう「衣」に見立てた歌。風が吹くたびに女神の薄衣が翻って、クラナッハの描く美女のように艶麗である。4は、常緑樹である松の緑も春になると「いまひとしほ」つまり「ひと染め」分鮮やかになると歌う。草木の色の変化を染色になぞらえているのである。5も、4と同じく一雨ごとに野辺の緑が色濃くなることを歌うが、「我が背子が衣」という序詞によって「春（雨）」を導き出す構造である。図解すると次のとおりである。

我が背子が衣（張る）……〈序詞〉
春雨降るごとに野辺の緑ぞ色まさりける

歌意は、私の大切な夫の衣を洗い張りする、その「はる」ではないけれど、春雨が降るごとに野辺の緑が色鮮やかになっていく、というもの。春の自然に重ねるように、愛する人の衣服の手入れをする女性の手仕事が歌い込まれている。6は、柳のしなやかな枝を「糸」に見立てた歌で、「撚《よ》り・掛く・乱る・ほころぶ」が糸の縁語。7も柳を「糸」に見立てて、その糸によって白露の宝玉を貫くという趣向を凝らしている。

このように1から7の歌には、四季歌のメインテーマである景物以外に、服飾というサブテーマのつながりも見いだされる。しかも、1と2の「衣」や「袖」が歌の中の実景であったのに対して、3以降のそれらは「序詞」「掛詞」「縁語」「見立て」など何らかのレトリック(本書四章において詳述)に伴って喚起された非実景である、という違いがある。服飾にまつわることばの連鎖の中に、早春の野の点景からレトリックの「ことば」へ、という質的な変貌が認められるのであった。配列のあり方から、撰者たちが、和歌の表現の仕組みや一首の歌を構成する「ことば」の質について、きわめて分析的な把握を行なっていたことが知られるのである。

もう一歩踏み込むなら、右の七首のうち2、5、6が紀貫之の歌であることは、偶然ではないのかもしれない。貫之の三首にはいずれも「歌奉れとおほせられし時に、よみて奉れる」という詞書が付されている。先に見た冬の巻軸歌(三四二番歌)と同じ詞書で、醍醐天皇から「歌を献上せよ」という命令を受けたときに詠んで奉った歌、の意である。2、5、6の歌は、まさに『古今集』を編もうとしていた——あるいは編みつつあった——歌人であり編集者でもある貫之の最新作であったと考えられる。作歌と歌集編纂が有機的に結びついたところから、一首の仕組みについての省察がなされ、歌を構成する「ことば」の質の変化を際立たせるような配列も可能になるのである。

二　賀歌・離別歌・羇旅歌・物名歌——巻七から巻十まで

人生を寿ぐ賀歌

四季歌につづいて登場するのは、巻七「賀歌」である。賀歌は、子供の誕生や「四十《よそぢ》の賀《が》（四十歳を迎えた祝いの宴のこと。当時は四十が老いの入り口とされた）」「五十《いそぢ》の賀《が》」といった長寿の祝いなど、人生の慶賀すべき折節の歌を収めている。花鳥風月を愛でる四季歌の世界から、貫之たちは人の世の晴れやかな時間へと目を転じているのである。

この巻の巻頭歌が、現在国歌とされる「君が代」の元となっていることは知られていよう。ただし『古今集』では初句が異なり「我が君は」という形である。

我が君は千代に八千代にさざれ石の巌《いはほ》となりて苔のむすまで　（賀・三四三・よみ人知らず）

私の大切なあなたのお命は、千年も万年も、小石が成長して大きな岩となり、そこに苔が生えるまで、つづいていきますように。

「君」は天皇や主君にかぎらず、敬愛する相手をさす二人称である。「代」は多義的なことばであるが、ここでは寿命の意と解されよう。小石が年月を経て巨岩に成長するという逸話は、唐の

『酉陽雑俎《ゆうようざっそ》』という書物に見られる。「苔のむすまで」は『万葉集』にもしばしば登場する悠久の時間を捉える決まり文句。この歌は、大切な人の寿命が長久であるようにという誰しもが抱く願いを、小石が苔むした巨岩になるという神話的ともいえる時間を引き合いに出して詠じている。

前章で見たとおり、仮名序の中には「鶴亀につけて君を思ひ人をも祝ひ」という一節があったが、賀歌には鶴、亀、松、千代、八千代、万代《よろづよ》、千歳《ちとせ》などの祝意に満ちたことばを連ねる例が多い。たとえば素性法師《そせいほうし》は近親者の四十の賀において、次のように歌っている。

万代をまつにぞ君を祝ひつる千歳の蔭に住まむと思へば　（賀・三五六・素性法師）

万代までつづく長寿を「松」に託してお祝い申し上げます。私もあなたにあやかって、松蔭に住む「鶴」のように千年もの命を保ちたいと思いますので。

「まつ」は「（万代を）待つ」と、めでたい常緑樹である「松」の掛詞。また完了の助動詞の連体形「つる」に「鶴」を掛けて——助動詞を掛詞とするのは珍しい技巧である——まるで歌の中に一点の刺繍を施すように、もう一つの瑞祥を加えている。典型的な賀の歌である。

離別歌と羇旅歌

巻八「離別歌」は別れの歌である。遠地に旅立つ人を送る「うまのはなむけ（送別の宴）」の歌が多いが、会合の解散時の歌や、客人との名残を惜しむ歌なども含まれている。『百人一首』でも知られる在原行平が因幡守《いなばのかみ》として赴任する折の別れの歌が、巻頭を飾っている。

立ち別れいなばの山の峰に生《お》ふるまつとし聞かば今帰り来《こ》む（離別・三六五・在原行平）

あなたとお別れして私は任国である因幡国に下っていくが、その因幡山の峰に生えている「松」のように、あなたが「待つ」と聞いたなら、すぐにでも帰ってこよう。

「いなば」が、立ち去る意の「往なば」と「因幡」の掛詞。「まつ」には「待つ」と「松」が掛かる。行平は遠い任国に思いを馳せるが、その心はブーメランのように、待つ人のいる都へと戻ってくるのである。

つづく巻九「羇旅歌《きりょ》」は、旅のさなかの思いを詠じた歌を集める。たった十六首しかない、『古今集』の中でも最も小さい巻である。巻頭に置かれるのは、遣唐使安倍仲麿《あべのなかまろ》が、唐において月を見上げて詠んだという次の歌である。

唐土《もろこし》にて月を見てよみける　安倍仲麿

天《あま》の原ふりさけ見れば春日《かすが》なる三笠《みかさ》の山に出《い》でし月かも（羇旅・四〇六）

大空をはるかにふり仰ぐと、そこに見えるのは、故郷である春日の三笠山から昇った、あの同じ月なのだなあ。

また『伊勢物語』九段に語られる在原業平の東下りの歌（羇旅・四一〇、四一一、四一〇についてはは四章二節で述べる）、同じく『伊勢物語』八十二段に見られる渚《なぎさ》の院の桜狩りの歌（羇旅・四一八、四一九）など、著名な逸話と結びついた作品も多い。陸路、海路、東西南北への旅の歌を精選した巻である。

高度なことば遊び

巻十「物名《もののな》歌」は、ことばの「音」に着目したことば遊び的な歌を集めた巻である。まずは具体例を見てみよう。

りうたむの花　紀友則

1　我が宿の花踏みしだく鳥打たむ野はなければやここにしも来る（物名・四四二）

私の家の庭の、花を踏み荒らす鳥を打ちすえてやろう。野には花がないから、わざわざここにやって来るのだろうか。

「りうたむの花（竜胆の花）」とは、現在のリンドウのこと。「鳥を打ちすえてやろう」などというのは、『古今集』にしては物騒な言い分であるが、可哀相な鳥は大事なリンドウを踏んでしまったのだろうか？　答えは否である。**1**を仮名書きにしてみよう。

わかやとのはなふみしたくとりうたむのはなけれはやここにしもくる

三句から四句にかけて、ルビンの壺さながらに「りうたむのはな」ということばが現われてくる。「物名歌」とは、歌の表面の意味とは別に、事物の名前を隠し込む歌である。

物名巻には、ことばを一音ずつに分解して各句の頭に据える「折句《おりく》」の歌も見られる。

朱雀院女郎花合《すざくゐんのをみなへしあはせ》の時に、「をみなへし」といふ五文字《いつもじ》を句のかしらに置きてよめる

紀貫之

2　小倉山《をぐらやま》峰立ちならし鳴く鹿の経《へ》にけむ秋を知る人ぞなき（物名・四三九）

小倉山の峰を何度も行き来して鳴く鹿が、どれほどの秋を経てきたのか、知る人はいない。

詞書に見える「朱雀院女郎花合」は、醍醐天皇の父である宇多上皇が、昌泰《しょうたい》元年（八九八）に、御所としていた朱雀院において開いた催し。女郎花の花を持ち寄って美しさを競う遊びで、花とともに、その名を詠みこんだ歌も披露された。**2**を、

を|くらやま／み|ねたちならし／な|くしかの／へ|にけむあきを／し|るひとぞなき

と仮名書きにしてみると、隠されていた「を・み・な・へ・し」の五文字が浮かび上がる。

仮名の獲得と歌の変貌

1や**2**を理解する鍵が「仮名で書くこと」にあることからも明らかなとおり、物名歌が人々に好まれて勅撰集の一巻をなすに至った背景には、一字一音節の表音文字である仮名の発達があった。『古今集』以前の日本語の表記の歴史を大まかにたどっておこう。

私たちは母語に対応する固有の文字を生み出すより早く、漢字漢文の洗礼を受けている。日本列島における年代の確定する最古の文字資料は、西暦五七年に後漢の光武帝が倭国の使者に与えたという金印「漢委奴国王」であり、これによれば日本に漢字が伝わったのは一世紀頃であった

と考えられる。遺跡の出土資料などから、四世紀末から五世紀初頭には漢字の使用が本格化し、列島各地に広がりつつあったことが確認されている。古代社会の公文書は漢文によって記されている。漢字の伝播は中央の制度や文化の普及を意味しており、漢字漢文を操ることは、日本人の思索の幅を格段に広げたのであった。

その一方で、外から与えられた漢字によっていかに日本語を書き記すかは、古代に生きる人々にとっての大きな課題であった。漢字は、日本語とは文法も音韻体系もはなはだしく異なる中国語に対応する表意文字である。古代の人々は漢字の意味を一端棚上げし、日本語の一音節に同音（あるいは類音）の漢字一字をあてる方法によって、母語を書き記したのであった。こうした表記法は、八世紀に成立した『万葉集』に集中的に見られるために――子細に見れば歌人や巻によって表記の仕方には異なりがある――「万葉仮名」と呼ばれている。やがて万葉仮名の点や画が省略されることから片仮名が、また草書体がさらに柔らかく崩されることから平仮名が生まれる。二種類の仮名の体系には用途の違いがあり、前者は漢文や仏典を訓読する際の行間への書き込みなどに、後者は和歌や和文を書き記す際に用いられた。『古今集』は平仮名で記された作品である。

平仮名の成立はいつ頃なのだろうか。平仮名の使用は私的な場面に偏るために、残された資料はごく少ない。現在年代の特定できる最も古い平仮名資料は、九世紀後半の「教王護国寺《きょうおうごこくじ》千手《せんじゅ》観音像《かんのんぞう》胎内《たいない》檜扇《ひおうぎ》墨書《すみがき》」（元慶《がんぎょう》元年〈八七七〉）である。しかし近年になって、平安京の遺構から土器の破片などに書き記された新たな仮名の資料が発掘されており、特に平成二十四年（二〇一二）

十一月に、京都市中京区の藤原良相《ふじわらのよしみ》（弘仁《こうにん》四年〈八一三〉～貞観九年〈八六七〉）邸宅跡の池とおぼしき場所から多数の墨書土器《すみがきどき》（土器に平仮名を練習書きしたもの）が発見された、と発表されたことは話題を呼んだ〔＊8〕。それらを総合すると、平仮名の成立は九世紀前半に遡り、九世紀半ばにはある程度広く使用されていたと考えることができるという〔＊9〕。九世紀半ばとは、和歌の歴史に照らし合わせれば「六歌仙」と呼ばれる歌人たちの活躍期――本書五章において述べる――にあたる。『古今集』の多くの歌は、まさに平仮名の使用が広がり定着した時期に詠まれている。

平仮名によって表記することとは、人々の中にあらためて、ことばの「音」についての注意と関心を喚起したはずである。見てきたような物名歌は、平仮名＝表音文字を介してこそ発想される。歌とは、見方を変えれば「ひとまとまりの仮名の連なり」であり、そうした特性を生かした新しい表現や技法が開拓されたのである。また『古今集』において発達したレトリックの一つに掛詞がある。詳しくは四章で述べるが、掛詞とは端的に説明すれば「同音異義を利用して一つのことばに二つの意味を持たせる技法」である。同音であるとは、言い換えれば「仮名で書いたときに等しい」ことである。掛詞の発達も、平仮名の使用と不可分のものであったと考えてよいであろう。平仮名というツールの獲得は、それを用いて書き記される歌の質をも大きく変化させた。

なお後続の勅撰集の中で、物名歌に一巻が振り当てられているのは、三番目の『拾遺集』のみである。物名歌の重視は『古今集』を特徴づけるものであった。

貫之の筆跡

紀貫之は能書の人で、美しい平仮名を書くことができたらしい。そのことは『古今集』賀歌の次の記述からも知られる。

本康《もとやす》の親王《みこ》の七十《ななそぢ》の賀《が》のうしろの屏風によみて書きける　紀貫之

春来れば宿にまづ咲く梅の花君が千歳のかざしとぞ見る（賀・三五二）

春が訪れると、この家の庭に真っ先に咲く梅の花。この花をあなたの千年の命を寿ぐ挿頭にふさわしいものとして見ることです。

「本康親王」は仁明《にんみょう》天皇の第五皇子。七十の賀が行なわれたのは延喜初年頃かと推定される。宴に際して新調された屏風には、梅の咲く宿に人々が集う場面が描かれていたらしい。和やかな大和絵である。貫之は「よみて書きける」――絵にふさわしい歌を詠み、その歌をみずからの手で屏風の中に書き込んだ。視覚的にも美しい平仮名であろう。

寝殿造という建築様式は、大きな空間を用途に応じて仕切る障屏具の発達を促した。貴族の邸宅に置かれる屏風は、実用品であると同時に、画面上で絵と歌と書が一つになった芸術品でもあった。このような、屛風に書かれて絵と一体となって享受される歌を「屛風歌」といい、『古今集』成立前夜頃から急速に広がり、十世紀の貴族社会を彩る文化現象となった〔＊10〕。中年期以降の貫之は、専門歌人として貴顕の求めに応じて屛風歌を量産し、『貫之集』には五三〇余首の屛風歌が収められているのだが（歌仙家集《かせんかしゅう》本系統《ぼん》による）、それはまたのちの話である。

このように歌と平仮名とは分かちがたく結びついていた。能書家であることは、貫之が勅撰和歌集の撰者に選ばれた要件の一つでさえあったかもしれない。いったい貫之はどのような文字を書いたのだろうか？　幸いなことに貴重な資料が残っている。

貫之が晩年に執筆した作品に『土佐日記』がある。『古今集』編纂から約三十年を経た承平《じょうへい》五年（九三五）二月、六十代の貫之は四年間の土佐守の任期を終えて、ようやく都に帰り着くことができた。土佐から京への五十五日間におよぶ船旅を書き綴ったのが『土佐日記』である。「をとこもすなる日記といふものを、をむなもしてみんとてするなり」という有名な書き出しのとおり、貫之は女性を装い、公用語である漢文ではなく仮名書きの和文によって、旅の日々を書き記した。歌人・編集者・批評家である貫之は、仮名日記というジャンルを切り拓いた先駆者でもあった。

『土佐日記』成立から約三百年後の文暦《ぶんりゃく》二年（一二三五）五月、藤原定家は当時京の蓮華王院《れんげおういん》にあった貫之自筆本『土佐日記』を借りて書き写したが、最後の二葉については、貫之の筆跡を後世に残すべく、正確な臨模《りんも》を試みたという。次頁の図版である。『土佐日記』の末尾にあたる「わ

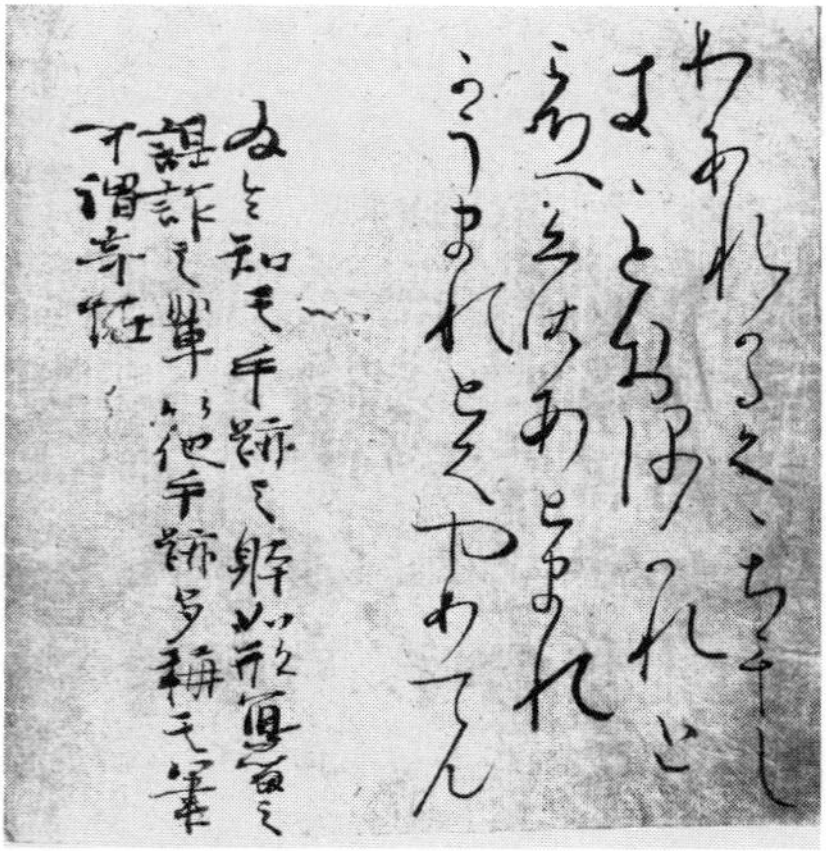

定家筆『土佐日記』
（鎌倉時代・13世紀　前田育徳会蔵）

すれかたく、ちをし／きことおほかれと／えつくさすとまれ／かうまれとくやりてん（忘れ難く口惜しきこと多かれど、え尽くさず。とまれかうまれとく破りてん）」の部分が書き写され、「其の手跡の躰を知らしめんがために、形の如く之を写し留むるなり。謀詐の輩、他の手跡を以て多く其の筆と称す。奇恠《きかい》と謂ふべし」という定家自身のコメントが記されている。さらに八百年あまりが経過した現在、定家が書写した『土佐日記』は前田育徳《まえだいくとく》会尊経閣文庫《かいそんけいかくぶんこ》の所蔵で、国宝に指定されている。

定家の営為をとおして、私たちは貫之の手を偲ぶことができるのである。

注

＊1　引用・訓読は川口久雄校注『日本古典文学大系　菅家文草・菅家後集』（岩波書店・一九六六年）による。

＊2　「歌奉れとおほせられし時によみて奉れる」という詞書を持つ歌は、二二一・二二五・二二六・五九（以上、

春上)、三四二(冬)である。二二、二五、二六については後述する。

＊3　鈴木宏子『古今和歌集表現論』(笠間書院・二〇〇〇年)の巻末付表Ⅱを参照されたい。

＊4　本書における『万葉集』の引用は小島憲之ほか校注・訳『新編日本古典文学全集　萬葉集1〜4』(小学館・一九九四〜九六年)による。

＊5　小島憲之「詩より和歌へ」(『上代日本文学と中国文学―出典論を中心とする比較文学的考察―　下』塙書房・一九六五年)、山根対助「はなぞむかしの―「代白頭吟」受容史の一齣―」(『北海学園大学)学園論集』一九六七年九月)など。

＊6　鎌田正監修、田部井文雄・高木重俊著『漢文名作選3　漢詩』(大修館書店・一九八四年)。

＊7　小島憲之「平安初期に於ける詩」(『上代日本文学と中国文学　下』前掲)。

＊8　小倉慈司「九〜一〇世紀の仮名の書体　ひらがなを中心として」(『国立歴史民俗博物館研究報告』二〇一五年三月)。

＊9　沖森卓也「文字―仮名の発現」(古橋信孝編『歴史と古典　万葉集を読む』吉川弘文館・二〇〇八年)、同「草仮名とひらがな」(『日本語学』二〇一三年九月)。

＊10　屏風歌についての美術史の先駆的研究として、家永三郎『上代倭絵全史　改訂版』(墨水書房・一九六六年)がある。また文学研究の側からの最新の成果に、田島智子『屏風歌の研究』(和泉書院・二〇〇七年)がある。

三章

センチメンタルな知性——恋の顛末を創造する

一　恋歌の世界——巻十一から巻十五まで

恋情も論理の中に

この章では、「千歌二十巻《ちうたはたまき》」の後半の十巻——恋・哀傷・雑・雑躰・大歌所御歌——を読もう。『古今集』の後半は「恋歌」（巻十一〜巻十五）から始まる。恋歌は全五巻、総歌数は三六〇首で、四季歌の三四二首を凌ぐ最多の数である。四季歌が立春から始まり歳暮で終わっていたように、恋歌も恋の発端から始まり終焉に至るまでの移り変わりを描き出している。

恋歌三六〇首の大半は、本来は歌人の実人生の中で、恋する者どうしで詠み交わされた歌であったはずだが、『古今集』は個人的な恋の事情を語ることには禁欲的であり、撰者自身の作も含めて、多くの恋歌が「題知らず（詠歌事情未詳）」とされている。個々の歌は詠歌の場から切り離された上で、『古今集』という歌集の論理の中に位置づけられ、時とともに変化する「恋の全体像」をかたちづくるのである。こうした配列は『万葉集』には未だ見られず、『古今集』撰者が創造したものであった。『古今集』が描き出した恋は、長く日本古典文学における恋の原型として生きつづけていくことになる。

恋歌の配列を読み解くことは、景物という指標のある四季歌ほど簡単ではなく、読者の解釈に委ねられる部分も大きいのだが、その大枠は次のように把握することができる。

恋一…逢わざる恋（その一）　四六九番〜五五一番
恋二…逢わざる恋（その二）　五五二番〜六一五番
恋三…初めての逢瀬とその前後　六一六番〜六七六番
恋四…熱愛から別離まで　六七七番〜七四六番
恋五…失われた恋の追憶　七四七番〜八二八番

恋一と恋二は、いずれも「逢わざる恋」つまり逢瀬に至る前の歌を収めているが、恋一は「よみ人知らず」の歌を主体とし、恋二は撰者をはじめ作者の明らかな歌を集めるという歌人の位相差が認められる。恋三は「初めての逢瀬」を中心にして、その前後の男女の思いを詠じた歌、恋四は熱烈な思いが次第に醒めて別離が訪れるまでの歌、恋五は「失われた恋」を悼む歌を、それぞれ配列している。『古今集』は、恋を瞬間的な情熱としてではなく、時の推移とともに変化する感情の過程として捉えている。

では『古今集』は、時とともに移ろっていく恋を、どのような「ことば」によって歌っているのか。四季歌に自然把握の〈型〉があるように、恋歌にも心情表現の〈型〉がある。恋のさまざまな局面を切り取り、恋する者の感情のエッセンスを凝縮した一首の要となるような「ことば」が存在し、人々に共有されているのである。そのような恋歌の要となる「ことば」、言い換えれば恋歌の〈型〉を拾い出しながら、「古今集の恋の顚末」を読み解いてみよう。

恋のきっかけ――恋一冒頭歌群

『古今集』の恋は、どのように始まるのか。恋一は「よみ人知らず」の歌を主体とする巻であるが、その冒頭部分（四七〇番～四八二番）には、紀貫之をはじめとする著名な歌人たちの歌を集中的に並べた歌群がある。この部分を「恋一冒頭歌群」と呼ぶことにしよう。

恋一冒頭歌群には、恋の始まりを詠じた珠玉の歌々が配列されており、その中からさまざまな心情表現の要となることばを見いだすことができる。

二章一節において、紀貫之が〈花と霞〉という組合せを恋歌の序詞に応用した例として、

1 山桜霞の間《ま》よりほのかにも見てし人こそ恋しかりけれ　（恋一・四七九・紀貫之）

を取り上げたが、実はこれも恋一冒頭歌群の一首であり、「一目見て恋に落ちる」ことを詠んだ歌であると捉え直すことができる。現代の私たちも一目惚れということばを持つが、一目見て恋に落ちることは、古典和歌における恋の始発の重要な〈型〉の一つであり、傍線を施した「ほのかに見る」あるいは「はつかに見る」といったキーワードによって捉えられる。貫之の1は、心情表現の面でも、恋の始発を詠じた典型的な歌なのである。

「見る」ことによって始まる恋と双璧をなすのが、「噂に聞く」ことから始まる恋である。噂だけで恋に落ちるというのは、私たちの感覚では奇妙に思われるが、平安朝の男女関係において男が女の顔を見るのは通常は恋の成就のあとであり――『源氏物語』末摘花《すえつむはな》巻の悲惨な滑稽譚を想起されたい――美しい姫がいるという噂を聞いて、それだけで胸をときめかせることもできたのであった。現代人が失ってしまった能力だといえるかもしれない。噂に聞くことは「音《おと》に聞く」ということばで捉えられる。

2 音にのみきくの白露夜《よる》はおきて昼は思ひにあへず消《け》ぬべし　（恋一・四七〇・素性法師）

あの人のことを噂に聞くばかりで、夜は恋い焦がれながら起きていて、昼は思いに耐えかねて消え入ってしまいそうだ。菊の白露が夜に置き、昼には日の光に当たって消えてしまうように。

噂に聞くばかりの相手を夜も昼もなく思いつづけて、私は死んでしまいそうだ、という歌である。この歌には精巧なレトリックが駆使されており、「菊／聞く」「置く／起く」「（おも）日／思ひ」が掛詞、また第五句にも「（露が日に当たって）消える」と「（私が思いに耐えかねて）消える」という意味の対立が認められる。その仕組みを図解すると次のとおりである。

菊　置きて　日　（露が）消ぬべし……〈物象〉
音にのみきくの白露夜はおきて昼は思ひにあへず消ぬべし
聞く　起きて　思ひ　（私が）消ぬべし……〈心情表現〉

現代語訳にも示したとおり、2の中では、「菊の花に降りた白露」という物象と「恋の思いに消え入りそうだ」という心情表現とが、二重の文脈を形成している。

「ほのかに見る」そして「音に聞く」――『古今集』の恋はこのようなきっかけから始まるのだが、前途はなかなか険しいようだ。恋一冒頭歌群の末尾に置かれるのは、紀貫之の歌である。

3 逢ふことは雲居《くもゐ》はるかに鳴神《なるかみ》の音に聞きつつ恋ひわたるかな　（恋一・四八二・紀貫之）

逢うことは空のかなたのように遠く、遠雷を聞くように時折あの人の噂を聞きながら、恋いつづけていることだ。

恋しい人とのあいだには距離の隔たりがあるのか、関係を深めるには時間がかかりそうなのか、もしかしたら相手は高貴な人なのか？　いずれにしても「逢ふこと（恋の成就）」は空のかなたのように遠く思われて、時折「音に聞きつつ」、いつまでも「恋ひわたる（恋いつづける）」ことしかできない。この歌は一見何の変哲もないようだが、実は文脈の構成に意匠が凝らされている。

逢ふことは……はるかに………音に聞きつつ恋ひわたるかな……〈心情表現〉
　　　　　　雲居はるかに鳴神の音　　　　　　……〈物象〉

「はるかに」と「音」の部分で文脈が二重になり、「逢ふことははるかに……音に聞きつつ恋ひわたるかな」という心情表現のあいだに「雲居はるかに鳴神の音」という物象が挟み込まれている。歌の中間部に取り込まれた遠い空は、手の届かない人に憧れる「こころ」のイメージでもある。恋の成就はまだまだ先であることが予感されるのである。

物に寄せるか、心を語るか

ここまで見てきた1から3はいずれも、心情表現と何らかの物象を結びつけるタイプの歌であり、「花を隠す霞」「菊の上の白露」「空のかなたの雷鳴」といった物象が、恋の感情に多彩なイメージを投げかけていた。心情表現と何らかの物象とを対応させることは、恋歌の重要な表現・発想法の一つであり、本書四章で取り上げる序詞・掛詞・縁語などのレトリックも、これと密接に関わっている。

その一方で恋歌には、物象を介在させず、心情語を連ねることによって揺れ動く「こころ」にかたちを与えるタイプの歌もある。恋一「よみ人知らず」歌群から例を挙げよう。

思ふには忍ぶることぞ負けにける色には出でじと思ひしものを（恋一・五〇三・よみ人知らず）

あの人を思う感情には、耐え忍ぼうとする意志の方が負けてしまった。この恋を決して態度に表わすまいと思っていたのに。

いわゆる「忍ぶ恋」の歌で、「思ふ」「忍ぶ（人に知られないよう秘め隠すこと）」「色に出《い》づ（態度に表われること）」という心情語によって、恋する者の葛藤する「こころ」をかたどる。恋はどうして隠されなければならないのか？　忍ぶ恋の歌がみな、禁じられた関係の所産だったわけではなく、これもまた恋歌の〈型〉の一つと見なすことができる。忍ぼうとする意志の強さは、それにもかかわらず溢れ出てしまった感情の切実さを証し立てる。「態度に表わすまいと思っていたのに」という台詞《せりふ》は、この上ない愛の告白なのである。ともあれ、この歌には物象は存在せず、心情語のみで成り立っていることが確認できよう。

恋歌の中に見てきたような二つのタイプがあることは、早く『万葉集』においても意識されており、前者は「寄物陳思《きぶつちんし》（物に寄せて思ひを陳ぶ）」、後者は「正述心緒《せいじゅつしんしょ》（正に心緒を述ぶ）」と名づけられている。この二つのタイプはいずれも、恋歌の重要な発想・表現の〈型〉として、『古今集』以降にも継承されていくのである。

古今集の人間観

さて、もう一度、前掲**1**「山桜霞の間よりほのかにも見てし人こそ恋しかりけれ」（恋一・四七九・紀貫之）に注目してみたい。この歌の「人」は誰のことなのだろうか？　前述のとおり、**1**には「人の花摘みしける所にまかりて、そこなりける人のもとに、後《のち》によみてつかはしける」という詞書があり、一目見た女性に贈った求愛の歌であることがわかる。「ほのかにも見てし人」は、恋しい女性その人のことである。それを明示するために、本書では「人」を「あなた」という二人称に置き換えて、「山桜を霞のあいだからほのかに見た、そのようにほのかに見かけただけのあなたが、恋しくてならない」と訳した。
古典和歌の「人」は、文脈に応じて、二人称の「あなた」の意味にも、「あの人」や「世間一般の人々」の意味にもなる。要するに「我＝自己」以外は、愛する相手も見ず知らずの人も、ひとしなみに「人＝他者」として把握されるのである。『古今集』の世界では、恋しい人は「私」のものではなく、むしろ「世間の人々」とつながっている。
「人」という「ことば」にこうした二重性があることから、本来「私とあなた」の個別の関係を詠じたはずの歌が、人間一般に通じる普遍性を帯びてくる場合もある。

吹き迷ふ野風《のかぜ》を寒み秋萩《あきはぎ》の移りもゆくか人の心の　（恋五・七八一・雲林院親王《うりんいんのみこ》）
吹き乱れる野風が寒いので、秋萩が色移ろっていく。そのように変わっていくのか、人の心も。

恋歌の最終巻にあたる恋五の中の一首で、寒風が吹いて萩が色褪せていくように「人の心」も移ろっていくのかと、秋の自然に重ねて恋の移ろいを詠じた歌である。「人の心」は、直接的には、かつて自分を愛してくれた、そして今は変わってしまった恋人の心であるが、同時に、広く人間というものに共通するあてにならない心を歌っていると解することもできる。「人」は『古今集』の人間観を鮮明に表わすキーワードなのである。

夢・涙・死——恋二

恋二は、撰者をはじめとする歌人たちの歌によって構成された「逢わざる恋」の巻であり、いかにも『古今集』らしい、恋する「こころ」を、理知的な思考の装いによって、明晰な「ことば」にした歌が並んでいる。

この巻は、六歌仙の一人である小野小町の「夢」の歌三首から始まる。

1 **思ひつつ寝《ぬ》ればや人の見えつらむ夢と知りせばさめざらましを**

（恋二・五五二・小野小町＝巻頭歌）

しきりに思いながら寝たので、あの人が現われたのかしら。夢だと知っていたなら、そのまま覚めずにいたものを。

2 **うたた寝《ね》に恋しき人を見てしより夢てふものは頼みそめてき**　（恋二・五五三・小野小町）

ふとまどろんだ夢に恋しいあの人を見てから、はかない夢というものを頼りに思い始めたのだった。

3 **いとせめて恋しき時はむばたまの夜《よる》の衣《ころも》を返してぞ着る**　（恋二・五五四・小野小町）

胸が締めつけられるほど恋しくてならないときは、夜の衣を裏返しに着て寝ることだ。

夢は『万葉集』以来の恋歌（相聞歌）の重要語で、恋人が夢に現われることには、①相手が自分を思ってくれているから、②自分が相手を思っているから、という二通りの理由づけが行なわれている。①と②は、夢の回路を通って魂が行き来するという古代的な想像力に基づいている点では等しいともいえよう。

小町の1は、②の立場をとる。恋しい人に逢えたと思ったのは、実は夢であった。こんな夢を見たのは、あの人のことを思いながら寝たためなのかしら、もしも夢だとわかっていたら、決して目覚めなかったものを――はかない夢を惜しみながら、小町はあれこれと思考をめぐらせる。その思考がそのまま、歌として結実しているのである。2は「うたた寝」の夢の歌。1は「思ひ寝《ね》（人を恋しく思いながら寝ること）」の夢であったが、束の間のまどろみの中にも、その人は姿を現わした。それ以来はかない夢などというものに期待を抱き始めたのだった。つづく3は「夜着を裏返して身につけると恋人が夢に現われる」という俗信を踏まえた歌。恋しくてならないときは、夢でもいいから逢いたいと、呪術めいたこともしてしまう。

1から3へと、夢にかける期待が膨らんでいくのだが、夢にすがるのは現実での逢瀬が絶望的であるからにほかならない。「逢わざる恋」の歌では、夢は恋の成就の困難さを照らし出す働きを持つ。小町が三首の歌をどの順番で詠んだのか、そもそもこれらは同じ折に詠まれた歌だったのか、判然としない。しかし『古今集』の配列の中においたとき、この三首の夢をめぐる思惟から、恋の苦しみが募っていくことを読み取ることができよう。

「涙」も恋歌に不可欠なことばである。

4
君恋ふる涙の床《とこ》に満ちぬればみをつくしとぞ我はなりぬる　（恋二・五六七・藤原興風）

あなたを恋しく思う涙が、寝床の中に満ちてしまったので、私は澪標《みおつくし》となって、恋に身を尽くしてしまいそうだ。

5
いつはりの涙なりせば唐衣《からころも》忍びに袖はしぼらざらまし　（恋二・五七六・藤原忠房《ふじわらのただふさ》）

この涙が偽物であったなら、衣の袖をこっそりとしぼるようなことはしないだろうに。

6
白玉《しらたま》と見えし涙も年経《ふ》れば唐紅《からくれなゐ》に移ろひにけり　（恋二・五九九・紀貫之）

最初は真珠のように見えた涙も、あの人に逢えずに年月が経って、鮮やかな真紅に変わってしまったことだ。

4は、涙を量的に誇張し、「海」にたとえている。寝床の中は涙の海。なすすべもない私は「澪《みお》標《つくし》（船の通る水路を示す杭）」さながらに「身を尽くす」――恋に身を滅ぼしてしまいそうだ。『古今集』には海以外にも、涙を「川」や「雨」などの自然界の水にたとえる歌が見られる。5は「袖」を歌う。この涙があなたの気を引くための空涙であったら、もっとこれ見よがしに流すだろう、真実の恋だからこそ、私はひそかに袖をしぼっているのだ。袖は涙をぬぐうものであり、「袖を濡らす」「袖をしぼる」「袖を朽《く》たす」といった言いまわしによって、涙の存在を暗示する歌――現代の修辞学でいう換喩《かんゆ》である――も多い。6は、最初は「白玉（真珠）」のようであった私の涙も、苦しい片恋の時を経て、ついには真紅の血涙に変じた、と歌う。涙の変化を通して月日を捉えているのである。「くれなゐの涙」は漢語「血涙」「紅涙」から発想された表現で、本来の「血涙」は憤激して流す涙、「紅涙」は美女の涙の意であったが、和歌の中では同一視された。このように『古今集』は、「涙」をめぐる多彩な比喩表現によって、恋する「こころ」に鮮やかなかたちを与えている。

恋の苦しみが極まると、死への思いが心をよぎることもある。古典和歌において「死ぬ」は哀傷歌ではなく恋歌、とりわけ「逢わざる恋」の歌の重要語であり、『古今集』恋二にも「逢ふ」ことと、「死ぬ」あるいは「命」をともに詠みこむ〈型〉が見られる。

7 死ぬる命生きもやすると試みに玉《たま》の緒《を》ばかり逢はむと言はなむ　（恋二・五六八・藤原興風）

死んでしまいそうな私の命が生き返るかどうか、ためしに「ほんの短いあいだだけ逢いましょう」と言ってみてほしい。

8 今ははや恋ひ死なましを逢ひ見むと頼めし言《こと》ぞ命なりける　（恋二・六一三・清原深養父《きよはらのふかやぶ》）

今はもう恋い死にしてしまいそうなのに、「そのうちお逢いしましょう」と頼みに思わせたあなたの言葉が、私の命そのものなのだ。

9 命やはなにぞは露のあだものを逢ふにし換へば惜《を》しからなくに（恋二・六一五・紀友則＝巻軸歌）

命だって、それが何だというのだ、露のようにはかないものではないか。あなたに逢うことと引き換えにするのなら、少しも惜しくはないのに。

7は、このままでは死んでしまいます、試しに「少しだけ逢いましょう」と言ってみてください、その言葉があれば命をつなぐことができるかもしれないから、という。脅迫まがいの、少し困った歌であるが、つれない恋人は心を動かしてくれるだろうか？　8の場合は、恋人は一度は「逢おう」と言ってくれたらしい。下二段動詞「頼む」は相手を信頼させる意で、これも恋歌の重要語の一つ。気まぐれな口約束が、今となっては命綱なのである。この二首は「逢ってくれないと死んでしまう」という訴えであったが、次の9は一転して、「逢う」ことと引き換えにするなら命も惜しくないと歌う。「命やは／なにぞは／露のあだものを」という初句、二句で短く切れる息継ぎからは、これ以上は耐えられないという切迫した気分を感じとることができよう。

見て来た九首のうち、小町の1は恋二の巻頭歌、友則の9は巻軸歌であった。恋二が描くのは「逢わざる恋」であり、未だ事件らしい事件は起きていないのだが、夢の世界に期待を寄せる巻頭から、是が非でも現実において逢おうとする巻末へと、歌を配列することによって次第に高まっていく感情が描き出されている。

初めての一夜とその前後――恋三

恋三において、『古今集』の恋は新たな展開を示す。私はこの巻を、「初めて逢う一夜」を中心に据えた、ⅠからⅤの五つの歌群からなると捉えている。次のとおりである。

Ⅰ逢わずに帰る　六一六番～六二六番
Ⅱ「なき名」が立つ　六二七番～六三一番
Ⅲ初めて逢う一夜
　「よひ」　六三二番～六三三番
　「よなか」　六三四番～六三六番
　「あかつき」　六三七番～六四三番
　「あした」　六四四番～六四八番
Ⅳ「浮き名」を怖れる　六四九番～六六九番
Ⅴ「浮き名」が立つ　六七〇番～六七六番

歌群Ⅰは、恋人の家を訪ねていくものの逢瀬のないまま虚しく帰る、というもの。「逢はで来《こ》し夜」「立ち返る」などがキーワードである。歌群Ⅱでは、未だ結ばれていないのに、先行して「なき名（事実無根の噂）」が立ってしまう。

歌群Ⅲは「初めて逢う一夜」を描いており、歌や詞書の中から「よひ↓よなか↓あかつき↓あした」という時の進行を読み取ることができる。「よひ」は夜の始まりのことで、男が女を訪ねていく時刻にあたる。「よなか」は文字通り真夜中のこと。恋人どうしがともに過ごす大切な時間である。「あかつき」は夜の終わり。夜明け前のまだ暗い時刻をいい、恋人たちにとっては別れの時にあたる。「あした」は翌朝。空がすっかり明るくなったのちである。

歌群Ⅳは、ようやく逢瀬を遂げたものの人目や噂を憚ってなかなか逢えない、というもの。そして歌群Ⅴでは、怖れていた「浮き名」が立ってしまう。このように恋三は、個々の歌を配列することによって、初めての逢瀬とその前後の時間を捉えている。

「よひ」から「よなか」へ

『古今集』恋三の中でも最高潮といえるのは、Ⅲ「初めて逢う一夜」の歌群であろう。この歌群については、時の推移に注目しながら丁寧に読んでみたい。まずは「よひ」の歌。

忍ぶれど恋しき時はあしひきの山より月の出《い》でてこそ来《く》れ　（恋三・六三三・紀貫之）

思いを秘めておこうとしても、どうしようもなく恋しいときは、山から月が出るように、私も家から出てきてしまうのだ。

「あしひきの」は山にかかる枕詞。夕暮れになると山から月が出るように、恋しさに耐えかねた男は家から憧れ出て来る。「忍ぶれど」を初句に置いて忍び難い恋の衝迫を詠じるのは、後世にまで受け継がれていく恋歌の〈型〉であるが〔＊1〕、貫之のこの歌が、確認できる最初の例にあたる。「あしひきの山より月の」は「出で」を導く序詞であると同時に、「よひ」の情景であるとも捉えることができよう。恋する男は月明かりの下、愛する女のもとへと出かけていくのである。

恋人たちがともに過ごす「よなか」の歌は、わずか三首しかない。

1 恋ひ恋ひてまれに今宵《こよひ》ぞ逢坂《あふさか》の木綿《ゆふ》つけ鳥は鳴かずもあらなむ （恋三・六三四・よみ人知らず）

ひたすらに恋しつづけて、ようやく今夜は逢える。夜明けを告げる「逢坂の木綿つけ鳥」は、どうか鳴かないでいてほしい。

貴重な逢瀬の夜は明けずにあってほしいと願う歌である。「……今宵ぞ逢ふ」と「逢坂」が掛詞。「木綿つけ鳥」とは鶏のことで、世情が騒がしいときには、鶏の尾に清浄な木綿を結んで逢坂をはじめとする関所で鳴かせて、祓《はら》えをしたという。次の歌ではすでに夜明けが迫っている。

2 秋の夜《よ》も名のみなりけり逢ふといへばことぞともなく明けぬるものを

（恋三・六三五・小野小町）

「長い」といわれる秋の夜も、言葉だけのことだった。恋しいあなたに逢うとなると、これといったこともなく明けてしまうのだから。

3 長しとも思ひぞ果てぬ昔より逢ふ人からの秋の夜なれば　（恋三・六三六・凡河内躬恒）

「長い」とも、私は思いさだめてはいない。逢う人によって長くも短くも感じられる、秋の夜とは昔からそういうものなのだから。

季節は秋。長いはずの秋の夜だが、愛する人と過ごすとなると、あっけないほどに短かった――『古今集』の恋の頂点は、二人で歓を尽くした喜びではなく、貴重な時が移ろっていく悲しみとして歌われる。そして、その悲哀の思いは「秋の夜は長い」という観念をめぐる思考のかたちで表現されている。移ろうものを愛惜する「こころ」が、理知的な思考を経由して、明晰な「ことば」として結晶化している――『古今集』の恋歌とは、かくあるのだった。

なお2の作者は小野小町、3の作者は撰者の一人である凡河内躬恒であり、両者の活躍時期は半世紀ほどずれているが、この二首は、あたかも別れを惜しむ恋人どうしの贈答歌であるかのように呼応し合っている。これも撰者たちによる配列の工夫ではないかという説があるが〔＊2〕、首肯してよいように思われる。

「あかつき」の別れ

「あかつき」の歌群は「しののめ」「あかつき」「明けゆく」「起く」「別れ」などのことばを含む歌によって構成されている。夜から朝への時の移ろいを、光の気配や鳥の音によって、視覚と聴覚の両面から細やかに描いていく歌群である。数首を抜粋しよう。

1 しののめのほがらほがらと明けゆけばおのがきぬぎぬなるぞ悲しき　（恋三・六三七・よみ人知らず）

東の空が白み始めて、夜がほのぼのと明けていくと、それぞれの衣を身に着けて、別れていかねばならないのが悲しい。

2 明けぬとて今はの心つくからになど言ひ知らぬ思ひそふらむ　（恋三・六三八・藤原国経《ふじわらのくにつね》）

夜が明けたので「今はもう別れの時」と思ったとたんに、どうして言いようもない切なさがこみあげてくるのだろう。

3 しののめの別れを惜しみ我ぞまづ鳥より先になきはじめつる　（恋三・六四〇・寵《うつく》）

夜明けの別れを惜しんで、私の方がまず、鳥が鳴くよりも先に泣き始めたのだった。

4 時鳥夢かうつつか朝露のおきて別れし暁の声　（恋三・六四一・よみ人知らず）

時鳥よ、あれは夢だったのか現実だったのか。朝露の置く明け方に、愛する人と起きて別れたときに聴いた、あの声は。

5
玉匣《たまくしげ》明けば君が名立ちぬべみ夜深《よぶか》く来《こ》しを人見けむかも（恋三・六四二・よみ人知らず）

（美しい手箱の蓋を開けるように）夜が明けたなら、きっとあなたの噂が立ってしまうから、私はまだ夜の暗いうちに帰って来たのだが、誰かが見とがめただろうか。

1の「しののめ」は、「東雲」という漢字をあてることもあり、東の空がほのかに明るくなるころをさす。「きぬぎぬ」は「衣衣」あるいは「後朝」とも書き、一夜をともにした男女が、翌朝それぞれの衣を身に着けて別れていくことをいう。別れ際に、あるいは男が家に帰りついてから、互いに歌を詠み交わして愛情を確認するのが王朝人の恋の作法であった。こうした歌を「後朝《きぬぎぬ》の歌」と呼ぶ。2は男の歌。夜が明けてしまえば帰らねばならない、それが言いようもなく切ない。3は女の歌で、夜明けの鳥が「鳴き始める」より先に、自分の方が「泣き始めた」という。「なく（鳴く／泣く）」が掛詞である。4は、恋人と別れた暁に、印象深く聴いた時鳥の声を歌う。その声は、もしかしたら夢の中のものだったのか？　5では、男はすでに帰宅している。愛する女の名誉のために「夜深く来し」——夜が明けきらないうちに帰って来たのだが、誰かに見られてしまったかもしれない。「匣」は櫛や化粧道具を入れておく手箱で、この歌では箱の蓋を「開く」ことから「（夜が）明く」の枕詞として機能しているが、持ち主である女の面影を感じ取ることもできよう。

『古今集』の恋人たちは、朝に急き立てられるようにして別れていく。このような「あかつき」の別れの場面は、『源氏物語』をはじめとする日本の古典文学の中にもしばしば登場するのだが、現代の私たちが後朝の情景に初めて出会うのは、もしかすると欧米の文学作品や映画の中であるかもしれない。たとえば次の例ではないだろうか。

ジュリエット　もう行ってしまうの？　まだ朝じゃないわ。あなたのおびえた耳を貫いたのはナイチンゲールよ、ヒバリじゃない。毎晩あそこのザクロの木に止まって鳴くの。本当よ、ね、ナイチンゲールよ。

ロミオ　ヒバリだった、朝の先触れだ、ナイチンゲールじゃない。見てごらん、妬み深い光が幾すじも東の空の雲の切れ間を縁取っている。夜空にまたたく灯火も燃え尽きて、朝日が靄《もや》に包まれた山々の頂きに爪先だっている。立ち去って生きるか、留まって死ぬか。

（『ロミオとジュリエット』第三幕第五場）〔＊3〕

ロミオとジュリエットが二人で迎えた、初めての夜明けの場面である。朝を告げるヒバリの声を、夜に鳴くナイチンゲール（小夜啼鳥《さよなきどり》）だと、ジュリエットは言う。甘美な一夜のあと、恋人と過ごす時間を少しでも引き延ばしたいのである。しかし、ふとした諍いから殺人に手を染めてしまっているロミオは、一刻も早くこの街から立ち去らねばならない。空に曙光が兆して、出発すべき時は近づいているのだ。この後朝の別れが、結果として二人の永訣につながることは、周知のとおりである。シェイクスピアより七百年早く、『古今集』の中にも、夜明けの恋人たちの「こころ」と「ことば」が息づいている。

「あした」――禁忌に触れる恋

「あした」の歌群には、六歌仙の一人である在原業平が登場する。『古今集』恋歌を読んでいくと、小野小町や在原業平の歌を節目として、新たな局面が拓かれることがしばしばある。撰者たちには、一種のスターシステムめいた思惑があったのではないかとさえ感じられる。特に業平の歌には、他の歌人とは一線を画す詳細な詞書が付されている場合があり、詞書ぐるみで恋歌の世界形成に関与している例が、まま見られる。次の歌もそうした例の一つである。

業平朝臣の伊勢国《いせのくに》にまかりたりける時、斎宮《さいぐう》なりける人に、いとみそかに逢ひて、またのあしたに、人やるすべなくて、思ひをりけるあひだに、女のもとよりおこせたりける

よみ人知らず

君や来《こ》し我や行きけむ思ほえず夢かうつつか寝てか覚めてか

返し

かきくらす心の闇に惑《まど》ひにき夢うつつとは世人《よひと》さだめよ　（恋三・六四五―六四六）　在原業平

詞書が伝える事情は次のようなものである。業平は伊勢国（三重県）に下ったときに「斎宮であった女性」と密かに逢った。「またのあした」つまり逢瀬の翌朝に、自分からは使者を遣る手立てがないので思いあぐねていると、女の方から歌を贈ってきた。通例とは反対の、女の側から先に詠みかける後朝の歌である。伊勢斎宮とは、天皇の名代として伊勢神宮に遣わされる女性で、未婚の内親王もしくは女王《にょおう》の中から選ばれた。神に仕える聖なる女性であり、俗界の男との恋が禁じられていることはいうまでもない。『古今集』は、神の禁忌《タブー》に触れる恋をも取り込んでいるのである。

業平の恋人は誰だったのか。右の贈答歌は『伊勢物語』六十九段の歌でもあるが、物語の本文では、文徳《もんとく》天皇の皇女で清和《せいわ》天皇の代に斎宮をつとめた恬子内親王《てんしないしんのう》がその人であった、と明言されている。『伊勢物語』の「男＝業平」と「斎宮＝恬子内親王」は、王朝文学を代表する禁じられた恋人どうしであった。しかし『古今集』は女の歌を「よみ人知らず」としており、そもそも詞書の「斎宮なりける人」という言いまわしにも、斎宮自身ではなく「斎宮御所にいた女性」とも解し得る含みがある。『古今集』は、業平の恋人の正体を曖昧にぼかしているのである。それにしてもこの贈答歌には、何かただならない切迫感を認めることができよう。

さて女は次のように歌う。

あなたが来たのか、私が行ったのか。それさえはっきりしない。昨夜の出来事は夢だったのか現実だったのか。私たちは寝ていたのか覚めていたのか。

「思ほえず」という第三句を要として、「AなのかBなのか」という問いかけが三つ、投げ出されている。おそらく一生に一度しかない無我夢中の一夜を経験した女の、未だ夢から覚めやらない「こころ」が、そのままかたちになったかのような歌である。『伊勢物語』では斎宮の方が男の待つ部屋を訪ねて来たと語られているので、「君や来し我や行きけむ」という惑乱が、よりしっくりと理解されようか。

対する男は、女の歌の「夢」と「うつつ」を踏まえて答えた。

私も真っ暗になった心の闇の中に迷い込んでいた。夢か現実かは、世間の人よ、定めるがいい。

自分も理性を失っていたことを、男は「心の闇に惑ひにき」と表現している。あなたと同じように私もまた暗い闇の中に惑う思いであった、と。「心の闇」は、現在では常人には理解しがたい――と判断される――犯罪者の心理などを言うときの常套句と化しているが、古典文学の中では、心ある人なら誰もが経験し得る愛情ゆえの惑いの意味で使われていた(*4)。業平の歌は「心の闇」の現在確認できる最初の例にあたる。五句の「世人」も類例の少ないことばで、『古今集』の注釈史の中では、①世間一般の人、②相手の女、という二通りの解釈がなされてきた。本書では「世間一般の人」と解して、私たちの恋が真実であるかどうか、そして指弾されるべき罪にあたるかどうかは、第三者の審判に委ねよう、という意であると捉えておきたい。ようやく手に入れた一夜は、たしかな実感もないまま明けてしまった。そして未だ夢心地の女とは違って、男の意識は自分たちの恋を許容しないであろう厳しい現実社会へと向かっているのである。

「飽かず」——逢ってのちに募る恋心

「あした」の歌群の最終歌には、再び「月」が登場する。

さ夜ふけて天《あま》の門《と》わたる月影に飽かずも君を逢ひ見つるかな　(恋三・六四八・よみ人知らず)

夜が更けて、大空を渡っていく月光の下で、どれほど愛を語ってもなお飽き足りない思いで、あなたに逢ったのだった。

「天の門」は空を海と見なしたことば。「月影」は月光である。海を行く舟のように、月はゆっくりと夜空を渡って、時が流れていった。恋人たちを照らしている月は、「よひ」の歌——忍ぶれど恋しき時はあしひきの山より月の出でてこそ来れ（恋三・六三三・紀貫之）——において、女のもとに憧れ出て行く男の頭上にあったのと、同じ月であると読むこともできよう。

この歌の心情表現の要となるのは「飽かず」である。「飽かず」は満足できない、満たされないという意であり、否定的な響きがあるようにも感じられよう。しかし「飽く＝満足する」とは飽和に達すること、それ以上は求めないということであり、恋においては忌避すべき感情である。「飽かず」あるいは「見れど飽かず」は、逢瀬を経ていっそう募る恋情を表わす重要語で、これも恋歌の〈型〉の一つである。「初めて逢う一夜」の歌群は、満たされない思いを抱きながら、月下の恋人の面影をいとおしむ歌によって終了する。

浮き名に悩まされ

夢のような逢瀬ののち、『古今集』の恋人たちが直面するのは、二人の仲に介入しようとする俗世間の存在である。恋人たちにも貴族社会における立場や体面があり、身分にふさわしい振舞いが求められる。とりたてて禁じられた関係でなくても、恋情を無防備に表わすことは許されない。恋三の後半には、「浮き名が立つ」ことや「人目」を怖れる歌が登場する。

花すすき穂に出でて恋ひば名を惜しみ下結《したゆ》ふ紐《ひも》の結《むす》ぼほれつつ　（恋三・六五三・小野春風《おののはるかぜ》）

薄が穂を出すように、はっきりと態度に表わして恋い慕うと、噂が立ってしまうことが心配なので、下紐がかたく結ばれているように、私もかたく心を閉ざしている。

たぎつ瀬のはやき心を何しかも人目づつみの堰《せ》きとどむらむ　（恋三・六六〇・よみ人知らず）

急流のように激しくわき立つ恋心を、いったいどうして「人目をつつむ（＝憚る）」という堤がせきとめているのだろうか。

薄の穂が目に立つように、二人の関係を世間の人々に知られてはならない。急流のような情熱のままに恋人のもとを訪れることは、避けねばならないのである。しかし、やがて我慢にも限界がやってくる。

枕よりまた知る人もなき恋を涙せきあへずもらしつるかな　（恋三・六七〇・平貞文《たいらのさだふみ》）

私の恋を知っているのは枕だけ――そんな秘密の恋を、涙をこらえることができずに、人に漏らしてしまったことだ。

王朝人には、夜をともに過ごす「枕」は持ち主の秘めた思い――夜見る夢やこっそり流す涙など――を知っているという通念があった。その枕以外は誰も知らないはずの恋だったのに、不覚にも人前で涙を流したために、みなに知られてしまった、というのである。もう取り返しがつかない。あっという間に噂が広がってしまう。次の歌のように。

君により我が名は花に春霞野にも山にも立ちみちにけり　（恋三・六七五・よみ人知らず）

あなたのために、私の浮き名は、花を隠す霞が野山に立ちこめるように、はなばなしく立ってしまった。

熱愛から別離まで——恋四

恋四は、いったん成就した恋が終焉に至るまでを描いていく。その大きな流れをたどっていこう。

まず恋四の巻頭に置かれるのは、熱烈な恋の歌である。

1 陸奥《みちのく》の安積《あさか》の沼の花かつみかつ見る人に恋ひやわたらむ　（恋四・六七七・よみ人知らず＝巻頭歌）

陸奥の安積の沼の辺に咲く「花かつみ」ではないが、「かつ見る人」——一方ではこうして逢っている人に、また一方では恋しつづけるのだろうか。

「恋ふ」とは、遠く離れたところにある事物や人を思い慕うことである。恋い焦がれた人に逢っているのだから、心が落ち着いてもよいはずなのに、逢うそばから恋しくてならない、こんな状態がずっとつづくのだろうか？　この歌は恋する者の渇望にも似た思いを詠じている。「かつ」は二つのことが同時に生じることを言う語。「花かつみ」は水辺に咲くアヤメ科の花かと言われるが、ここでは同音のくり返しによって「かつ」を導くことばとして機能している。「安積沼」は現在の福島県郡山市にあった沼である。都人にとっては容易に訪れることのできない東国の土地であるが、**1**の影響によって、「花かつみ」の名所というイメージが定着した。安積沼のような、和歌にしばしば詠まれる地名で、特定の〈型〉を形成しているものを「歌枕《うたまくら》」という。

この巻頭歌につづいて、恋四の前半部には深い恋心を詠じた歌が並んでいる。

2 **かれはてむ後《のち》をば知らで夏草の深くも人の思ほゆるかな**　（恋四・六八六・凡河内躬恒）

枯れ果ててしまう未来のことなど知らずに、深々と生い茂る夏草のように、恋がさめて離れていってしまうあとのことなど想像もせず、深くあの人が思われることだ。

3 **飛鳥川淵《あすかがはふち》は瀬になる世なりとも思ひそめてむ人は忘れじ**　（恋四・六八七・よみ人知らず）

飛鳥川の淵が浅瀬に変わるように、変転極まりないこの世であっても、この私は一度愛した人のことは決して忘れまい。

2は凡河内躬恒の歌。自分の恋心は、枯れ果てる日が来るなどとは思いもせず深々と繁茂している夏草のようである、という。「かれはつ」には、草が枯れる意の「枯る」と、恋人が遠ざかる意の「離《か》る」が掛かる。3は歌枕「飛鳥川」を詠みこんだ恋歌。飛鳥川は奈良県明日香村のあたりを流れる川であるが、『古今集』雑下の巻頭に置かれた、

世の中はなにか常《つね》なる飛鳥川昨日の淵ぞ今日は瀬になる　（雑下・九三三・よみ人知らず）

という歌によって、昨日は深い淵であったところが今日は浅瀬に変わっているような変転極まりない「あす（明日）かがわ」であるというイメージが固定し、無常の象徴となった。3は、飛鳥川のように変わっていくこの世界で私だけは決して心変わりなどしない、と愛の永遠を誓っている。「……忘れじ」は愛の誓いの〈型〉の一つである。

2と3は自分の恋心が熾烈であることを歌ってはいるのだが、その反面、表現自体の中に恋が移ろっていく予感、激しい恋情もいつかは醒めるという認識が潜在しているのではないだろうか。夏草は必ず枯れてゆくし、「忘れじ」という誓約の中には「忘る（愛が冷めて相手の存在が念頭から消えてしまうこと）」が含み込まれているのである。

恋四の中盤には、男の訪れを「待つ女」の歌群（この歌群については後述する）をはさんで、恋人

の心変わりを嘆く歌が現われる。

4 里人《さとびと》の言《こと》は夏野の繁くともかれゆく君に逢はざらめやは　（恋四・七〇四・よみ人知らず）

里人の噂は夏野に生い茂る草のようにうるさくとも、草が枯れるように離れていってしまうあなたに、逢わずにいられようか。

5 須磨の海人《あま》の塩焼く煙《けぶり》風をいたみ思はぬ方《かた》にたなびきにけり　（恋四・七〇八・よみ人知らず）

須磨の漁師が塩を焼く煙が、風が激しいので思いがけない方角にたなびいてしまった、そのように、あの人の心も予想外の相手に移ってしまったことだ。

6 色もなき心を人に染めしより移ろはむとは思ほえなくに　（恋四・七二九・紀貫之）

何の色もついていない真っ新《さら》な心を、あなたという色に染めてから、色褪せることがあろうとは思っていなかったのに。

4では、人々の口さがない噂が恋を妨げている。そのせいなのか、恋人の訪れは少しずつ間遠になっているらしい。「離れゆく君」あるいは「離れゆく人」は、自分から遠ざかっていく恋人をいう決まり文句、つまり恋歌の〈型〉の一つであり、この歌のように「枯る」と掛詞になる例が多い。5は、漁師が塩焼きをする須磨の浦の光景を歌う。湿った海藻が燃えくすぶって、よじれた煙が立ちのぼり、やがて風に吹かれて思いがけない方向にたなびいてしまう。海浜の光景全体が相手の心変わりの隠喩なのである。6は紀貫之の歌。この歌については古くから、①相手の愛情が移ろってしまった、②自分の愛情が移ろってしまった、という二つの解釈が並存しているが、本書では①を支持したい。私の心を鮮やかに染め上げたあなたの愛情が移ろって、私も色褪せてしまった、こんな日が来ようとは思わなかったのに、というのである。愛の移ろいを染色のイメージによって形象化した歌である。

手紙を返す

恋四の巻末では、すでに関係は破綻してしまっている。たとえば次の歌のように。

右大臣《みぎのおほいまうちぎみ》住まずなりにければ、かの昔おこせたりける文《ふみ》どもをとり集めて、返すとて
よみておくりける　藤原因香《ふぢはらのよるか》

頼めこし言の葉今は返してむ我が身ふるれば置き所なし　（恋四・七三六）

これまで私を頼みに思わせてきたあなたからの数々の手紙を、今はもうお返ししよう。私はすっかり古ぼけた者になり、身の置き所も手紙を持っている意味もなくなってしまった。

作者の藤原因香は宮中に仕えて典侍《ないしのすけ》を務めた女性である。恋仲であった右大臣源《みなもとの》能有《よしあり》が「住

まずなりにけり」――通ってこなくなってしまった。女は自分たちの関係が終わったことを察知して、これまでに贈られた手紙を返却する。この歌は手紙の束に添えられたもの。かつては嬉しく思われた数々の愛のことばも、あなたに棄てられた私には意味がなくなってしまった、という。『古今集』には能有の返歌も収められているが、「私の書いた手紙ではあるが、あなたとの恋の形見だと思おう」といった内容である。男も「やり直そう」とは言わなかった。これでお別れ、である。

失われた恋の追憶――恋五

『古今集』は、関係の途絶をもって恋の終焉とはしない。右のような決別の歌のあとに、さらに最終巻である恋五が存在しているのである。恋五には、実らなかった恋や失われた恋を追憶する歌が収められている。まずは巻の前半部の歌を見てみよう。

仲平朝臣《なかひらのあそむ》あひ知りて侍りけるを、離《か》れがたになりにければ、父が大和守《やまとのかみ》に侍りけるもとへまかるとて、よみてつかはしける　伊勢

1 三輪の山いかに待ち見む年経《ふ》ともたづぬる人もあらじと思へば　（恋五・七八〇）

人を待つという三輪山だが、私はどのように待って逢うことができるだろうか。何年経っても訪ね

てくれる人はあるまいと思うので。

物思ひける頃、ものへまかりける道に、野火《のび》の燃えけるを見てよめる　　伊勢

2冬枯れの野辺と我が身を思ひせば燃えても春を待たましものを　（恋五・七九一）

あの人が離れていった私の身を、「冬枯れの野辺」だと思うことができたなら、思いの火を燃やして、もう一度めぐって来る春を待つのだけれど。

1も**2**も伊勢の歌である。伊勢は撰者たちと同時代に生きた人で、宇多天皇の女御《にょうご》藤原温子《ふじわらのおんし》に仕える女房であったが、温子の異母弟である仲平《なかひら》と恋愛関係を結んだ。おそらく仲平が最初の恋人であり、この関係は十代の出来事ではなかったかと考えられている〔＊5〕。やがて仲平が遠のき始めたので、傷心の伊勢は大和守である父のもとに身を寄せることにした。都を去るときに詠んで送ったのが**1**である。三輪山は大和国（奈良県）の名山であるが、『古今集』雑下の、

我が庵《いほ》は三輪の山もと恋しくはとぶらひ来《き》ませ杉立てる門《かど》　（雑下・九八二・よみ人知らず）

の歌によって、恋しい人の訪れを待つ女が住む土地というイメージがあった。伊勢はこれを踏まえながら、三輪山の麓に住んだところで、私には待っていれば逢えるかもしれないという希望すら残っていない、と歌う。とはいうものの、この歌は愛した人への贈歌であり、追いかけてきて

はくれまいかというわずかな期待も、こめられているのかもしれない。

2は早春の野焼きの光景を見て詠んだ歌。「……せば……まし」は反実仮想と呼ばれる構文で、事実に反することを仮定する言いまわしである。自分の身を「冬枯れの野辺（「枯れ」には「離れ」が掛かる）」だと思うことができたなら、野焼きの火に燃えるように思いの火を燃やして、もう一度恋が芽生える日を待つのに。伊勢は、恋を失った我が身を、荒涼とした冬枯れの野辺よりも救いのないものとして歌っている。

ちなみに仲平との別離ののち、伊勢は宇多天皇の寵愛を受けて皇子を生み、その子は夭逝するものの、美男の誉れの高い敦慶親王《あつよししんのう》（宇多天皇の子）と長く平穏な夫婦関係を結び、歌人としても活躍をつづけた。親王との間に生まれた娘である中務《なかつかさ》も、歌人として知られている。

飽きられ、忘れられて——恋の終焉

恋五の後半部には、恋を失った我が身を見つめる歌が並んでいる。

1 初雁のなきこそ渡れ世の中の人の心のあきし憂ければ　（恋五・八〇四・紀貫之）

初雁が鳴きながら空を渡っていくように、私もずっと泣きつづけている。世の中の人の心に訪れた「飽き」——「秋」が悲しくてならないので。

2 忘らるる身を宇治橋《うぢばし》の中絶えて人も通はぬ年ぞ経《へ》にける（恋五・八二五・よみ人知らず）

あの人に忘れられたこの身がつらい、宇治橋が途中で絶えて誰も通らないように、訪れる人もないまま年月が経ってしまった。

1は紀貫之の歌。夏が過ぎて秋が来るように、あの人の心にも「飽き」が訪れて、うち棄てられた「私」は初雁のように泣きつづけている。「あき」は「秋」と「飽き」を掛けたもの、初句の「初雁」は「秋」の縁語（一つの歌の中の要となる「ことば」にゆかりのある語をちりばめていく技法のこと。四章二節において詳述）である。しめやかな秋の自然を背景にして、恋人に顧みられなくなった者の悲しみを形象化した歌である。「あき（秋／飽き）」は、恋の終末期を捉える重要語の一つで、『古今集』恋五の中に頻出する。この「ことば」の中では、アキという共通音を媒介にして自然と人事が結びついているのだが、王朝人にとっての秋は、そもそも悲哀の情を喚起する季節であった。「あき（秋／飽き）」は、単に掛詞であるというよりも、秋の風景と恋の終焉の情調とが一つに融け合った、王朝恋歌特有の概念であると捉えてよいであろう。「あき」には、季節の推移が必然であるのと同様に、熱烈な恋にもやがて飽きが訪れるという諦念が内包されているのである。

2は「（忘らるる身を）憂（し）」に「宇（治橋）」を掛けている。宇治川の橋が途中で途絶えて人も通らないまま放置されているように、恋人からの音信もふっつりと絶えて、そのまま長い年月が経ってしまった。「忘らるる身」は、恋人に去られた者の自己規定の語で、これもまた恋の終焉を歌う際の要となる「ことば」である〔*6〕。恋の終わりとは、激しい諍いではない。相手の心からいつのまにか自分の存在が消えてしまうことなのであった。

前述のとおり、『古今集』の恋三や恋四の前半部には、「飽かず」や「忘れじ」といった「ことば」が見られた。これらは逢瀬ののちにますます募る恋を証し立てる表現の〈型〉であるが、いずれも「〇〇しない」という打ち消しを伴った言い方であったことに改めて注意したい。『古今集』歌人は否定形によって愛を歌う。では恋の終末期には、それらを反転させた「飽きた」あるいは「忘れた」といった歌が詠まれるのだろうか？　そのような歌は存在しない。恋人に飽きて、その人を忘れてしまったなら、もはや歌は生まれないのである。『古今集』の恋の終焉は、飽きられた者、忘れられた者の側から歌われる。そうした者の「こころ」をかたどる要となる「ことば」が、「あき」であり「忘らるる身」であった。

ここまで見てきたように、『古今集』恋歌の配列の中から、時とともに移ろっていく恋の姿を読み取ることができる。そしてまた、この歌集の中には、始発から終焉に至るまでの恋をかたどる、恋歌の「ことば」の体系が存在していることも確認できよう。『古今集』は、恋する「こころ」を捉える「ことば」の体系を創り上げている。言い換えれば、かくあるべき「恋の顚末」を創造しているのである。

歌集の論理と歌の生理

歌集を編纂するという行為は、素材となる歌を多角的に分析し、一定の解釈を施すことと分かちがたく結びついている。貫之をはじめとする撰者たちは、個々の歌の「こころ」と「ことば」とを吟味し、適切な箇所に置いて、『古今集』という一つの作品を形成した。それぞれの歌は、いわば歌集をかたちづくるピースとして、『古今集』の論理の中に位置づけられている。その一方で、それらの歌には、歌集の論理には収まりきらないふくらみや広がりも存在している。三十一文字の小さな器の中で感情の核心を表現する和歌は、置かれた場面や文脈によって多様な意味を持つことができる——それが歌の生理であるといってもよいであろう。歌集の論理は、ときとして歌の生理に制約を加えることもある。

典型例として『百人一首』でも知られる次の一首を取り上げよう。『古今集』恋四の中盤に置かれる「待つ女」の歌である。

今来《こ》むと言ひしばかりに長月《ながつき》の有明《ありあけ》の月を待ち出でつるかな　（恋四・六九一・素性法師）

「すぐ来るからね」とあなたが言ったばかりに、その約束の言葉を信じて、九月の有明の月が出るまで待ってしまいました。

作者の素性法師は、六歌仙の一人である僧正遍昭（遍照と記す写本もある）の子で、入集歌数は貫之、躬恒、友則に次ぐ三十七首（伊達本による。三十六首とする本もある）。『古今集』を代表する歌人の一人である。右の歌は、僧侶である素性が「女」の立場から詠じたもの。『古今集』の恋歌には、実体験の中で詠まれた歌も、このような虚構の歌も、区別なく含まれている。

さて、今考えてみたいのは、この歌の「女」はいったいどのくらいの時間待ったのかという問題である。手がかりになるのは、女が「長月の有明の月」を見ていること。「有明の月」は、陰暦の十六日以降、特に月末に近づいた二十日以降の月で、夜が明けたのちも空に消え残っているものを言う。また「長月」は陰暦の九月。秋の最終月であり、夜長のイメージとも結びついている。こうしたことを考え合わせて、古来二通りの解釈が提示されてきた。

A 一夜待つ＝男の口約束を信じた女は、長い秋の夜に一晩中待ちつづけて、とうとう夜の終わりを告げる有明の月に出会ってしまった。

B 秋の終わりまで待つ＝男の口約束を信じた女は、幾夜も虚しく待ちつづけて、とうとう秋の終わりを告げる長月の有明の月に出会ってしまった。

Aのように解するなら、期待から始まり失望に終わった一夜の、女の心の動きが際やかに浮かび上がる。約束を反故《ほご》にした男は、急用でもできたのだろうか。二人の関係も安定したので、ちょっとした甘えが生じたのか。あなたがいい加減な約束をなさるから、夜明けまで待ってしまったのよと、女は軽く腹を立てて見せている。Bのように解するなら、事態はより深刻であろう。男の訪れを待ちわびているあいだに季節が移ろい、秋ももうおしまいである。いつものように「今来む」と約束して、気軽な様子で帰っていった男は、もしかしたら二度と来ないのかもしれない。「長月の有明の月」を、一夜の終わりと捉えるのか、秋の終わりと捉えるのか。この歌の表現には、二通りの解釈を許容するふくらみがある。いずれにしても、女はひとりぼっちで、心細い晩秋の残月を眺めているのであるが。

配列イコール解釈

それでは、この問題について『古今集』はどう考えているのだろうか。『古今集』はひとまずこの歌を、Aの「一晩中待ちつづけた」歌として捉えているらしい。というのは、前述のとおり素性の歌は恋四に収められており、その前後には、次に挙げるような恋人の訪れを「期待して待つ女」の歌が並んでいるからである。現代語訳は女性の口調にしてみよう。

1 君や来《こ》む我や行かむのいさよひに真木《まき》の板戸《いたど》もささず寝にけり　（恋四・六九〇・よみ人知らず）

あなたがいらっしゃるかしら、私の方から行こうかしらとためらっているうちに、十六夜《いざよい》の月も出て、真木の板戸も閉ざさずに、そのまま寝てしまいました。

2 今来むと言ひしばかりに長月の有明の月を待ち出でつるかな　（恋四・六九一・素性法師＝前掲）

3 月夜よし夜《よ》よしと人に告げやらば来《こ》てふに似たり待たずしもあらず

（恋四・六九二・よみ人知らず）

「月が美しい、素晴らしい夜ですよ」とあの人に告げたなら、来てほしいと言っているのと同じで恥ずかしい。待っていないわけでもないのだけれど。

4 君来《こ》ずは閨《ねや》へも入らじ濃紫《こむらさき》我が元結《もとゆひ》に霜は置くとも

（恋四・六九三・よみ人知らず）

あなたが来てくださらないうちは、寝室に入ることもすまい。私の黒髪をむすぶ濃紫色の元結に、真っ白な霜が置くことがあっても。

これらの歌の女たちは、板戸の鍵も鎖さず（1）、あるいは戸口に立ち尽くして（4）、男の来訪を待っている。月明かりの夜は、恋人どうしの語らいが期待できるのであった（3）。ちなみに、1の「いさよひ」は、ためらう意の動詞「いさよふ」と「十六夜」の掛詞であり、1から3の歌には「十六夜の月」「有明の月」「月夜」が点景として歌いこまれている。これらの歌には「月」にまつわることばの連鎖も形成されているのであった。

待たれる「男」の方はどうしていたのだろうか。『古今集』は、この点にも目配りをしており、1の前に「男」の立場から詠まれた歌を置いている。

さむしろに衣《ころも》片敷《かたし》き今宵もや我を待つらむ宇治の橋姫《はしひめ》

（恋四・六八九・よみ人知らず）

幅の狭い敷物にひとりぼっちの衣を敷いて、今夜も私を待っているだろうか、あの宇治の橋姫は。

「宇治の橋姫」は宇治橋を守るという女神であり、この歌では宇治の里に住む恋しい女性の比喩と解される〔＊7〕。女の歌と呼応するように、男もまた、自分を待って独り寝をしている愛する女の姿を思い描いているのであった。

『古今集』の中では、素性法師の「今来むと」の歌は、期待外れに終わったある一夜の歌として位置づけられている。歌集の論理の中で、並び合う歌々と共鳴し合うことによって、一首の意味が確定される。そのようなプロセスの集積によって、一つの作品としての『古今集』が成立するのであった。

その反面、歌集の中に位置づけることは、歌が本来含み持っていたはずのふくらみや広がり、つまり意味の多様性を削ぎ落とすことにもつながる。十分に魅力的で説得力のあった、Bの読みが排除されてしまったように。歌集の論理と歌の生理のあいだには、実はせめぎ合うエネルギーが存在している。そして『古今集』は、このような動的なエネルギーを内包して成り立っている。

恋歌の時間と〈型〉——恋四と恋五

「待つ女」の歌についての『古今集』の配列の工夫を、もう少し見ておこう。素性の歌は恋四に収められていたが、恋歌の最終巻である恋五には、恋人の訪れは絶えてしまったのに「待つことをやめられない女」の歌が並んでいる。たとえば次のように。

1 我が宿は道もなきまで荒れにけりつれなき人を待つとせしまに　（恋五・七七〇・僧正遍昭）

2 今は来《こ》じと思ふものから忘れつつ待たるることのまだもやまぬか（恋五・七七四・よみ人知らず）

3 月夜には来ぬ人待たるかき曇り雨も降らなむわびつつも寝む　（恋五・七七五・よみ人知らず）

4 来ぬ人を待つ夕暮れの秋風はいかに吹けばかわびしかるらむ　（恋五・七七七・よみ人知らず）

1は、素性の父である遍昭が「女」の立場から詠んだ歌。「つれなき人」つまり冷淡な男を待とうなどと思っているあいだに、寂しい女の屋敷には草が生い茂り、「道もなきまで」荒れ果ててしまった。屋敷の荒廃が待ちつづけた時間の長さを表わしている。**2**は、「今は来じ（もう訪ねてはくれまい）」と思うけれども、ついそのことを忘れてしまって、ふと気づくと待ってしまっている、という歌。相手への思いも、身についてしまった習慣も、簡単にはなくならないのである。**3**は、月の美しい晩には「来ぬ人待たる」——来るはずのない人が待たれるので、いっそのこと雨が降ってしまえばいいのに、と歌う。恋四で、恋人に「月夜よし……」と甘やかに誘い掛けたことの裏返しにあたる歌である。**4**は、ただでさえ寂しい秋の夕暮に、もはや訪れの絶えた恋人を待つ歌。秋風が身にしみてわびしい。恋四と恋五では、待つ者の「こころ」がまったく異なっていることが確認できよう。

『古今集』はこのように、「待つ女」の歌を恋四と恋五とに二分し、時とともに移ろっていく恋の様相を描き出している。そして恋五の「待つ女」の歌には、「来ぬ人を待つ」〔＊8〕「来ぬ人待たる」「来じ……待つ」といった、訪問の絶えた恋人を待たずにはいられないという、恋の終末期の「こころ」をかたどる表現の〈型〉が認められる。『古今集』は、歌を収集する営みを通して、このような〈型〉を見いだし、さらには同じパターンの歌を集中的に配列することを通して、〈型〉の存在を明示するのであった。『古今集』の編纂によって、歌の〈型〉が鮮明に浮かび上がってくるのである。

男と女の中立性

ところで、恋は多くの場合、男と女のあいだで起きる小事件である。ここまで見てきたような恋歌は、男女のどちらが詠んだものなのだろうか。この問題に答えることは、案外難しい。恋歌三六〇首のほぼ半数は「よみ人知らず」であり、詠み手の性別がわからない。また作者名が明記されていても、素性法師の「今来むと」のように、男性歌人が「待つ女」の立場から詠んだ歌もあり、作者＝歌の中の「私」であるとはかぎらない。むしろこの二つは、いったん切り離して考えた方がよいのである。そして、歌の表現自体から性差を見て取ることは簡単ではない〔＊9〕。

和歌の歴史を遡ると、『万葉集』の相聞歌には、呼称や待遇表現によって詠み手の性別を判断できる例が見られる。たとえば男は親しい女を「妹《いも》」「我妹《わぎも》」「我妹子《わぎもこ》」と呼び、女は愛する男に「背《せ》」「我が背」「我が背子《せこ》」「君」などと呼びかける。歌の中に現われた呼称によって、詠み手の性別がわかるのである。また万葉歌には「す」「ます」「います」「たまふ」などの尊敬の助動詞や補助動詞が用いられるが、男女間のやりとりの場合、大半が女から男への使用であることも知られている〔＊10〕。万葉相聞歌の表現には、「男の口振り」と「女の口振り」が認められるのである。

一方『古今集』恋歌では、「我」以外の他者は、性別や関係の親疎にかかわらず、ひとしなみに「人」と捉えられている。また原則として、歌の中に敬語は用いられない。つまり『古今集』恋歌は、万葉相聞歌に見られた性差の表徴をそぎ落とす方向へと変化している。王朝和歌の「ことば」は、万葉歌や通常の話し言葉に比して、性差から——身分差からも——解き放たれた中立性を帯びているのである。和歌は、たとえ「ことば」の上の幻想であるにせよ、人と人とのあいだに対等な関係性を作り上げる。本書の現代語訳において、基本的に男性語・女性語を用いないのは、『古今集』歌にこのようなニュートラルな性質が備わっているからであった。

求める男と待つ女

けれども、王朝和歌は現し身《うつしみ》の人間関係の中でやりとりされるコミュニケーション・ツールでもあり、おのずから、その表現の〈型〉にも現実の男女関係・婚姻習俗が投影されている。『古今集』の作者判明歌を調べると、恋一や恋二には男性歌人の歌が圧倒的に多く、恋三の後半や恋四や恋五では女性歌人の率が上がるという傾向が認められる。大まかに捉えれば、『古今集』の恋の前半部は男の側から、後半部は女の側から歌われることが多いといってよいであろう。姿を「見て」、噂を「聞いて」、「忍ぶれど」と思いを吐露し、命と引き換えにしてでも「逢ふこと」を望むのは、男の歌。逢瀬ののちにさらなる愛を求めて「飽かず」と言い、「忘れじ」と誓うのも基本的に男である。それに対して、求愛をはぐらかし、訪れを「待ち」、人の心の「あき」を嘆き、「忘らるる身」を見つめるのは、女の歌なのであった。

確認のために、虚構の男女関係の中にはめ込まれた例を見ておこう。『源氏物語』の、光源氏と紫の上の歌である。若紫巻において、北山に出かけて幼い紫の上を見初めた光源氏は、帰京に際して次のような歌を詠み贈る。

夕まぐれほのかに花の色を見てけさは霞の立ちぞわづらふ　（『源氏物語』若紫巻）〔＊11〕

歌意は、昨日の夕暮に桜花のようなあなたをちらりと見かけたので、今日は霞が立つようには立ち去りかねている、というもの。恋の最初期における男の歌で、「ほのかに見る」という重要語がある。桜は恋しい女性の比喩である。それから二十数年を経た若菜上《わかなじょう》巻で、光源氏のもとに女三《おんなさん》の宮《みや》が降嫁してきた。第一の妻の座を失った紫の上は、みずからの「こころ」を次のような歌に託す。

身にちかく秋や来《き》ぬらむ見るままに青葉の山も移ろひにけり

（『源氏物語』若菜上巻）

歌意は、私の身の近くに、いつのまに秋が来ていたのだろうか、見ているうちに青葉の山も色褪せて、夫の愛情も移ろってしまった、というもの。相手の心変わりに遭遇した女の歌の典型ともいうべきもので、「あき（秋／飽き）」ということばがある。『古今集』恋歌の「ことば」が、『源氏物語』の重要な局面に、的確に用いられているのである。

恋の世界の相対化――恋五巻軸歌

さて、連綿と繰り広げられた恋歌の世界はどのようにしめくくられるのだろうか。恋五の巻軸歌は次のとおりである。

流れては妹背《いもせ》の山の中に落つる吉野の川のよしや世の中　（恋五・八二八・よみ人知らず）

流れ流れて、妹山と背山の間に流れ落ちる吉野の激流、その「よしの」ではないが、まあよしよし、男女の仲とは波乱に富んだものなのだ。

「吉野川」は奈良県吉野郡を流れる川で、古典和歌においては急流のイメージがある。この歌では、同音のくり返しによって「よしや（ええ、ままよ）」を導き出す機能を持つ。「妹背山」は吉野川の両岸に向かい合う二つの山で、その名前から「妹背（夫婦）」を連想させる。妹山と背山のあいだを急流が引き裂くように、睦まじい夫婦の間にも波乱があって当然。それが「世の中（男女の仲）」というものなのだ――『古今集』の恋歌は、意外にも、恋というものへの達観の言によって閉じられている。

『古今集』恋歌のテーマは、恋する者の揺れ動く感情であり、その世界はきわめて主情的である。しかし本節で述べてきたとおり、恋する「こころ」は客観的に見つめられ、技巧的で明晰な「ことば」として結実している。センチメンタルであると同時に理知的で批評的であることが、『古今集』恋歌の重要な特質であった。恋歌の世界を相対化するような恋五巻軸歌の存在は、抒情詩でありながら決して感情に惑溺しない『古今集』の特質を、あらためて認識させてくれる。

二　哀傷歌・雑歌・雑躰・大歌所御歌——巻十六から巻二十まで

死を悼む哀傷歌

『古今集』のテーマは、恋から死へと転じていく。巻十六「哀傷歌」は、人の死にまつわる歌を集めており、人生の慶賀すべき折の歌を収めた巻七「賀歌」と対になるものと見ることができる。この巻は、他者の死を悼む歌と、みずからの死を歌う辞世の歌からなり、他者の死を悼む歌は葬送、弔問、服喪、諒闇《りょうあん》（天皇の服喪期間）、追慕の順に配列されている。一章で取り上げた紀友則哀傷歌は、この巻の中の一首であった。さらに辞世の歌を一首挙げよう。

病《やまひ》して弱くなりにける時よめる　　在原業平

つひに行く道とはかねて聞きしかど昨日今日とは思はざりしを　（哀傷・八六一）

最後には行かなくてはならない死出の道であると、かねてから聞いてはいたが、まさか昨日今日というほど差し迫ったことだとは思っていなかったのに。

病気をして衰弱したときの歌であるが、生と死をめぐる哲学的な内省がなされるわけではない。歌われているのは、自分の命が尽きようとしていることへの、子どものように率直な驚きと嘆きの感情である。もっともその感情は「……聞きしかど」という知的な回路を経由した上でかたちになっている。また「思はざりけり」という詠嘆ではなく、「思はざりしを」と口ごもるところには、今生の名残を惜しむ思いも感じられよう。死に臨んでなお、歌人の「こころ」と「ことば」はみずみずしい。

生活感覚の基調をなす雑歌

「雑歌」は、これまでの分類には収まらないテーマの歌を集めたものであり、雑上と雑下の二巻、併せて一三八首である。述べてきたとおり四季歌と恋歌が『古今集』の二本の柱であるが、王朝人にも、四季折々の美とも結びつかず恋のときめきとも無縁な、淡々とした日々の暮らしがある。そうした中でふと心をよぎる感情を「ことば」にしたもの——それが雑歌である。雑歌は、王朝人の生活感覚の基調をなしていた歌で、地味ではあるが、しみじみとした情感を湛えたものが多い。前節で引用した、

世の中はなにか常なる飛鳥川昨日の淵ぞ今日は瀬になる　（雑下・九三三・よみ人知らず）
我が庵《いほ》は三輪の山もと恋しくはとぶらひ来《き》ませ杉立てる門《かど》　（雑下・九八二・よみ人知らず）

のような歌は、王朝人のあいだに、現代におけることわざのように流布していたと考えられる。巻十七「雑上」には、貴族の日常生活の社交の歌、月の歌、老いを嘆く歌、海・川・池・滝などの水辺で詠まれた歌が収められている。具体例を挙げよう。まずは日常生活の中の嬉しさを詠んだ歌。

うれしきをなにに包まむ唐衣《からころも》袂《たもと》ゆたかに裁《た》てと言はましを　(雑上・八六五・よみ人知らず)

この嬉しさを何に包もうかしら。着物の袖をたっぷりと仕立ててくださいと言っておけばよかったのに。

さまざまな感情をモノ化したら、どのようなかたちや色になるのだろうか。この歌の作者は、胸いっぱいの嬉しさを、大切な宝物のように、衣の袖で包んでおきたいと思う。そのためには自分の袖は小さすぎる、もっと大ぶりの袖を仕立てておけばよかったのに。「たっぷりとした豊かな袖で包む」というイメージを通して、嬉しさに「かたち」が与えられている。

次は老いを嘆く歌。

さかさまに年もゆかなむとりもあへず過ぐる齢《よはひ》やともに帰ると　(雑上・八九六・よみ人知らず)

さかさまに年月が流れて行ってほしいなあ。そうしたら、捉えることもできず過ぎていった年齢が、一緒に帰ってくるかと思うので。

月日はあっという間に過ぎ去って、私はすっかり年老いてしまった。もしも映画のフィルムを巻き戻すように、年月を逆回転させることができたなら、もう一度若い日々が帰ってくるかしら。

作者は老いた自分が悲しくもあり、嘆かわしくもあるのだろう。若さよ、もう一度、という願いは切実である。しかし『古今集』にはみずからの悲嘆をもどこか醒めた目で見つめる傾向がある。切実な願いは、歳月が「さかさまに」流れる——時間旅行である——という奇抜ともいえる着想を通して、歌のかたちになる。この歌集は、みずからの「こころ」を客体視して、仕掛けを施し、明晰な「ことば」として表現するのである。

『源氏物語』若菜下巻には、数え歳で四十七歳、平安朝の感覚では初老の域に達した光源氏が、酔いの紛れに、この歌を口にする場面がある。

「過ぐる齢《よはひ》にそへては、酔泣《ゑひな》きこそとどめがたきわざなりけれ。衛門督《ゑもんのかみ》心とどめてほほ笑《ゑ》まるる、いと心恥づかしや。さりとも、いましばしならむ。さかさまに行《ゆ》かぬ年月《としつき》よ。老《おい》は、えのがれぬわざなり」とてうち見やりたまふに……　（『源氏物語』若菜下巻）

宴席で、若い柏木《かしわぎ》衛門督を前にして、光源氏はこのような言葉を吐く。柏木が自分の正室である女三の宮と密通していることを、源氏は知っているのであった。年は取りたくないものだ、私のみっともない酔い泣きを若い衛門督が笑っているよ、でもそれもしばらくのこと、逆さまには流れない年月よ、誰しも老いから逃れることはできないのだから……。冗談とも自嘲とも皮肉ともつかないこの言葉を聞いて、柏木は恐れおののき、やがて病の床に伏してしまう。傍線部に「さかさまに」の歌が引用されていることは明らかであろう。『古今集』のレトリカルで明晰なことばが、物語の一齣の中に箴言《しんげん》のように引用されて、老境に入った光源氏の思いをかたどる上で力を発揮しているのである。このような、散文の中によく知られた歌の一節を引用し、その歌全体の表現を想起させることによって文章に奥行を与える技法、あるいは引用された歌自体のことを「引歌《ひきうた》」という。『源氏物語』の中には『古今集』の歌がしばしば引かれているが、引歌とされる率が高いのは、四季歌や恋歌ではなく、雑歌である〔＊12〕。

母と子の情愛

『古今集』は恋歌には五巻をあてているのだが、親子の情愛を詠じた歌は、ごくわずかしか見られない。『古今集』にかぎらず古典和歌の世界では、親の子に対する、あるいは子の親に対する愛情がテーマとされることは稀なのである。親子の関係はごく日常的なものであり、親や子の大切さが身にしみて感じられて歌が生まれるのは、その人との別れを意識したとき――もしかすると別れてしまってから——なのかもしれない。

『古今集』雑上には、老齢の母と、その息子の贈答歌がある。『伊勢物語』八十四段でも知られる在原業平の歌である。

業平朝臣の母の皇女《みこ》、長岡《ながおか》に住み侍りける時に、業平宮仕へすとて、時々もえまかりとぶらはず侍りければ、師走ばかりに、母の皇女のもとより、とみの事とて、文《ふみ》を持てまうできたり。開けて見れば、ことばはなくて、ありける歌

老いぬればさらぬ別れもありといへばいよいよ見まくほしき君かな

返し　　　　　　　　　　　　　　　　　　　　　　　　在原業平

世の中にさらぬ別れのなくもがな千代もと嘆く人の子のため　（雑上・九〇〇—九〇一）

業平の母は、桓武《かんむ》天皇の皇女である伊都内親王《いとないしんのう》。高貴な姫君である。『伊勢物語』によれば、業平は彼女のただ一人の子であった。母宮は平安京からはやや離れた長岡（現在の京都府長岡京市、平安京の前の都である長岡京が置かれていた）に住んでおり、公務に忙殺される業平は、なかなか訪ねていくことができずにいた。今年ももう終わりという十二月になって、業平のもとに「急用です」といって母宮からの手紙が届く。驚いた息子が開けてみると、手紙の文面はなく、一首の歌だけがあった。

すっかり老いてしまうと「避けられない別れ」もあるというので、ますます逢いたく思う、あなたですよ。

歳末は人生の終末の意識を呼び起こす時である。心細い年の暮れに、ふと老い先が短いことが思われたのだろうか、母宮はいつにもまして愛しい我が子に逢いたいと思った。「とみのこと」――急な用件――という言伝てには、母の思いの切実さが表われている。「さらぬ別れ」とは、誰しも避けることのできない死別を、朧化した表現である。

その「さらぬ別れ」を共通のキーワードとして、業平は返歌を詠んだ。

この世の中に「避けられない別れ」などなければよいのに。千年も生きてほしいとかなわぬ願いを抱いて嘆く、すべての子どもたちのために。

第四句の「千代もと嘆く」には、親の命は千年もつづいてほしいという祈りと、その祈りが決してかなわないことへの悲しみとが、こめられている。「人の子」は直接的には業平自身のことであるが、同時にこの世に生きるすべての人間を含み込む広がりを持つ表現である。この贈答歌は、業平母子だけでなく、いつかは必ず別れねばならない親と子の、普遍的な悲しみを捉えているであろう。こうした感情は、千百年を隔てた私たちにも、共通するものである。

人の世の生きがたさ

巻十八「雑下」は、『古今集』の中でも「哀傷」と並んで沈鬱な巻である。この巻には「世」ということばを詠みこんだ歌が多く、世間や人生が意のままにならないことが主要なテーマになっている。大まかに分ければ、無常の思い、厭世観、憂愁、隠遁生活、蟄居《ちっきょ》、不遇、孤独、流離などを詠じた歌が並んでいる。一例を挙げよう。

同じ文字なき歌　　物部良名《もののべのよしな》
世の憂きめ見えぬ山路《やまぢ》へ入らむには思ふ人こそほだしなりけれ　（雑下・九五五）

この世のつらい目にあわずにすむ山奥へ分け入ろうとすると、大切に思うあの人が足かせとなるのだった。

人生には辛いことが多い。出家をして山奥に隠れてしまおうと思うのだが、今度は愛する人のことが気がかりで、それもできない。「絆」と書いて「きずな」とも「ほだし」とも読む。愛しい人の存在は生きる喜びであるけれど、苦しい執着の原因でもある。『古今集』には、このような愛のジレンマも歌われているのであった。詞書にも注意したい。この歌は「一首の中に同じ文字を用いていない歌」。つまり敢えて「ことば」の制約を設けて詠む、言語遊戯的な歌でもある。一筋縄ではいかない「こころ」を、技巧的な「ことば」によってさっと掬い上げて、なるほどと思えるような歌の「かたち」にしつらえること。これも『古今集』歌の特徴である。

人は好むと好まざるとにかかわらず、社会の中で他者と関わりながら、生きていかねばならない。そうした中で思いがけない蹉跌《さてつ》に遭遇することもある。次に挙げるのは、在原行平の歌。

田村《たむら》の御時《おほむとき》に、事にあたりて、津の国の須磨といふ所にこもり侍りけるに、宮のうちに侍りける人につかはしける　在原行平

わくらばに問ふ人あらば須磨の浦に藻塩《もしほ》たれつつわぶと答へよ　（雑下・九六二）

文徳天皇の時代に、ある事件にかかわって、摂津国の須磨というところに蟄居しておりましたときに、宮中にお仕えしていた人に贈った歌

ごくまれに、私がどうしているかと尋ねる人がいたなら、須磨の浦で海藻から塩水が垂れるように涙を流しながら、わび住まいをしていると答えてください。

どのような事情があったのかは不明だが、文徳天皇の時代（嘉祥《かしょう》三年〈八五〇〉～天安《てんあん》二年〈八五八〉在位）に、行平には都から退去して摂津国の須磨（兵庫県神戸市須磨区）に蟄居した時期があった

らしい。「藻塩たれつつ」とは、製塩のために海藻にかけた海水が垂れ落ちる様子と、自分がしおしおと涙に濡れていることを重ねた表現である。現在の住居である須磨の海浜の風景に寄せて、悄然として暮らす自分を歌っているのである。詞書に記されるとおり、この歌は都の知人にあてたものであった。遠く離れていても、都の人間関係から自由ではあり得ない。というよりも、貴族社会からまったく切り離されてしまっては、生きていけないのである。

可も不可もない自分の人生を、ついつい他者のそれと引き比べてしまうのは、現代人も王朝人も同じである。

時なりける人の、にはかに時なくなりて嘆くを見て、みづからの、嘆きもなく喜びもなきことを思ひてよめる　　清原深養父

光なき谷には春もよそなれば咲きてとく散る物思ひもなし　（雑下・九六七）

時勢にあって栄えていた人が、急に羽振りが悪くなって嘆いているのを見て、自分には嘆きも喜びもないことを思って詠んだ歌

日の光があたらない谷間では春もよそごとなので、花が咲いてはすぐに散ってしまうことを心配するようなこともない。

「日の光」は天皇や貴顕からの恩寵の比喩ともなることばである。はじめから日のあたらない谷

間のような自分には、「我が世の春」も無縁であるが、咲いた花がすぐに散ってしまうというような物思いも生じないのだ。この歌の作者清原深養父は、のちの清少納言の祖父にあたる歌人である（曾祖父とする説もある）。

スタイルの多様性

巻十九「雑躰《ざってい》」は、歌の内容ではなく歌体（歌のスタイル）に着目した分類で、「五・七・五・七・七」の短歌体からはずれる歌を収めている。

まず「長歌」である〔＊13〕。長歌は「五・七」を二回以上くり返したのち「五・七・七」で歌い収める形式の歌である。最も短い長歌は「五・七・五・七・七」であるが、句数に上限は設けられていないので、「五・七」を幾度もくり返す長大な作品になる場合もある。この歌体は『万葉集』の時代には隆盛をきわめたが、『古今集』では衰退しつつあり、平安中期には男性官人がみずからの不遇を上位者に陳情するといった、特殊な場合に選びとられるものとなっていた。一章で触れた紀貫之の「古歌奉りし時の目録の序の長歌」は、この巻に収められている。

つづいて「旋頭歌《せどうか》」。「五・七・七・五・七・七」という六句からなる歌体であり、内容的には「五七七／五七七」という二段構造になることが多い。長歌と同じく『万葉集』にはまとまった数の歌が収められているが、平安時代には衰えてしまった。

うちわたす遠方人《をちかたびと》にもの申す我《われ》　そのそこに白く咲けるは何の花ぞも
（雑躰・旋頭歌・一〇〇七・よみ人知らず）

はるかむこうの遠くの人に、ちょっとお尋ねいたしますよ、私は。そのそこに白く咲いているのは、いったい何の花かしら？

『源氏物語』夕顔巻に、五条の街中で見知らぬ白い花を目にした光源氏が「をちかた人にもの申す」と独り言を言う場面がある。花をめぐるやりとりを契機として、源氏ははかなげな夕顔の女と知り合うことになるが、彼が口ずさんだのは、まさに右の旋頭歌の一節であった。

そして「誹諧歌《はいかいか》」。「誹諧」とは、たわむれ、滑稽といった意味の語である。どのような歌を誹諧歌とみなしたのか、撰者たちのコメントは残っていないのだが、集められた歌から推して、三十一文字の短歌体ではあるが内容的に正統から逸脱する性質のあるものなのだろうと考えられている。たとえば次の歌はどうだろうか。七月六日、つまり七夕の節句の一日前に、明日の逢瀬を思ってそわそわと落ち着かない彦星の思いを詠じた歌である。

七月六日《ふみづきのむいか》、七夕の心をよみける　藤原兼輔《ふじわらのかねすけ》

1 いつしかとまたく心を脛《はぎ》にあげて天《あま》の河原《かはら》を今日やわたらむ (雑躰・誹諧歌・一〇一四)

早く逢いたいとはやる心で、衣の裾をすねまでまくりあげて、天の川を今日のうちに渡ってしまおうか。

七夕伝説は大陸由来のものであるが、早く天武天皇の時代〈六七三年〜朱鳥《あかみとり》元年〈六八六〉在位〉には日本の宮廷に伝わっていたらしく、『万葉集』にも七夕をテーマにしたさまざまな歌が収められている。もちろん『古今集』においても、七夕は初秋の大切な主題の一つであり、秋上には、立秋の歌につづいて七夕の歌が登場する。数首を抜粋してみよう。

2 秋風の吹きにし日よりひさかたの天の河原に立たぬ日はなし (秋上・一七三・よみ人知らず)

秋風が吹き始めた日から、天の川のほとりに立って、あなたの訪れを待たない日はない。

3 天の川浅瀬白浪たどりつつ渡りはてねば明けぞしにける (秋上・一七七・紀友則)

天の川の浅瀬の、白浪の立っているところをたどってきて、まだ渡りきらないのに夜が明けてしまった。

4 年ごとに逢ふとはすれどたなばたの寝《ぬ》る夜の数ぞ少なかりける (秋上・一七九・凡河内躬恒)

毎年逢ってはいるけれど、織姫が彦星と共寝をする夜の数は少ないことだ。

七夕の歌には、伝説の当事者である織姫彦星になりかわって歌う〈型〉と、第三者の立場から感慨を述べる〈型〉がある。**2**は、彦星の訪れを待ちかねている織姫の心を詠んだもの。**3**は、白浪の立つ場所、すなわち浅瀬を探しながら天の川を渡って、織姫のもとを訪ねていく彦星の歌である。**4**は第三者の立場の歌で、七夕の逢瀬は一年に一度きりであるから、二星が一緒に過ごせる夜は実に少ないことだなあ、と同情する。「年に一度」は七夕伝説を歌う際のポイントで、年に一度しか逢えなくて気の毒だ、あるいは、年に一度だけでも必ず逢えるのは羨ましいなど、さまざまな角度から歌われた。

秋上に分類された**2**から**4**と比べてみると、**1**にはたしかに、ある種の逸脱が認められる。この歌の彦星は、約束の日を待ちきれずに、一日早く川を渡ってしまおうかという誘惑にかられている。衣の裾をからげて脛をむき出しにした姿は、雅やかな悲恋の主人公とはほど遠い、滑稽感と卑俗さを漂わせていよう。「またく（心がはやる）」や「脛」は、歌に用いられるのは稀な語句である。**1**のこうした特徴は、正統な四季歌とは異質なものと考えられたのであろう。

1の作者である藤原兼輔（元慶元年〈八七七〉〜承平三年〈九三三〉）は、醍醐天皇の母方に連なる近臣の一人で、賀茂川の堤に邸宅があったことから堤中納言《つつみちゅうなごん》と呼ばれた。『古今集』撰進ののちに、貫之や躬恒を後援したことでも知られる。『源氏物語』の作者紫式部は彼の曾孫にあたる。

声に出して歌う

最終巻である巻二十に収められているのは、宮廷の儀礼の中で、楽器の演奏にあわせて歌われていた歌である。物名歌の項で、歌とは「ひとまとまりの仮名の連なり」であると述べたが、歌はまた「節回しを持ったひとまとまりの声」でもあった。他の巻の歌々が基本的に個人の抒情であるのに対して、巻二十の歌には集団的・口承的な性格が認められる〔＊14〕。

この巻には「大歌所御歌《おおうたどころおおんうた》」「神遊《かみあそ》びの歌」「東歌《あずまうた》」という三つの下位分類が施されている〔＊15〕。まず「大歌」は、正月の節会《せちえ》、白馬《あおうま》の節会、豊明《とよのあかり》の節会などの朝廷の儀式において歌われた歌である。その大歌を管理し伝習する役所が「大歌所」で、琴師《ことし》・和琴師《わごんし》・笛師《ふえのし》・歌師《うたし》などの楽人が所属していた。「神遊びの歌」は、宮中で神を祭るときに歌われたもの、つまり神楽歌《かぐらうた》である。代々の天皇の大嘗会《だいじょうえ》に際して奉献された歌も、この中に含まれている。「東歌」は東国の地名を含む歌で、東国各地に源流を持つ歌が宮廷文化の中に流れ込んで雅楽と結びついたもの、すなわち「東遊び」と呼ばれる舞曲の歌詞であると考えられている。陸奥歌《みちのくうた》七首、相模歌《さがみうた》一首、常陸歌《ひたちうた》二首、甲斐歌《かいうた》二首、伊勢歌一首、そして冬の賀茂《かも》の祭の歌一首がある。

巻頭に置かれるのは、次の歌である。

おほなほびの歌

新《あたら》しき年の始めにかくしこそ千歳をかねてたのしきを積め（大歌所御歌・一〇六九・よみ人知らず）

日本紀にはつかへまつらめ万代《よろづよ》までに

新しい年の始めに、このようにして、千年もの繁栄をあらかじめ祝って、楽しいことを積みかさねよう。

『続日本紀《しょくにほんぎ》』には「つかへまつらめ万代までに」とある

詞書の「おほなほび」は「大直日の神」のこと。『古事記』によれば、黄泉国《よみのくに》から帰ったイザナギノミコトが禊《みそぎ》をした際に生まれ出た神々の一人で、穢《けが》れを浄め、禍《わざわい》を吉事に変える力を持つとされる。歌の左側に付された「日本紀には……」以下の注記を「左注《さちゅう》」という。「左注」は、『古今集』の中に数か所書き込まれているが、撰者たちが記したものではなく、平安時代中期の享受者のメモ書きが本文の中に紛れ込んだものであろうと考えられている。

左注が注意を促しているのは、『続日本紀』天平十四年（七四二）一月十六日の記事である。この日、聖武《しょうむ》天皇の御前で正月を祝う宴が行なわれ、その場に集った六位以下の官人たちが、琴を弾き、声を合わせて、次のように歌ったという。

新《あら》しき年の始めにかくしこそ供奉《つかへまつ》らめ万代までに（『続日本紀』）〔＊16〕

『続日本紀』の歌は、下二句が「供奉らめ万代までに」というかたちであるが、『古今集』歌の変奏の一つと見なしてよいであろう。「新しき年の始めに」という歌が、晴れやかな祝宴において音曲にあわせて歌われたことが、歴史書によって確認できるのである〔*17〕。

『古今集』には仁明・清和・陽成《ようぜい》・光孝・醍醐天皇の大嘗会の歌も収められている。『古今集』の編纂を命じた醍醐天皇の代の歌を見てみよう。

近江《あふみ》のや鏡の山を立てたればかねてぞ見ゆる君が千歳は

（神遊びの歌・一〇八六・大友《おおともの》〈大伴とも〉黒主《くろぬし》）

これは今上《きんじやう》の御嘗《おほむべ》の近江の歌

近江の国には「鏡」という名を持つ山を立てているので、今から映って見える、わが君の御代が千年もつづくことが。

これは今上帝の大嘗会における近江国の歌

大嘗会とは天皇が践祚《せんそ》したのち最初に行なわれる新嘗祭《にいなめさい》のことで、一代に一度の祭事である。あらかじめ占いによって悠紀国《ゆきこく》・主基国《すきこく》を選んでおき、両国の斎田から収穫された米を神に捧げ新帝自身も口にすること、つまり神膳供進と共食儀礼が一連の儀式の中心となる。選ばれた二つの国からは、新米とともに和歌も奉献された。醍醐天皇の大嘗会は寛平九年（八九七）のこと、「近江国」がこの時の悠紀国であった。「鏡山」は近江の名山で、しばしば歌にも詠まれ、その名前から「鏡」が連想されるのが通例である。この歌は、近江国にある鏡山の大きな曇りのない鏡面に、新帝の御代の長久が、今から明るく映し出されていると歌う。新時代の始まりを寿いだ歌である。

巻二十の巻軸歌は、『古今集』全体の最終歌でもある。

冬の賀茂の祭の歌　藤原敏行

ちはやぶる賀茂の社《やしろ》の姫小松《ひめこまつ》万代経《よろづよふ》とも色はかはらじ（東歌・一一〇〇）

賀茂の社の可憐な姫小松は、万代を経ても色が変わることはあるまい。

歴史物語『大鏡《おおかがみ》』（院政期の成立か）の語るところによれば、この歌は宇多天皇の寛平元年（八八九）十一月二十一日に、初めて賀茂神社の臨時祭（十一月の祭礼。それまでは四月の祭礼のみが行なわれていた）が執り行なわれたときに藤原敏行が作り、「東遊び」の楽曲に合わせて披露されたものだという。常緑の松は神威が不変であることの象徴である。この歌を最終歌とするのは、『古今集』という歌集が長く読み継がれるようにという願いをこめたものと見ることができよう。

見て来たとおり、『古今集』は四季と恋とを二本の柱とし、賀・羇旅・離別・哀傷・雑などの部立によって、人生の折々の歌を集成・分類している。また物名・雑躰・大歌所御歌などの巻を設けて、平仮名の獲得に裏打ちされたアクロバティックな技巧を披露した歌、正統的なスタイルからはずれた歌、声に出して歌われた歌など、歌の多様なあり方をも視野に収めているのだった。『古今集』の「千歌二十巻」の中には、豊饒な歌の世界が凝縮されているのである。

注

＊1 『百人一首』で知られる「忍ぶれど色に出でにけり我が恋は物や思ふと人の問ふまで」（拾遺集・恋一・平兼盛）も、この〈型〉を踏まえる。

＊2 奥村恒哉「古今集の贈答的配列と註釈」（『古今集の研究』臨川書店・一九八〇年）。

＊3 引用は松岡和子訳『シェイクスピア全集　ロミオとジュリエット』（ちくま文庫・一九九六年）による。

＊4 「心の闇」の歌としては、親の子への愛を歌った「人の親の心は闇にあらねども子を思ふ道にまどひぬるかな」（後撰集・雑一・藤原兼輔）も名高い。

＊5 秋山虔『王朝の歌人5　伊勢―炎、秘めたり―』（集英社・一九八五年）。伊勢の父である藤原継蔭〔ふじわらのつぐかげ〕が大和守となったのは寛平三年（八九一）である。

＊6 『百人一首』で知られる「忘らるる身をば思はず誓ひてし人の命の惜しくもあるかな」（拾遺集・恋四・右近）も、この〈型〉を踏まえる。右近は十世紀半ばの女性歌人。

＊7 『源氏物語』宇治十帖に「橋姫」という巻があるのは、この歌の流れをくんでいる。

＊8 『百人一首』で知られる「来ぬ人をまつ帆の浦の夕凪に焼くや藻塩の身もこがれつつ」（新勅撰集・恋

三・藤原定家)も、この〈型〉を踏まえる。

＊9　近藤みゆき『王朝和歌研究の方法』(笠間書院・二〇一五年)には、コンピュータによる言語処理を通じて、歌の性差を明らかにしようとする試みがなされる。

＊10　伊藤博『万葉集相聞の世界』(塙選書・一九五九年)。

＊11　本書における『源氏物語』の引用は阿部秋生ほか校注・訳『新編日本古典文学全集　源氏物語1〜6』(小学館・一九九四〜九八年)による。

＊12　鈴木宏子「源氏物語の中の古今和歌集—引歌を回路として—」(原岡文子・河添房江編『源氏物語　煌めくことばの世界Ⅱ』翰林書房・二〇一八年)。

＊13　ただし現存する『古今集』の写本は、長歌の冒頭に「短歌」という見出しを立てている。

＊14　巻二十については未解決の問題が多い。この巻の諸問題を論じた近年の研究書に、久喜の会編『古今和歌集』巻二十—注釈と論考—』(新典社・二〇二一年)がある。

＊15　「大歌所御歌」が巻全体にかかる標題であると解する説もある。

＊16　引用は青木和夫ほか校注『新日本古典文学大系　続日本紀　二』(岩波書店・一九九〇年)による。

＊17　『琴歌譜[きんかふ]』(平安時代の古歌謡のテキスト)や「催馬楽[さいばら]」(平安時代に貴族社会に広がっていた歌謡で民謡に取材したとされる)の楽曲の中にも、似通った歌が見いだされる。なお第五句「たのしきを積め」の「楽しき」の「き」に、「みかまぎ(御竈木)」(毎年正月十五日に、その年の燃料として臣下が奉る薪のこと)の「木」を掛けていると見る説もある。この説によれば、薪を積み重ねるように、一つ一つ「楽しき(木)」を積み重ねていこうという意になる。

四章

レトリックの想像力——見えないものにかたちを与える

一　枕詞・序詞

古典和歌と短歌を分かつもの

歌を歌として成り立たせている仕組みの最たるものは、「五七五七七」の定型である。長歌（「五・七」を二回以上くり返して「五・七・七」で終わる歌体）や旋頭歌（「五・七・七・五・七・七」という歌体）は『古今集』の時代にすでに古めかしい歌体となっていたが、三十一文字の短歌体は、万葉の昔から現代に至るまで、みずみずしい命を保ちつづけている。

定型にはどれほどの力があるのだろうか。「偶然短歌」という試みがある。「ウィキペディア」上に見いだされた「「偶然」の57577を「短歌」とみなしたもの」で、収集した約五〇〇〇例の中から厳選された百首が一書にまとめられている〔＊1〕。たとえば――。

正しいが、人々が持つ宇宙への夢に対する配慮に欠けた（「冥王星」）

授業時の集中力も低下させ、発育上も好ましくない（「宿題」）

読む者が「たしかにこれは歌だなあ」と笑いながら納得してしまうのは、定型のなせる業であろう。「五七五七七」の韻律には、日常の言葉の断片を「歌」に変える力がある。さらにまた、意味不明の造語やオノマトペで成り立つ「ハナモゲラ和歌」と呼ばれるものもある〔＊2〕。

たもろすのひるまだむらのけたたますはかほりけるかぴあのもすひと（笹公人）

これもまた、歌であろう。三十一文字の定型には、アトランダムな文字列さえも「歌」にする威力がある。

ふり返れば紀貫之も、何気ない日常の発話が、定型の力によって「歌」になり得ることに言及していた。『土佐日記』の一節である。

楫取《かぢとり》、船子《ふなこ》どもにいはく、「御船《みふね》より、仰《おふ》せ給《た》ぶなり。朝北《あさぎた》の、出《い》で来《こ》ぬ先に、綱手《つなで》はや引け」

といふ。このことばの歌のやうなるは、楫取のおのづからのことばなり。楫取は、うつたへに、われ、歌のやうなる言《こと》、いふとにもあらず。聞く人の、「あやしく。歌めきてもいひつるかな」とて、書き出だせれば、げに、三十文字《みそもじ》あまりなりけり。(『土佐日記』二月五日条)〔*3〕

無骨な楫取が水夫に下した「御船より……(船君から命令が下ったぞ、朝の北風が吹き始めないうちに早く綱手を引け)」という命令が、船中の人々の耳に「歌めきて」聞こえたのは、「三十文字あまり」だったから、である。これは十世紀版の偶然短歌なのであった。三十一文字の定型は、古典和歌から近代の短歌に至るまで、歌を成り立たせる力の源であるといえよう。

では、古典和歌と近代以降の短歌を分かつものは何なのだろうか？　その一つは、ここまで述べてきたような〈型〉の存在である。古典和歌は共通する美意識や表現・発想の〈型〉に基づいて詠まれる。古典和歌とは、かくあるべき「こころ」と「ことば」を共有することを前提に成り立つのである。そのような「こころ」や「ことば」の範型を作り上げたのが、ほかでもない『古今集』であった。近代の短歌はそうした〈型〉と訣別しようとすることからスタートしている。

もう一つ古典和歌を特徴づけているのは、小さな詩型の中に枕詞、序詞や掛詞などの特有のレトリックが駆使されていることである。それらは余分な飾りなどではなく、和歌の表現を成り立たせる重要な仕組みの一つであり、表現・発想の本質に根ざしたものである。この章では、それらのレトリックを中心に据えて、『古今集』歌を読み解いてみたい。まず、古典の授業でもおなじみの、①「枕詞」②「序詞」③「掛詞」④「縁語」について取り上げよう。枕詞と序詞は『万葉集』の時代から盛行していたもの、掛詞と縁語は『古今集』において発達したもの。『古今集』に視点を定めると、前二者は古く、後二者は新しいレトリックである。また『古今集』には、⑤「見立て」というレトリックがある。正面から論じられることは少ないものの、「見立て」は『古今集』歌を理解する鍵ともいえるものである。これについても一節を設けて考察しよう。

なお枕詞・序詞・掛詞・縁語・見立ては、貫之たち『古今集』歌人自身が持っていた概念ではなく、中世・近世の人々が古典和歌を分析し理解しようとする中で生み出した、いわばテクニカル・タームである。その定義には現代においても揺れが認められるし、こうした術語を用いて歌を分析すること自体が、貫之たちの言語感覚とは異なっている怖れもあろう。そうした限界もあるものの、これら特有のレトリックに注目してみることは、現代の私たちが『古今集』にアプローチするために、ぜひとも必要な手続きなのである。

枕詞の定義

「枕詞」とは何だろうか。私なりに定義を施すと、枕詞とは「五音節以下で、実質的な意味を持たず、つねに特定の語を修飾することば」である。

まずは具体例を見ることから始めよう。

恋ひ死ねとするわざならしむばたまの夜《よる》はすがらに夢に見えつつ（恋一・五二六・よみ人知らず）

あの人は、私に恋死にさせようとしているらしい。現実には逢えないのに、（むばたまの）夜は一晩中夢に現われて……。

傍線を引いた「むばたまの」が枕詞である。長さは五音節。「む」は口を噤《つぐ》んだ音であったらしく、「ぬばたまの」「うばたまの」と表記されている例もある。「むばたま」の語義は未詳であり――ヒオウギという草の黒々とした実のことであったかと考証されている――歌の中で実質的な意味を持たない（だから現代語訳には現われない）。この歌では「夜」にかかっているが、「夜」と連想関係にある「闇」「黒」「夢」などを修飾することもある。「①五音節以下で、②実質的な意味を持たず、③特定の語を修飾する」とは、このようなことである。

右の定義に合致する典型的な枕詞には、次のようなものがある。枕詞と、それが修飾する語――これらの語を「被枕」と呼ぶこともある――を列挙してみよう。

あしひきの→山　　ちはやぶる→神　　ひさかたの→天・月・光

しきしまの→大和・山・道　　たまぼこの→道・里

たらちねの→母　　そらみつ→大和　　うまさけ→三輪

この中で、たとえば「ちはやぶる」は「神」あるいは「神」という語を含むことば（「神世」「神垣」「神奈備山《かんなびやま》」など）にかかる枕詞である。激しい、すばやいの意の形容詞「いちはやし」と同源かとされるが、「チ」は「いのち」や「いかづち（雷）」の「チ」に通じるもの、「ハヤ」は勢いの激しさをいい、「ブル」は、その勢いが広く及んでいることを示している、という説もある〔*4〕。

枕詞は、早く記紀歌謡の中にも現われており、古い起源を持つレトリックである。これらのことばには、古代の人々のどのような思いが投影されているのだろうか。一つの方法として、被枕となる語の性質から類推してみることが可能であろう。例示した「むばたまの」は「夜」に冠せられる。煌々とした灯りに照らされた現代の夜とは違って、古代の夜はどれほど恐ろしかったことか。月が出ていればまだよいが、雨の夜、新月の夜は漆黒の闇。その中には得体のしれない物の怪が潜んでいるかもしれない。「あしひきの」は「山」に、「ちはやぶる」は「神」に、「ひさかたの」は「天」にかかる。「そらみつ」や「うまさけ」は、古代の人々にとっての懐かしい故郷である「大和」や「三輪」に冠せられる。こうして見てくると枕詞とは、畏怖すべきもの、驚異的なもの、崇高なものなど、人智を超えた存在に言いおよぶ際に、その予兆として用いられることばであると捉えることができよう。貴重品を大切に布でくるんだり危険物を厳重に梱包したりするのと同じことで、真に大切なものの名前は、無造作に口にすることはできないのである。

また、長さが五音節以下であること、つまり「五・七」の定型の短い句の中に収まるサイズであることも重要であろう。枕詞が登場することによって、必ず五音句が作り出される。枕詞には、歌の定型を支え、韻律を生み出す機能も備わっているのである。

創作的枕詞

枕詞について考える際に問題になるのは、次のような例である。

初雁のはつかに声を聞きしより中空《なかぞら》にのみ物を思ふかな　（恋一・四八一・凡河内躬恒）

初雁のように、初々しいあの人の声を「はつかに」――ほんのわずかに聞いてから、私の心はいつも上の空で、恋の物思いをしていることだ。

恋一冒頭歌群の中の凡河内躬恒の歌であるが、多くの注釈書において傍線部の「初雁の」という歌句は、ハツカという同音のくり返しによって「はつかに」を導き出す枕詞である、と説明される。「初雁の」は五音節以下ではあるが、先に見た「むばたまの」などとは違って語義未詳ではない。また「はつかに」だけに固定的にかかるわけでもないので、「つねに特定の語を修飾する」という条件からもはずれている。どうしてこれが枕詞なのだろうか？

「初雁の」は、歌の中に初秋の空を渡っていく雁の鮮やかなイメージをもたらしており、一首の印象を決定づけるほどの重みを有している。しかし、歌の主想である恋の心情とは、実質的な意味上の関係はない――右の現代語訳では「初雁」のイメージを最大限に生かしてみたが――ともいえる。その点では、たしかに枕詞に通じる性質が認められるのである。こうした表現を、枕詞の範疇に含めつつ「むばたまの」のような狭義の枕詞とは区別して、本書では創作的枕詞と呼んでおこう。

創作的枕詞は、『万葉集』の柿本人麻呂あたりからさまざまに工夫されるようになり〔＊5〕、やがて平安朝の『古今集』の世界にも継承された。次に挙げるのは人麻呂が愛妻の死をテーマとして創作した「泣血哀慟歌《きゅうけつあいどうか》」と呼ばれる長歌の一節である。

……渡る日の　暮れぬるがごと　照る月の　雲隠《くもがく》るごと　沖《おき》つ藻《も》の　なびきし妹《いも》は
もみち葉《ば》の　過ぎてい行くと……
（『万葉集』巻二・二〇七・柿本人麻呂）

傍線部が枕詞で、共寝をした妻のやわらかな姿態を「沖つ藻の→なびきし」、その妻がはかなく亡くなったことを「もみち葉の→過ぎてい行く」と、枕詞を用いて形象化している。

このように創作的枕詞は、歌の表現の中に多彩な物象のイメージを持ち込んでくる。躬恒の歌の場合は、「初雁の」は単発的に登場するのではなく、四句の「中空」とも緊密な照応関係にある。「中空」は「心が上の空である」ことと同時に、雁が飛ぶ「空の中ほど」の意味でもあり、「初雁」

と「中空」は、後述する縁語を形成しているのである。

序詞の定義

「序詞」の例は、すでに読んできた恋歌の中にも数多く見られたが、その特徴をあらためて説明すると、おおよそ次のようになる。

序詞とは、あることばを導き出すために用いられる七音節以上の語句のことである。枕詞とともに『万葉集』以来のレトリックであるが、枕詞のように固定した用法があるわけではなく、その歌に固有の表現である。多くの場合、序詞の中では「物象」が提示され、それを契機として「心情表現」が導き出される。序詞から下句へのかかり方には、同音（類音）くり返し型と、掛詞型の二つのタイプが認められる。

すなわち序詞は、ある程度の長さがあり、「五・七」の二句以上にまたがる場合が多く、ひとまとまりの物象叙述を提示することができる。また、狭義の枕詞とは違って特定の語にかかる決まりはなく、一回的な自由さがある。先に見た創作的枕詞は、五音節以下であることを除けば、序詞にも通じる性質を持っているといえよう。

では具体例を検討してみよう。傍線を引いた部分が序詞である。

1 住の江の岸に寄る波夜《よる》さへや夢の通ひ路《ぢ》人目避《よ》くらむ　（恋二・五五九・藤原敏行）

住の江の岸に寄る波、その「よる」ではないけれど、夜の夢の通い路でまでも、あの人は人目を避けようとするのだろうか（昼間はもちろんのこと、夜の夢にさえ現われてさえくれないのだ）。

2 吉野川岩波高く行く水のはやくぞ人を思ひ初めてし　（恋一・四七一・紀貫之）

吉野川の岩の間を波高く流れていく水が速いように、ずいぶん早くから、あなたのことを思い初めていたのだ。

1は『百人一首』にも採られる藤原敏行の歌。「住の江」は摂津国の住吉大社（大阪府）近辺の入り江のことである。まず住の江の海岸に「寄る」波が提示され、ヨルという同音のくり返しによって、「夜」が導き出される。つまり「同音くり返し型」の序詞である。

住の江の岸にヨル波　……〈物象〉
ヨルさへや夢の通ひ路人目避くらむ……〈心情表現〉

序詞が描く海辺の光景と、「夜さへや」以下の心情表現との論理的な関係は、歌の中に明示されていない。読み手の側が、ひたひたと寄せる波を恋心の比喩と捉えたり、波の往還運動と恋人の夜ごとの訪問とを重ねたりすることも可能であるが、いずれにしても意味の脈絡を超えたイメージの飛躍が、この歌の、そして序詞の生命線である。

『古今集』には長い注釈の歴史があるが、江戸時代の代表的な注釈書の一つに、本居宣長《もとおりのりなが》の『古今集遠鏡《こきんしゅうとおかがみ》』（寛政《かんせい》六年〈一七九四〉一月以前成立）がある。『遠鏡』は**1**を次のように口語訳している（傍線や記号も原文のまま）〔＊6〕。

昼ホンマニ通フ道デハ人目ヲハヾカルモソノハズノ事ヂヤガ　一二夜《ル》夢ニ通フト見ル道デマデ人目ヲハヾカツテヨケルヤウニ見ルノハ　ドウシタコトヂヤヤラ

傍線が引かれるのは、和歌の意を汲んで宣長が言葉を補った箇所である。そして初二句の序詞は、一二と四角でくくって、省略されてしまっている。歌の「意味」を捉えるためには合理的な処置であるともいえるが、これでは**1**の魅力は台無しではないか。『遠鏡』の記述は、歌における序詞の重要さを、逆説的に示してくれている。序詞は多くの場合、何らかのまとまった景色を描き出す。歌の中に自然や景色——本書ではこれらを「物象」と呼ぼう——と「心情表現」とがある場合、私たちはともすれば心情表現の方を重視しがちであるが、一つの詩を形成する上で、物象は心情に匹敵する重みを持つのである。

2は恋一冒頭歌群の紀貫之の歌で、「掛詞型」の序詞の例である。第三句の「はやくぞ」の部分で意味が二重になっており、「吉野川岩波高く行く水の」という序詞から、「早くぞ」以下の心情表現が導き出されている。

吉野川岩波高く行く水の速く　……〈物象〉

早くぞ人を思ひ初めてし……〈心情表現〉

「はやく」は、上からのつながりでは急流の速さの意、心情表現の中では「ずっと以前から」の意である。「はやく」を結節点にして文脈の転換がなされるのが、この歌の面白さである。もちろん吉野川の急流のイメージを、恋心の激しさと重ねて受け取ってもよいであろう。文脈が転換してもなお、序詞の残像は、読む者の心に働きかけてくるのである。

場から「ことば」を汲み上げる

序詞は、歌が詠まれる場に即して発想されることもある。「こともある」というよりも、人々の集う集団的、社交的な場において、その場の事物に即して歌い出されることが、序詞の始原的なあり方であったと考えられている〔*7〕。『古今集』の中にも、そうした発想の過程をうかがわせる例がある。貫之の歌をもう一首見てみよう。

志賀の山越えにて、石井のもとにて、もの言ひける人の別れける折によめる

むすぶ手の雫《しづく》に濁る山の井《ゐ》の飽かでも人に別れぬるかな　（離別・四〇四・紀貫之）

志賀に赴く山越えの時に、石で囲った山の井のほとりで、言葉を交わした人と別れた際に詠んだ歌

掬い上げる手から滴った雫で濁る、ほんの少しの水しかない浅い山の井のように、飽き足りないままで、あなたとお別れしてしまうのですね。

詞書の「志賀の山越え」は、京都の北白川から滋賀県大津市の方へ通じる山越えの道である。「石井」は、山の湧き水を石で簡単に囲った井戸のこと。和歌の世界においては、

安積山《あさかやま》影さへ見ゆる山の井のあさき心を我《わ》が思はなくに

（万葉集・巻十六・三八〇七・采女《うねめ》＝大和物語・一五五段、ただし四五句「あさくは人を思ふものかは」）

安積山の影までが映って見える山の井が浅いように、浅い心で私は思ってはいない。

という古い伝承歌以来〔＊8〕、「山の井は浅いものである」という発想の〈型〉があった。

山越えの途中で立ち寄った石井のほとりで、旧知の人に出会ったのだろうか。それとも、ほんの少し言葉を交わしただけの行きずりの人に、心惹かれる何かを感じたのだろうか。貫之は、山の井の清水は浅く、わずかな雫で濁ってしまうので「飽かず」――心ゆくまで飲むことができま

せんねと言い、そこから転じて「飽かでも人に別れぬるかな」と、名残を惜しむ気持ちを歌っている。この歌は、貫之と「もの言ひける人」とが共有したであろうその時その場の情景から、「ことば」を汲み上げるようにして詠まれている。序詞というレトリックが、本来的に一回的な場に即して発想され、その場にいる人と人とをつなぐ機能を有していることが知られよう。

付け加えれば、『古今集』の中に「(水を手に)むすぶ」という言いまわしは、この歌と、同じく貫之の作の「袖ひちてむすびし水のこほれるを春立つ今日の風やとくらむ」(春上・二)——二章一節参照——の二例のみである。「掌の中の小さな水」は終生にわたって貫之の好むところであったらしく、彼の辞世の歌にも同じモチーフによる序詞が見られる。

手にむすぶ水にやどれる月影のあるかなきかの世にこそありけれ　(『貫之集』八七八)

手に掬い取った水に映っている月の光が「あるかなきか」のはかなさであるように、本当にはかない私の一生であったことだ。

『貫之集』によれば、体調が悪化し心細く感じられたときに、親しくしていた人に詠み送った歌であるという。貫之は、手の中の水に映る月の映像のように、私の「世(一生)」は本当にあったのかどうか実感がないほどのはかないものであった、と歌う。傍線部が序詞。この序詞は、貫之がその生涯において詠んできた「名歌の記憶」を場として発想されている。

二　掛詞・縁語

超絶技巧「かきつばた」

「掛詞」と「縁語」は、いずれも『古今集』において発達したレトリックである。この二つには密接な関わりが認められるので、併せて考えていこう。

まず「掛詞」は、「同音異義を利用して、一つのことばに複数（通常は二つ）の語を重ねるレトリックである」と定義することができる。『古今集』には、「まつ」に植物の「松」と動詞の「待つ」を掛ける例、「かる」に「枯る」と「離《か》る（人が遠ざかること）」を掛ける例などが、しばしば見られる。『万葉集』においては、掛詞はもっぱら序詞の連接部に現われるものであったが、『古今集』の、特に六歌仙と称される歌人の活躍期に発達を遂げて〔＊9〕、序詞とは関わりなく用いられるようになり、撰者たちの時代の歌にも受け継がれた。

掛詞を用いた歌とはどのようなものなのか、具体例を見てみよう。古典の授業でもおなじみの、在原業平の「超絶技巧」の歌である。

東《あづま》の方《かた》へ、友とする人、一人二人いざなひて行きけり。三河国八橋《やつはし》といふ所に至れりけるに、その川のほとりに、かきつばたいとおもしろく咲けりけるを見て、木の蔭に下

り居て、「かきつばたといふ五文字《いつもじ》を句の頭《かしら》に据《す》ゑて、旅の心をよまむ」とてよめる

在原業平

唐衣《からころも》着つつなれにしつましあればはるばるきぬる旅をしぞ思ふ（羇旅・四一〇）

いつも身に着けている唐衣のように、馴れ親しんだ妻を都に残してきたので、はるばるとやってきた旅が、いっそう感慨深く思われる。

この歌は『伊勢物語』九段、いわゆる東下り章段の歌として知られているが、『古今集』羇旅歌の要となる歌でもあり、長大な詞書とともに収められている。業平は友人を誘って東国に下ろうとしたが、その途中の三河国八橋（愛知県知立《ちりゅう》市）において、川辺にかきつばたが美しく咲いているのを見て、①「かきつばた」という花の名を歌の各句の冒頭に置く、②「旅の心」をテーマとする、という二つの課題を設けて、歌を詠もうということになった。そこで彼が詠んだのが「唐衣」の歌である。課題①は、本書二章二節でも触れた「折句」の技法である。右の歌を仮名書きにしてみると、「か・き・つ・は・た」の五文字が各句の頭に置かれていることが確認できよう。また課題②の「旅の心」であるが、万葉の時代から旅中の思いを詠じた歌は数多く、それらには、旅のさなかに出会った地名や景物を詠む〈型〉と、故郷に残してきた家妻に思いを馳せる〈型〉とが見られる［＊10］。業平の歌は、目の前にある美しいかきつばたを詠みこみつつ都の妻を懐かしむものであり、「旅の心」も十二分に歌われている。二つの課題は見事に果たされたといえよう。

それに加えて、この歌には掛詞そして縁語が、糸のように張り巡らされている。

唐衣　萎れ　褄　張る　着　……〈物象〉

からころもきつつなれにしつましあればはるばるきぬるたびをしぞおもふ

馴れ　妻　遥々　来　……〈心情表現〉

右の図を見ながら、一首の表現を解きほぐしてみよう。まず冒頭の「唐衣着つつ」は「なれ」を導く序詞である〔*11〕。「唐衣」は本来中国風の衣装の意であるが、転じて衣一般の美称となった語で、和歌の中にしばしば用いられる。「なれ」には身になじんだ衣の糊気がとれて柔らかくなる意の「萎れ」と、人と慣れ親しむ意の「馴れ」が掛かる。以下傍線部はすべて掛詞で、「つま」には「褄（着物の端の部分）」と「妻」、「はる」には「張る（衣を洗い張りする）」と「遥々」、「きぬる」には「着ぬる」と「来ぬる」が、それぞれ掛かっている。そして掛けられた二語のうち、一方は「唐衣」にまつわる物象のことば――萎れ・褄・張る・着ぬる――もう一方は都に残してきた妻を思う心情表現のことば――馴れ・妻・遥々・来ぬる――であることも見えてくる。

実は掛詞によって掛けられる二語は、「物象のことば」と「心情を表わすことば」であることが圧倒的に多く――前述の「松／待つ」「枯る／離る」もこの条件にあてはまる――このことが掛詞というレトリックを成り立たせる鍵に相当している。先に見た序詞においては一首単位で行なわれていた物象と心情表現の対応が、掛詞の場合は、同音異義を利用することによって、一語のレベルに圧縮されているのである。序詞は万葉以来のもの、掛詞は『古今集』において発達したレトリックであるが、心と物を対応させるという基本構造は等しい。こうした構造は、万葉から古今へと、和歌史を貫いて生きつづけているのである〔*12〕。

縁語はことばのコーディネート

さて「縁語」である。業平の歌の中には、都に残してきた妻を懐かしむという主想とは別に、「唐衣・萎れ・褄・張る・着ぬる」という「唐衣」に縁のある語群が、掛詞を介してちりばめられていた。このようなレトリックを縁語という。縁語とは、「一首の歌の中の複数のことばが、文脈上のつながりとは別に、何らかの連想関係によって結びついていること、あるいは、そのような関係にある語群のこと」である。

縁語の定義で注意したいのは、①「文脈上のつながりとは別に」という点である。たとえば「ひさかたの光のどけき春の日にしづ心なく花の散るらむ」（春下・八四・紀友則）の中の「花」と「散る」のような、実質的な意味のつながりを有していることばどうしを、ことさらに縁語であるなどとはいわない。縁語とは、掛詞や比喩などの何らかのレトリックに伴って、副次的に現われるものである。

また、②「何らかの連想関係によって結びつく」という点も重要である。創作的枕詞・序詞・掛詞は、歌の中に多彩な物象をもたらすが、三十一文字の小さな器の中に一度に盛り込めるものにはおのずから限りがあって、花も海も衣もというわけにはいかない。印象深い一つのことばを中心として、連想関係にある語を連ねていくことによって、一首の中に有機的な構造が出来上がり、統一的なイメージが生み出される。たとえば真珠の首飾りを身につけるときには真珠のピアスを選ぶように、一首の中でも「ことば」のコーディネートがなされる、それが縁語なのである。業平の「唐衣」の歌は、「衣」にまつわる語群によってコーディネートされている。

述べてきたとおり、一首の歌の中に序詞・創作的枕詞・掛詞・縁語によって持ち込まれる「物象」は、必ずしも「心情表現」の比喩や象徴であるとはかぎらない。けれども、この歌の場合は、「唐衣」語群から、都に残してきた妻を思い浮かべてもよいのだろうと思われる。布を染め、裁断し縫い合わせて、季節ごとの衣装を整えるのは、妻の役目であった。業平の旅装も、妻が用意してくれたのであろう。そして脳裏に浮かぶ妻は、よく似合っていたあの衣装を身につけている。糊気のとれた衣の柔らかさは、妻のやさしさ、懐かしさともつながっていよう。歌の中に張り巡らされた「唐衣」語群は、遠い都にいる愛妻の面影を引き寄せるものでもあった。

創造を支えることばのネットワーク

検討してきた業平の歌は、レトリックの粋が凝らされており、『古今集』の中でも一際目を引くものである。しかしこの歌は、当時の人々にとっては、現代の私たちが思うよりもはるかに作りやすく、また理解しやすいものだったのではないだろうか。というのは、こうした表現を育む「ことば」のネットワークが、平安朝の貴族社会の人々に共有されていたらしいからである。

次に挙げるのは、『古今集』中の「唐衣」を詠みこんだ歌からの抜粋である。

1　唐衣ひもゆふぐれになる時は返す返すぞ人は恋しき　（恋一・五一五・よみ人知らず）
2　しきしまの大和にはあらぬ唐衣ころも経ずして逢ふよしもがな　（恋四・六九七・紀貫之）
3　唐衣なれば身にこそまつはれめかけてのみやは恋ひむと思ひし　（恋五・七八六・景式王《かげのりのおおきみ》）
4　あひ見ぬも憂きも我が身の唐衣思ひ知らずも解くる紐かな　（恋五・八〇八・因幡《いなば》）
5　誰《た》がみそぎ木綿《ゆふ》つけ鳥か唐衣たつ田の山にをりはへて鳴く　（雑下・九九五・よみ人知らず）

1は、日も夕暮れになると返す返すあの人のことが恋しく思われる、という歌。初句「唐衣」から「紐結《ゆ》ふ」が導き出され、これに「日も夕（暮れ）」が掛かっている。「返す返す」は、「衣を返す」ことから、唐衣の縁語となる。

2は紀貫之の歌で、「しきしまの……唐衣」という序詞から、コロモという同音のくり返しによって「頃《ころ》も経ずして逢ふよしもがな」——「時期を隔てずに逢う手だてがほしいなあ」という心情表現が導き出される。また序詞の内部でも、「大和」から、その大和ならぬ「唐」へ、さらには「唐衣」へと、まるで尻取りのように「ことば」が展開している。つまりこの歌の内部では、

大和↓（ではない）唐↓（に由来する）唐衣↓（と音が共通する）頃も……

という連想が働いているのである。「にはあらぬ」とすぐに打ち消されてしまう「大和」に、わざわざ「しきしまの」という荘重な枕詞を冠しているのもユーモラスである。

3は不首尾に終わった恋の歌で、四句目の「かけて」には、「衣を衣桁《いこう》に架ける」ことと「恋人を心に掛けて思う」こととが掛かっている。着萎《きな》れた唐衣が身になじむようにあなたと馴れ親しむことができると思ったのに、架けたままの衣のようにひたすら恋いつづけるだけで終わるなんて……。「唐衣・萎れ（「馴れ」が掛かる）・まつはる・架けて」が縁語。架けたままの「唐衣」は逢うことのなかった女性の比喩でもある。

4の作者は、恋を失ったのも辛いのもすべて「我が身から」——自分自身のせいだと諦めようとしている。しかし、ふと気づくと衣の「紐」がほどけている。下紐がほどけるのは恋人に逢える前兆とされていた。もしかしたらと心が動いてしまうのは、未練が残っている証拠である。「（我が身）から」に「唐（衣）」が掛かり、「唐衣」と「紐」は縁語である。

そして**5**は、龍田山で「をりはへて鳴く」——ずっと鳴きつづけているのは、いったい誰の禊

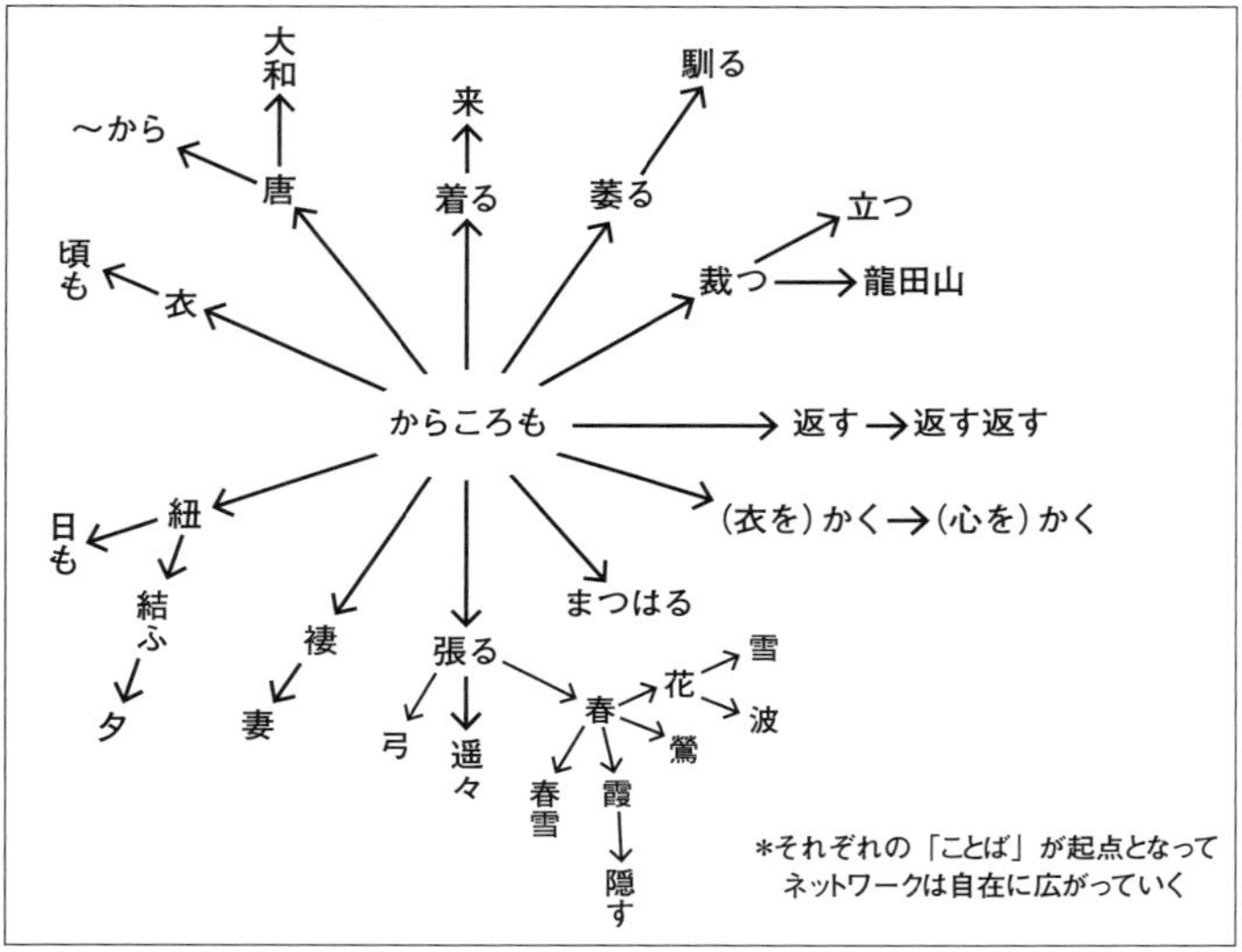

「唐衣」を中心とすることばのネットワーク

のために木綿を結びつけた鳥なのか、という歌。「唐衣」は「裁つ」ことから龍田山の枕詞ともなった。

　こうした歌々から、「唐衣・きる（着る／来《き》）・なる（萎る／馴る）・たつ（裁つ／立つ／龍田）・かへす（かへすがへす）・かく（衣をかく／心をかく）・まつはる・はる（張る／遥々）・つま（褄／妻）・ひも（紐／日も）・から（唐／〜から）・ころも（衣／頃も）・大和」といった、唐衣と連想関係によって結ばれた語群を拾い出すことができる。いわば「唐衣」を要とした「ことば」のネットワークが存在するのである。図示してみよう。

　この図では、矢印は「唐衣」から他の語への一方向を向いているが、実際は双方向の連想作用が働くであろう。またネットワークの中の一語、たとえば「張る」を起点として、弦を張ることから「弓」が、「ハル」という音から「春」が想起される例もあるように〔＊13〕、実際の連想作用は二次元的な図ではとらえがたい複雑さと自在さを備えている。業平の歌は、このような「ことば」のネットワークの中から発想されているのである。

現代の私たちは、業平の超絶技巧の歌を理解するために、まずは「か・き・つ・は・た」の五文字を数え上げ、さらに序詞・掛詞・縁語といった術語を用いて、表現の成り立ちを分析する。本書でここまで行なってきたのも、まさにそうした作業であった。このような分析は、私たちがこの歌にアプローチする上で、一度は通過せねばならない手続きであろう。しかし業平の創作の過程は、こうした理詰めの作業とは、まったく異なるものであったのだと思われる。業平の歌に苦吟の痕跡は見えない。むしろ一つの「ことば」が次の「ことば」を呼び起こしていくような、即興性が感じられる。「かきつはた」の「か」音から「からころも」が想起されれば、それを起点として連想作用が働き、一連の語群が導き出されてくる。生き生きと働く「ことば」のネットワークの中で、歌人の想像力が発動し、歌のかたちが現われてくるのである。

ではこの歌は、誰にでも詠める凡庸で陳套《ちんとう》な作なのか？　もちろんそうではないだろう。人々が共有する「ことば」のネットワークの中から生まれて、最も理想的なかたち、「これこそが典型だ」と人々が納得するかたちに結実したのが、業平の「唐衣」の歌なのである。

恋歌の中の海

掛詞・縁語の例を、もう少し見ておこう。次に挙げるのは、恋三の「逢わずに帰る」歌群（三章一節参照）の中に置かれる小野小町の歌である。

みるめなき我が身をうらと知らねばやかれなで海人《あま》の足たゆく来る

（恋三・六二三・小野小町）

逢うつもりのない私の身を、海草のない浦のように「憂きもの」だと知らないのだろうか、遠ざかる気配もなく、あの男は足がだるくなるほどに通ってくる。海辺を行き来する漁師のように。

男の求愛を拒絶する女の歌である。初句の「みるめ」は「海松布《みるめ》（食用になる海草）」と「見る目（逢う機会）」の掛詞。「うら」には「浦」と「（我が身を）憂（し）」が掛かる。何一つ収穫のないままに行き来する「海人（漁師）」は、夜ごと訪ねてきては虚しく帰っていく求愛者の比喩。そして掛詞や比喩を介して現われた「海松布・浦・海人」の三つが縁語を形成している。ちなみに「みるめ」は、和歌に用いられた場合はほぼ一〇〇パーセントの確率で「海松布／見る目」の掛詞となることばで、これに伴って海にまつわる縁語が形成されることが多い。愛を求める男をみじめで愚かな海人にたとえる——考えてみればずいぶん残酷な歌なのだが、小町は冷然と男を拒絶する自分自身をも「海草一つない海辺」だという〔*14〕。荒涼とした海岸の景は、与えることも与えられることもできない、不毛な恋の象徴なのである。

このような「海」の語群によってコーディネートされた恋歌も、『古今集』中に多々見られるものである。『古今集』の海は、四季歌ではなく、恋歌の中に存在するのであった。

瀬に？　銭？

もう一例、変わり種の掛詞を見てみたい。『古今集』の歌人にも経済生活がある。平安朝の貴族にも、住み慣れた家を手放すことも起こるのであった。次の歌は、伊勢が家を売却したときに詠んだものである。

家を売りてよめる　伊勢

飛鳥川淵にもあらぬ我が宿もせにかはりゆくものにぞありける　（雑下・九九〇）

川筋が変わりやすいと言われる飛鳥川の「淵」でもない私の家も、「瀬」ではなく「銭」に変わっていくものだったのだなあ。

「飛鳥川」は、川筋が変わりやすいことから、無常なものの象徴となる歌枕である（三章一節参照）。

この歌枕を中心にすえて、飛鳥川の深い「淵」はあっという間に浅い「瀬」に変わりますが、私の家も「銭」に変わってしまいました、と伊勢は歌っている。第三句の「せに」は、「瀬に」と「銭」の掛詞であるが、注目すべき点が二つある。

まず一つは、掛詞における清濁の問題である。「瀬」は「せ」であるが、「銭」は「ぜに」と濁音であったことが確認できる〔*15〕。このように清濁の異なる二語を掛ける例は『古今集』の中に時折見られるもので、「泣かれて／流れて」の掛詞などもある。濁音・半濁音の記号を使い慣れた現代の私たちにとっては不思議にも思われるが、元来仮名表記においては、清濁の区別は重視されていなかった〔*16〕。掛詞とは、より正確にいえば「同音異義語」ではなく、「仮名で表記したときに同じ文字列になる語」を重ねるレトリックなのである。この技法の発達が、仮名の獲得と密接に結びついていることが、あらためて確認できよう。

もう一つは、「銭」が古典和歌には珍しいことばであること。前述のとおり『古今集』から『新古今集』に至る八つの勅撰和歌集を総称して「八代集」と呼ぶが、八代集の「銭」の用例は、右の歌一首のみである。伊勢は「飛鳥川・淵・瀬」という「ことば」の連鎖の中に、掛詞の力を利用して、「銭」という卑俗なことばを取り込んでいる。歌の「ことば」のネットワークは、ごく限定された雅やかな語によって成り立っているが、すでにある「ことば」とのあいだに連想関係を設定することで、新たな「ことば」を取り入れることができる。新しい歌が詠まれるごとに、ネットワークも更新されていくのである。

三　見立て

ルーツは俳諧用語

「見立て」とは、どのようなレトリックだろうか。次に挙げるのは、『百人一首』でも知られる坂上是則の歌である。

大和国にまかれりける時に、雪の降りけるを見てよめる　坂上是則

朝ぼらけ有明の月と見るまでに吉野の里に降れる白雪　（冬・三三二）

夜が白むころ、有明の月かと見まがうまでに、この吉野の里に降り積もっている白雪よ。

大和国（奈良県）に赴いた折に、真っ白に降り積もった明け方の雪を見て、「まるで白銀の月光のようだ」と美しさに感嘆した歌である。眼前の「雪」が、視覚的な類似によって、「有明の月」にたとえられている。このようなレトリックを「見立て」という。是則の歌は「雪を月に見立てた」歌である。

「見立てる」つまり「しっかり見さだめて立てる」という動詞は『古事記』にも見られるものであるが、このことばに「そのものと見なす、なぞらえる」という意味が生じたのは江戸時代の

ことである。文学用語としての見立ても、和歌よりも先に、江戸の俳諧のテクニカル・タームとして用いられていた。江戸時代の初期、松永貞徳《まつながていとく》門下の俳人であった松江重頼《まつえしげより》が著わした俳書『毛吹草《けふきぐさ》』（正保《しょうほう》二年〈一六四五〉成立）の中に、「よろしかるべき句躰の品々」と題して、さまざまなタイプの句を列挙する箇所がある。その中に「見たて」という項目が設けられているのである。例句として挙げられるのは、

a 川岸の洞《ほら》は蛍の瓦燈《くわとう》かな

b ふりまじる雪に霰《あられ》やさねき綿《わた》

c 苔むしろ色やさながら青畳

といったもの〔＊17〕。aの「瓦燈」は燈火をともす陶製の道具のこと。洞窟の中で蛍が光っている様子をたとえている。bの「さねき綿（実生綿）」はもめん綿で中に種子が混じっているものをいう。あられ交じりの雪は、たしかに「実生綿」に似ているのかもしれない。そして、一面に苔むしたさまは、真新しい青々とした畳のようである。これらの句から見立てとは、見た目の類似性に着目して、あるものを別のものになぞらえるレトリックであることが確認できよう。「見立てる」つまり「ある物を別の物になぞらえて見る、見なす」という精神は、俳諧のみならず歌舞伎・戯作・絵画（浮世絵）・茶道・庭園など、江戸時代の日本文化万般の基調ともなった。

和歌の表現分析に「見立て」という術語が用いられた早い例として注目されるのは、元禄《げんろく》時代に成立した『古今集』の注釈書である『教端抄《きょうたんしょう》（古今教端抄とも）』（元禄十二年〈一六九九〉）の記

述である。『教端抄』は、古典学者であり俳人でもあった北村季吟《きたむらきぎん》――『源氏物語湖月抄《こげつしょう》』や『枕草子春曙抄《しゅんしょしょう》』の著者である――が、先行する複数の注釈類を集成して編んだものであるが、前述した「朝ぼらけ有明の月と見るまでに……」歌の注の中に、歌人飛鳥井雅章《あすかいまさあき》（慶長《けいちょう》十六年〈一六一一〉～延宝《えんぽう》七年〈一六七九〉）の言として「よくみたてたる心あらはれたり」という評が引かれている〔＊18〕。近世の俳諧の世界で育まれた術語が、遡って十世紀初頭の『古今集』歌の表現の分析に援用され、有効に機能しているのである。ふり返ってみれば、日本文学・文化における「見立て」の起源は古典和歌の中にあったことになる。

和歌における見立て

和歌における「見立て」について、詳しく検討してみよう。ここまで取り上げてきた枕詞・序詞・掛詞・縁語は和歌固有のレトリックであったが、見立てはこれらとは来歴が異なり、もともとは漢詩文から学び取られた技法であった〔＊19〕。先駆的な例は『万葉集』の中にも見られるものの、大伴旅人や山上憶良たちの「梅花《ばいか》の歌三十二首」（巻五・八一五～八四六）など漢詩文に通暁した男性官人の歌に偏っている。このレトリックが和歌の表現体系の中に本格的に浸透し定着するのは、『古今集』を待たねばならなかった。

和歌における見立ては、「視覚的な印象を中心とする知覚上の類似に基づいて、実在する事物

Ａを非実在の事物Ｂと見なすレトリックである」と定義することができる。この定義について、もう少し説明を加えておこう。

見立ては比喩の一種であるが、〈ＡとＢの見立て〉におけるＡとＢの双方が、目で見、手で触れることのできる「物」であることを特徴とする。前述した是則の「朝ぼらけ有明の月と見るまでに吉野の里に降れる白雪」の場合、実在の事物Ａにあたるのが「雪」、非実在の事物Ｂにあたるのが「月」であった。かたちのない「母の愛情」を「海」にたとえるといった表現は、見立ての範疇には入らない。つまり和歌における見立ては、現代修辞学でいうところのメタファー（隠喩）に比べれば、及ぶ範囲の限られたレトリックである。おのずから見立ては、心情を歌う恋歌よりも、折々の景物を捉える四季歌の中に多く見受けられる。見立ては「景物の組合せ」（二章一節参照）と並んで、『古今集』四季歌を特徴づける表現の〈型〉の一つなのである。

また見立ての多くは視覚的な類似によってＡとＢとを結びつけるが、聴覚的な類似による例――「松風を琴の音と聴く」「落葉の散る音を時雨と聴く」「雁の声を櫓《ろ》の音と聴く」など――も少数ながら存在している。定義の中で「視覚的な印象を中心とする知覚上の類似に基づいて」というやや回りくどい言い方をしているのは、そのためである。

二種類の見立て

「見立て」の歌は『古今集』の中に百首あまり見られるが〔＊20〕、それらは性格の異なる二つのパターンに大別することができる。

Ⅰ類〈自然と自然の見立て〉
Ⅱ類〈自然と人事の見立て〉

同じ見立てではあるが、この二つにはさまざまな点で相違が認められる。

まず『古今集』に見られるⅠ類〈自然と自然の見立て〉には、次のようなものがある。

雪↓花　花↓雪　花↓波　波↓花　雲↓花　雪↓月　空↓海　菊↓星　白菊↓波
滝↓雲　鶴↓波……

＊「花」には梅、桜、春の「花」万般が含まれる。

Ⅰ類は、「雪・花・波・月・雲」などごく限られた範囲の、白い印象を喚起する景物を中心として行なわれている。王朝の歌人たちは「白」という色に特別な美を見いだしていたらしい。そして多くの場合「A↓B」「B↓A」の双方向の見立てが成り立つ、つまりAとBに互換性があるという特徴が見られる。Ⅰ類は、選び抜かれた「白く美しい物」のあいだで閉じている。

Ⅰ類の中で最も歌数が多いのは、雪から花、あるいは花から雪への〈雪と花の見立て〉である。

1 み吉野《よしの》の山辺に咲ける桜花雪かとのみぞあやまたれける　（春上・六〇・紀友則）

吉野山の辺りに咲いている桜の花は、まるで雪かとばかり見誤られることだ。

2 雪とのみ降るだにあるを桜花いかに散れとか風の吹くらむ　（春下・八六・凡河内躬恒）

桜の花は、ただでさえ雪のようにしきりに散っているのに、さらにどのように散れと言って、風が吹くのだろうか。

3 春立てば花とや見《み》らむ白雪のかかれる枝に鶯の鳴く　（春上・六・素性法師）

春になったので、花だと見ているのだろうか。白雪が降りかかっている枝に、鶯が鳴いている。

1は、吉野山に咲き誇る「桜」を遠望して「雪」に見立てた歌で「AはBかとのみぞあやまたれける」という、「見立てる」ことを端的に表わす構文を持っている。「吉野山」は雪と桜の名所として知られる歌枕。見立てによって、遠山の桜が真っ白な雪景色に変じている。2は、散る「桜」を降る「雪」に見立てるもの。ただでさえ雪のように散り急ぐ桜なのに、さらに風までが吹いて、ますます散ってしまうことが嘆かれている。この歌の中では、〈雪と花の見立て〉と〈花を散らす風〉という二つの〈型〉が結びついている。私たちも耳にする「桜吹雪」という言葉は、こうした『古今集』歌をルーツとしている。3は「雪の木に降りかかれるをよめる」という詞書を持つ歌。鶯は「雪」を「花」だと見誤っているのかしら？　という疑問を通して、一進一退の春が捉えられている。この歌では、見立ての主体は、春を待つ鶯なのである。〈雪と花の見立て〉という〈型〉によりつつ、多様な表現が試みられていることが知られよう。

Ⅱ類〈自然と人事の見立て〉は、自然界の景物を人が作り出した品々に見立てるものである。『古今集』には次のような例が見られる。

紅葉↓錦（川を流れる）紅葉↓舟　紅葉↓幣《ぬさ》　柳↓糸　柳桜↓錦　薄《すすき》↓袖　霞↓衣

露↓玉　露霜↓経緯《たてぬき》　時雨↓経緯　雁声↓櫓声　滝↓糸　滝↓布　波↓玉……

Ⅱ類の方がⅠ類よりも種類が多いこと、B「非実在の事物」は「錦・糸・布・袖・衣・経緯」など衣服に関わる物を中心としていること、そして、基本的には自然から人事への一方向のみで行なわれること、がわかる。

Ⅱ類の代表といえるのは〈紅葉と錦の見立て〉である。「錦」は金銀さまざまな色の絹糸を縦横に織り上げた豪華な織物で、大変な貴重品であった。〈紅葉と錦の見立て〉は、自然の驚異的な色彩美を、人が作り上げた最高級の品にたとえる表現である。

4 霜のたて露のぬきこそ弱からし山の錦の織ればかつ散る（秋下・二九一・藤原関雄《ふじわらのせきお》）

霜の縦糸、露の横糸が弱いらしい。山を彩る紅葉の錦は、織り上げるそばから散っていってしまう。

5 神奈備《かむなび》の三室《みむろ》の山を秋行けば錦たちきる心地こそすれ　（秋下・二九六・壬生忠岑）

神奈備の三室山を秋に越えて行くと、私の身にも紅葉が散りかかって、錦を裁断して着物に仕立てて着ているような気持ちがすることだ。

4は、秋の山に露や霜が降りて木々が色づいていくさまを、霜の「経（縦糸）」と露の「緯（横糸）」によって豪奢な「錦」を織る、と見なしている。山の錦と見えているのは実は紅葉であるから、「織ればかつ散る」――織り上げる片端から散り散りになってしまうのである。この歌の場合、〈紅葉と錦の見立て〉を要として、「秋山の木々が紅葉する」という自然現象全体が、「錦を織る」という人間の営為に置き換えられている。5の「神奈備の三室の山」は、奈良県生駒郡の龍田川流域の山かと考えられている。古典和歌において、龍田川の一帯は紅葉の名所であった。秋も深まった頃に、しんと静まりかえった三室山を越えていくと、私の身にも色とりどりの紅葉が散りかかって、まるで豪華な錦を身にまとっているような気がする、という。秋の山道は心細いが、華麗な衣を身につけているのだと思えば、ほんの少し心も華やぐかもしれない。

Ⅱ類の歌をもう一例見てみよう。僧正遍昭が詠んだ柳の歌である。柳は春先にしなやかな枝が青々と芽吹く様子が印象的であることから、春の景物とされた。この歌では、みずみずしい枝に露が降りて光彩を添えている。

6 浅緑《あさみどり》糸よりかけて白露を玉にもぬける春の柳か　（春上・二七・僧正遍昭）

浅緑色の糸を縒って懸けて、白露の宝玉を貫いている春の柳であることだ。

6では、柳の枝が糸に見立てられ――「柳糸」という漢語がある――また白露が宝玉に見立てられている。Ⅱ類の見立て二つが並存しているのである。また「柳が糸によって露を玉として貫いている」という文脈が認められるので、見立てに伴って、「柳」が意志ある者のように擬人化されていることもわかる。このようにⅡ類〈自然と人事の見立て〉は、しばしば擬人法とも結びつく性質を持っている。擬人法すなわち「人の営みに引き寄せて捉える」ことは、万物を理解しようとするときの基本的な枠組みの一つである〔＊21〕。Ⅱ類は、より基本的な発想法とも通底しているのである。

俳諧の見立てが、一回ごとのAとBの斬新な組合せを真骨頂とするのに対して、和歌の見立ては、Ⅰ類にせよⅡ類にせよ、いくつかの固定した〈型〉の中に収まってしまう。『古今集』の歌人たちは、〈雪と花の見立て〉あるいは〈紅葉と錦の見立て〉といった〈型〉を共有した上で、さまざまな工夫を凝らし、ことばを精緻に組立てて、多彩な表現を生み出すのである。

本当は似ていない

ところで、見立てによって結びつけられるAとBは、本当に似ているのだろうか。たとえば〈桜と雪の見立て〉の場合。「桜」は春に地上で咲く植物であり、一方の「雪」は冬に空から降ってくる天象である。この二つは本来まったく異なるのではないか。本当は似ていない二つの物を、「白さ」という印象深いたった一つの類似性を取り出すことによって、半ば強引に結びつけてしまう、言い換えれば、それ以外の属性はすべて捨象してしまう。このような潔いほどの取捨選択と誇張とが、「見立て」というレトリックの命である。

実のところ「桜」は「雪」よりも「梅」に似ているが、「桜」を「梅」に見立てたところで、あまり面白くない。本当は似ていない「桜」と「雪」を結びつけることから、二つに共通する「真っ白な美しさ」が、あらためて認識されるのである。「見立てる」ことによって、それまで何気なく見ていたものの中から、思いがけない本質が鮮やかに立ち現われてくる。見立てというレトリックには、和歌の場合のようにAとBとが固定していてもなお、発見的思惟と驚きが伴っている。

「見立てる」ことによって何が起きるのだろうか。前述の**1**「み吉野の山辺に咲ける桜花雪かとのみぞあやまたれける」では、「桜」を「雪」に見立てたことによって、「花ざかりの吉野山」が、真冬の「雪景色」に、一瞬にして変貌していた。**4**「霜のたて露のぬきこそ弱からし山の紅葉の織ればかつ散る」では、自然の精妙なまでの色彩変化が、人間の最先端の技術に置き換えられていた。見立ての力によって、それまで見ていた風景が一変し、世界が一転する。見立てとは新しい認識の提示なのである。『古今集』歌人は、見立ての力によって、この世界を再構築する。

見立ての達人・貫之

『古今集』歌人の中でも見立ての歌に水際立った手腕を発揮しているのは、ほかでもない紀貫之である。貫之はこのレトリック――表現と発想の〈型〉と言い換えてもよい――について省察し、その中心が取捨選択と誇張にあることを見抜いていたように思われる。というのは、彼の歌には「見立てる」際に捨象されたはずの相違点に敢えて言及しては、あらためてそれを打ち消していく手法、つまり見立ての過程を可視化するかのような手法が、しばしば見られるのである。そうした貫之の歌は、見立てというレトリック自体の不可思議さを、「かたち」にしたかのようである。

具体例を見てみよう。次にあげるのは延喜十三年（九一三）「亭子院歌合《ていじのいんのうたあわせ》」の歌。本書一章一節で述べたとおり、『古今集』入集歌の中でも最も新しい歌の一つであり、春下の「散る桜」の大歌群をしめくくる位置に、おそらくは編集の最終段階において補われたものである。

亭子院歌合の歌　　紀貫之

桜花散りぬる風のなごりには水なき空に波ぞ立ちける　（春下・八九）

桜の花が散ってしまった風の名残には、水のない空に白い余波《なごり》が立っている。

〈桜と波の見立て〉の歌であるが、桜はすでに散ってしまい、花を散らした風の名残だけが空に吹き渡っている。風とともに白い花びらも漂っているような、そして、からっぽの空のかなたに真っ白な余波が立っているような……。桜歌群のピリオドにふさわしく、いわばゼロ記号の「桜」が「波」の幻に見立てられている。そして、桜を波に見立てたことに伴って、大空もおのずから海のイメージを帯びてくる。空を海へ、というもう一つの見立てが喚起されているのである。

しかし貫之は「海」ということばは使わず、「空に波が立つ」という矛盾した言いまわしを選び取り、さらに「空」の上に「水なき」という修飾語を加える。空には水はない、だから本当は波など立つはずがないことを念押しして、この「波」が見立てによって作り出された虚像であることを、さらには、あり得ないものを「ことば」の力によって創造する見立てというレトリックの不可思議さを、歌自体の中で明らかにしているのである。と同時に、「なし」と打ち消されるにしても、一度は「水」ということばが登場したことによって、この歌を読む者の脳裏には、風に吹かれて白く波立つ広々とした水面のイメージも浮かんでくるであろう。〈AとBの見立て〉においては、非実在の事物Bは、実在の事物Aと拮抗する重み、もしかしたらそれ以上の重みをもって、私たちに働きかけてくる。

貫之の「ことば」の組み立て方にも注意したい。もしもこの歌を、「AをBと見る」という見立ての判断形式を明示した構文に置き換えるとしたら――貫之に笑われそうであるが――たとえば次のようになるのであろう。

吹く風に散りぬる花を水もなき空のはたての波かとぞ見る

このような改悪を行なってみると、貫之が「桜花」「散る」「風」「なごり」「水」「空」「立つ」という一連の「ことば」を、いかにしてつなげているのかが、あらためて見えてくる。一首の要にあたるのは第三句の「なごり」なのである。「なごり」には、物事が過ぎ去ったあとに残る気配の意の「なごり（名残）」と、風が止んだあとに水面に残る波の意の「なごり（余波）」の二つの意味が重なっている。「なごり（名残／余波）」という掛詞が、ちょうど蝶番《ちょうつがい》のように機能して、上句「桜花散りぬる風の名残」と下句「水なき空に立つ余波」とを結びつけている。

［桜花・散る・風］↓名残

余波↓［水・空・波・立つ］

「AをBと見る」という枠組みがないことで、この歌を読む者は、ふと軽い眩暈《めまい》のような感覚に襲われる。上句が実像、下句は見立てによって創造された虚像であるはずなのだか、貫之の目は本当のところ、何を捉えているのだろうか。ただ空のかなたに縹渺《ひょうびょう》とした白いイメージが広がっているだけで、具体的な景を思い描くことは難しい。そこにあるのは、純粋に「ことば」によってのみ成り立つ映像なのである。

貫之の「こころ」と「ことば」

最後に、貫之の歌をもう一首読んで、本章の結びとしよう。春上の一首である。

雪の降りけるをよめる　　紀貫之

霞立ち木《こ》の芽もはるの雪降れば花なき里も花ぞ散りける（春上・九）

霞が立って木の芽も「張る」、そのような「春」の雪が降ると、花のない里にも、花が散るのだった。

一読して「霞が立ち、木の芽が膨らみ、花が散っている」という春爛漫《らんまん》の景色が思い浮かぶのだが、詞書に記されるとおり、この歌のテーマは春雪である。雪景色は、どのような仕掛けによって、春もたけなわの景色に変えられているのか？

仕掛けの一つは、いうまでもなく〈雪と花の見立て〉である。「……春の雪降れば……花ぞ散りける」がこの歌の骨格にあたる。降る雪を散る花に見立てることから、世界全体も早春から仲春へと変貌を遂げているのである。また非実在の事物である「花」には、「花なき里」という打ち消しをはらんだことばが冠せられている。花の季節はまだ遠い。雪の見立てである花は、「花なき里」に散る幻の花、現実にはあり得ないものであることも明示されている。

もう一つ、この歌の春景色を構成する重要な要素となるのは、初句から二句にかけての「霞立ち木の芽も」という歌句である。これは「(木の芽が)張る」から掛詞的に「春」を導く序詞なのだが、実は一風変わったものなのではないか。本章一節で述べたとおり、序詞は基本的には、何らかの「物象」を提示して、それを契機として「心情表現」を導き出すレトリックであった。ところがこの歌の場合は、「霞立ち木の芽も張る」という自然叙述(物象)が、「春の雪降れば」以下のもう一つの自然叙述(物象)へと連接しているのである。貫之は、序詞というものを分析的な目で見つめ直して、通常とは異なる「物象から物象へ」という新しいタイプの表現を開拓したのではなかったか。くり返し述べてきたとおり、彼は〈型〉の存在にきわめて自覚的な歌人なのである。

霞立ち木の芽も張る　　　　……〈物象〉

春の雪降れば花なき里も花ぞ散りける……〈物象〉

この歌の春景色は、見立てによって喚起された「散る花」と、序詞の中の「霞」や「木々の芽吹き」といった「ことば」が協調的に働くことによって創り出されている。

紀貫之は〈型〉に寄り添って発想するだけでなく、〈型〉そのものを相対化して、表現の可能性を開拓していく歌人であった。彼の歌は、計算され尽くした「ことば」が緊密に結びついて成り立っており、これ以外にはあり得ない精巧な「かたち」を成している。貫之の場合、「ことば」はそのまま、たった一つの「こころ」なのである。

注

＊1　いなにわ・せきしろ『偶然短歌』(飛鳥新社・二〇一六年)。

＊2　笹公人『ハナモゲラ和歌の誘惑』(小学館・二〇一七年)。

＊3　本書における『土佐日記』の引用は菊地靖彦校注・訳『新編日本古典文学全集　土佐日記　蜻蛉日記』(小学館・一九九五年)による。

＊4　久保田淳・馬場あき子編『歌ことば歌枕大辞典』(角川書店・一九九九年)。「ちはやぶる」の執筆は多田一臣による。

＊5　稲岡耕二「枕詞の変質―枕詞・被枕詞による歎きの形象―」(『万葉集の作品と方法―口誦から記載へ―』

岩波書店・一九八五年)。

＊6 引用は大野晋・大久保正編・校訂『本居宣長全集　第三巻』(筑摩書房・一九六九年)による。

＊7 土橋寛『古代歌謡論』(三一書房・一九六〇年)は、序詞とは元来、集団的な場において、まず「場所+景物」を提示し、そこから心情に言い及んでいく発想形式であったと考え、こうした性質を「即境性」と名づける。

＊8 『古今集』仮名序に「難波津〔なにはづ〕の歌は帝の御初め〔おほむはじめ〕なり、安積山の言葉は采女の戯〔たはぶ〕れより詠みて、この二歌〔ふたうた〕は、歌の父母のやうにてぞ、手習ふ人の始めにもしける」と記される。なお「難波津」の歌は「難波津に咲くやこの花冬ごもり今は春べと咲くやこの花」。

＊9 小沢正夫『古今集の世界』(塙選書・一九六一年、増補版一九七六年)に指摘がなされる。

＊10 大浦誠士「万葉羇旅歌の様式と表現―「地名」を歌うことを中心に―」(『万葉集の様式と表現―伝達可能な造形としての〈心〉―』笠間書院・二〇〇八年)。

＊11 「唐衣」は「着つつ」を導く枕詞であると説明する場合もある。

＊12 鈴木日出男「和歌の表現における心物対応構造」「掛詞の成立」「縁語の意義」(『古代和歌史論』東京大学出版会・一九九〇年)。なお鈴木は一連の論文において「心象」と「物象」という用語を使用するが、本書ではわかりやすさを考慮して、前者を「心情表現」と呼ぶことにする。

＊13 「梓弓春立ちしより年月の射〔い〕るがごとくも思ほゆるかな」(古今集・春下・一二七・凡河内躬恒)。「梓弓」は「(弦を)張る」ことから「春」の枕詞となる。「射るがごとく」は月日が矢のような速さで過ぎ去っていくことをいうが、「弓」と「射る」は縁語。

＊14 「我が身」は男をさすと考える説もあり、「あの男は逢う機会の得られない自分をつらいと思わないのだろうか」という意になる。

＊15 平安時代の辞書である『類聚名義抄〔るいじゅうみょうぎしょう〕』に「銭　ゼニ」という濁音表記が見られる。

＊16 濁音を表わす仮名が成立しなかったことについて、沖森卓也『日本語全史』(ちくま新書・二〇一七年)は、古代日本語においては濁音が語頭にくることはなく、また本来清音であるものが連濁によって臨時的に濁音になる場合があるなど「音韻としての独立性に乏しい」からであったと説明する。

＊17 引用は『毛吹草』(岩波文庫・一九四三年、一九八八年復刊)によるが、濁点を補った。

＊18 引用は片桐洋一編集・解説『初雁文庫本古今和歌集　教端抄　第二巻』(新典社・一九七九年)による。雅章は後水尾〔ごみずのお〕院から古今伝受を受けた堂上歌人で、従一位権大納言に至った。

＊19 小島憲之『古今集以前―詩と歌の交流―』(塙選書・一九七六年)、渡辺秀夫「古今集歌の表現形成と漢詩文」(『平安朝文学と漢文世界』勉誠社・一九九一年)。

＊20 鈴木宏子「三代集四季歌の〈見立て〉一覧表」(『古今和歌集表現論』笠間書院・二〇〇〇年)。

＊21 瀬戸賢一『認識のレトリック』(海鳴社・一九九七年)は、擬人法が「古くは古代ギリシアのホーマーから今日の散文に至るまで……つねにことばの根幹を支える技法として存続してきた」と述べ、その理由を「万物の尺度としての人間の姿をもっともよく表す技法だったから。擬人法は、人間の言語の必然的な仕組である。」と説明し、擬人法はメタファーの一種であると位置づける。なお『古今集』に見られる擬人法の歌については、鈴木宏子「『古今集』の擬人法」(『古今和歌集表現論』前掲)を参照されたい。

五章

古今集の百年――和歌史を創造する

一　古今集歌の三つの位相

古今集の領分

『古今集』は「千歌《ちうた》二十巻《はたまき》」全体で緊密に構成された一つの作品であるが、その中にはおよそ百年の時間の幅があり、紀貫之のような大歌人から一首かぎりの人まで、一二〇人あまりの歌人が登場する。この歌集の内部には、百年分の和歌の歴史があり、歌の位相差があり、歌人の「個」の輝きも存在している。こうした角度から見ると、『古今集』はまた新たな貌《かお》を示してくれる。本章では『古今集』の組織をいったん解体し、和歌史の移り変わりや、それぞれの時代に生きた歌人たちに注目することで、あらためてこの歌集の魅力を探っていこう。

まずは『古今集』の撰歌範囲を確認しておこう。周知のとおり、『古今集』に先立って現存最古の歌集である『万葉集』が存在していた。貫之たちが『万葉集』を尊重すべき先例として意識していたことは、「万葉集に入らぬ古き歌」を撰歌の対象としたと断っていることや、編纂の途中段階で「続《しょく》万葉集」という名称が用いられたことからも明らかであろう。しかし『万葉集』と『古今集』は多くの点で異なっている。

たとえば『万葉集』が漢字の音や訓を利用した万葉仮名で表記されているのに対して、『古今集』は流麗な平仮名で書かれている。いずれの歌集も全二十巻からなるが、『万葉集』には各巻ごとに異なる複雑な成立事情が想定されているのに対して、『古今集』は初めから統一体として企画・編集された。また『万葉集』には数々の長歌が収められているが、『古今集』では、この歌体はすでに衰えてしまっていた。二つの歌集のあいだには和歌史、文化史の断層が横たわっている。

『万葉集』の詠作年次が判明する最も新しい歌は、天平宝字三年（七五九）の正月に、大伴家持が因幡国庁の新年の宴で詠んだ、次の歌である。

新《あら》しき年の初めの初春《はつはる》の今日降る雪のいやしけ吉事《よごと》　（『万葉集』巻二十・四五一六・大伴家持）

歌意は、新春の今日降り積もる雪のように、この一年によいことが重なりますように、というもの。雪深い年は豊作になるという。新しい年を予祝する歌である。家持は『万葉集』編纂の最終段階に深く関与したと目される人物であるが、彼が没したのは、右の歌から四半世紀を経た延《えん》暦《りゃく》四年（七八五）、平安遷都も間近な時期である。かりに編纂作業が家持の最晩年までつづけられたとするなら、『万葉集』成立の最下限は八世紀末にまで引き下げられよう。

これ以降の時代、すなわち九世紀初頭から、『古今集』入集歌の下限である延喜十三年（九一三）頃までの百年ほどを、『古今集』の領分と見なすことができる。大まかにいえばこの百年は、藤原氏が勢力を伸張し権力の中枢を占めるに至る時代、そして、唐風の文化を学び取り咀嚼する中から国風と言われる新しい文化が生まれ出る時代にあたっている。

三つの時期区分

百年あまりの『古今集』の領分は、それぞれに特徴的な三つの時期に分けて把握することができる。最初は、九世紀前半の漢詩文全盛の時期で、国風暗黒時代とも称されるが、日本人が漢文学を真摯に学び自らも創作に励んだというプラスの面に目を向けて、本書では「唐風謳歌時代」という呼称の方を用いる。次は、九世紀半ばから末にかけての和歌の復興期である。この時期は、『古今集』仮名序の中に「近き代《よ》にその名聞えたる人」として特筆される六人の歌人たち——在原業平（三十首）、小野小町（十八首）、僧正遍昭（十七首）、文屋康秀《ふんやのやすひで》（五首）、大友黒主（三首）、喜撰法師《きせんほうし》（一首）——の活躍期に相当することから、「六歌仙時代」と呼ばれている。最後は、九世紀末から『古今集』の成立に至る撰者たち自身の活躍期、すなわち「撰者時代」である。各時期に相当する期間は、通説では次のように捉えられている〔＊1〕。

唐風謳歌時代＝八〇六年頃～八五〇年。平城《へいぜい》・嵯峨《さが》・淳和《じゅんな》・仁明天皇の治世。

六歌仙時代＝八五〇年～八八七年。文徳・清和・陽成・光孝天皇の治世。

撰者時代＝八八七年～九一三年頃。宇多・醍醐天皇の治世。

三つの時期区分は『古今集』をよりよく理解するために設けられた目安であるが、近年では「六歌仙時代」の始まりをどのあたりと捉えるのが穏当であるか、見解が揺れている。本書では仁明朝と文徳朝のあいだに一応の線を引いておくが、仁明天皇の治世（天長《てんちょう》十年〈八三三〉～嘉祥三年〈八五〇〉在位）は、平安時代としては長い十八年間におよび、その間には①承和《じょうわ》九年（八四二）に漢詩文全盛の時代を主導した嵯峨上皇が亡くなると、ただちに承和の変が起こって、政治史的にも文化史的にも時代の空気が一変する、②六歌仙の作歌活動が少しずつ始まっている、などの特筆すべき変化が生じている。仁明朝全体が、漢詩文の全盛期が過ぎ去り和歌が日のあたる場所へと現われてくる過渡期的な性格を持っていたのである。

三つの位相

では、『古今集』の中には、どの時期の歌が、どのくらい採られているのだろうか。『古今集』

の歌は全一一一一首、歌人は一二六人（いずれも伊達本による）であるが、それらを時期別にまとめると次頁の表のようになる。この表では、『古今集』が編まれつつある「撰者時代」の歌をA群とし、「唐風謳歌時代」と「六歌仙時代」の歌をまとめてB群とした。貫之たちにとっての現在（今）と過去（古）を二分して見たいため、また実際問題として「唐風謳歌時代」の歌人がごく少数であるためである。そして、時期区分の難しい「よみ人知らず」——作者未詳の歌をC群とした。『古今集』という歌集はA、B、Cの三つの位相の歌から成り立っている。表の内部を詳しく見てみよう。

まずは歌人について。『古今集』の歌人一二六人のうち、八十一人がA群「撰者時代」の歌人である。『古今集』の歌人の多くは、撰者たちの同時代人なのであった。この時期の主要な歌人には、貫之たち四人の撰者をはじめとして、素性法師（三十七首）、伊勢（二十二首）、藤原敏行（十九首）、藤原興風（十七首）、清原深養父（十七首）、在原元方（十四首）、大江千里（十首）、平貞文（九首）、坂上是則（八首）、源宗于（六首）などがいる。藤原敏行はやや年長で、在原業平とも交流があった。在原元方は業平の孫にあたる人である。A群の歌人は『古今集』の「今」であり、彼らの歌は「古今集らしさ」の中心を形成している。

これに対して、時間的には長いはずのB群の歌人は四十五人で、全体の三分の一に留まっている。「唐風謳歌時代」の歌人として足跡を残すのは、小野篁《おののたかむら》（六首）、藤原関雄（二首）、平城天皇（一首）、など、ごく少数である。また『百人一首』でも知られる安倍仲麿（一首）は、奈良時

歌群	該当する時期	期間	歌人の人数	歌数
A	「撰者時代」の歌	887年～913年	81人	512首
B	「唐風謳歌時代」と「六歌仙時代」の歌	806年～887年	45人	137首
C	「よみ人知らず」の歌			462首

古今和歌集の三つの位相

代に遣唐留学生として唐に渡ったことが知られており、『古今集』の中でも一際古い時代の人である。「六歌仙時代」の歌人には、六歌仙の六人のほか、在原行平（四首、業平の兄）、惟喬親王《これたかしんのう》（二首）、安倍清行《あべのきよゆき》（二首）、小野貞樹《おののさだき》（二首）、光孝天皇（二首）、二条后《にじょうのきさき》（一首）、藤原良房（一首）、紀有常《きのありつね》（一首）などがいる。これらB群の歌人も『古今集』の構成要素であるが、彼らの歌には波乱に富んだ人生の記憶と結びつくものも多く、撰者時代の歌人とは少し異なった「個」の輝きが認められることもある。B群の歌人が存在することは『古今集』という歌集の振幅を広げているのである。

次に、各群の歌数に注目してみよう。『古今集』全一一一一首の半数近い五一二首は、A群「撰者時代」の歌である。B群の歌は一三七首で、二割に満たない。そして、C群「よみ人知らず」の歌が四六二首と、全体の四割強を占めている。『古今集』は、

A群・撰者たちにとっての同時代の歌人の歌＝五割弱
B群・撰者たちにとっての過去の歌人の歌＝一割強
C群・作者のわからない歌＝四割強

という三つのグループから成り立っている。

撰者たちがC群「よみ人知らず」を自分たちの歌とは異なる一群のものとして捉えていたらしいことは、『古今集』自体の構造から確認することができる。すでに述べたように、『古今集』の恋一と恋二はいずれも「逢わざる恋」の歌を収録しているが、恋一には「よみ人知らず」の大歌群（四八三番〜五五一番）があり、恋二は撰者時代の歌を主体にするという位相差が設けられていた。また同一のテーマの歌を並べる際に、「よみ人知らず」の歌を先に、撰者時代の歌をあとに置く傾向も認められる。撰者たちの中に、彼我を区別する意識があったことは明らかであろう。

「よみ人知らず」とは、どのような性格の歌なのだろうか。作者がわからないのは古い時代の歌であるためだと考えて、この歌群の大半を九世紀前半の唐風謳歌時代の作であると見なす立場もある。しかし、「よみ人知らず」は『古今集』の一翼を担う歌であり、単純に「古い」と片づけてしまっては、この歌群の本質を見誤るように思われる。後述するように、「よみ人知らず」とは時間軸の目盛りでは測りがたい普遍性を備えた歌、時代を超えて人々の傍らにありつづける豊かな可能性を含んだ基層の歌なのである。

『万葉集』の終焉から『古今集』成立までの期間、和歌に関する資料はほとんど残っていない。いきおい私たちは、『古今集』自体によって『古今集』に至る和歌史を構想するという隘路《あいろ》を進まざるを得ないのであるが、その『古今集』にA・B・Cの三つの位相が認められることは興味深い。『古今集』の編集、すなわち歌を収集し、取捨選択し、分類・配列する営みは、おのずから撰者なりの和歌観に基づいた百年の和歌史を創造することと重なっている。貫之をはじめとするA群の歌については前章までの記述に譲ることにして、以下本章の二節から四節では撰者たちにとっての過去であるB群の歌について、五節では名のある歌人たちの歌を包み込んでいるC群「よみ人知らず」について、和歌史の展開を意識しながら、より踏み込んで考えてみることにしよう。

二　唐風謳歌時代から六歌仙時代へ

唐風謳歌時代

九世紀前半は、和歌にとって多難な時代であった。日本の文化は、広くいえば中国を中心とする東アジア文化圏の中に包摂されており、日本の古典文学も『万葉集』の時代から、中国文学の影響を受けつつ独自の実りを生み出してきた。日本古典文学の傍らにはつねに中国文学があり、そもそも「日本的なるもの」とは、中国文化を学び取る中から芽生えたもの、唐風文化との対比によって意識されるものであるといっても過言ではない。とりわけ九世紀前半は唐風謳歌時代と名づけられる特異な一時期であった。

この頃宮廷社会には唐風の文化が広がり、自身も優れた漢詩人であった嵯峨天皇（大同《だいどう》四年〈八〇九〉～弘仁十四年〈八二三〉在位）を中心に、魏《ぎ》の文帝《ぶんてい》（二二〇年～二二六年在位）の言に基づく「文章は経国《けいこく》の大業、不朽の盛事なり」という理念を掲げて、男性貴族たちが漢詩文の創作に打ち込んだ。その作品群は、『凌雲集《りょううんしゅう》（凌雲新集とも）』（弘仁五年〈八一四〉成立）、『文華秀麗集《ぶんかしゅうれいしゅう》』（弘仁九年〈八一八〉成立）、『経国集《けいこくしゅう》』（天長四年〈八二七〉成立）という三つの勅撰漢詩集に結実している。この三つを勅撰三集という。勅撰三集の撰者を務めたのは、小野岑守《おののみねもり》（小野篁の父）、藤原冬嗣《ふじわらのふゆつぐ》、良岑安世《よしみねのやすよ》（桓武天皇の子、僧正遍昭の父）、南淵弘貞《みなぶちのひろさだ》、菅原清公《すがわらのきよきみ》（菅原道真の祖父）といった人々で、冬嗣の左大臣を筆頭に、いずれも公卿クラスにまで昇進している。宮廷詩人たちは同時に有能な律令官人であり、天皇の側近として国務を担う立場にあった。

　この時期、漢詩文に圧倒された和歌は公的な場から姿を消し、私的な日常生活の中でやりとりされるもの、たとえば男女間のコミュニケーション・ツールのようなものとして、ほそぼそと命脈を保っていたらしい。仮名序が次のように嘆いているのは、この頃のことであったと考えられている。

> 今の世の中、色につき、人の心、花になりにけるより、あだなる歌、はかなき言《こと》のみ出《い》でくれば、色好みの家に埋《う》もれ木の、人知れぬこととなりて、まめなる所には、花すすき穂に出だすべきことにもあらずなりにたり。その初めを思へば、かかるべくなむあらぬ。（仮名序）

　現在の世の中は、万事虚飾が横行し、人々の心も華美になってきたので、実のない軽薄な歌や、その場かぎりの使い捨ての歌ばかりが詠まれるようになって、和歌は色好みの家に埋もれ、（埋もれ木のように）人に認められないものとなって、改まった公的な場には、（薄の穂のように）表立っては出せないものになってしまった。和歌の始まりを思うと、このようなものではなかったのだ。

もとより仮名序は、事実の正確な記録を目的として執筆されたものではなく、初の勅撰和歌集である『古今集』を寿ぎ、その価値を主張しようとする、戦略性を帯びた文章である。右の一節にも、多少の文飾や誇張があるかもしれない。それにしても、勅撰漢詩集の映え映えしさに比べて、和歌が顧みられることが少なかったのは確かであろう。

唐風謳歌時代の歌人として注目されるのは、小野篁（延暦二十一年〈八〇二〉～仁寿《にんじゅ》二年〈八五二〉）である。篁は『凌雲集』の撰者岑守の子で、自身も漢詩文の才に秀でており、彼の詩を集めた『野相公集《やしょうこうしゅう》』という漢詩集（散逸）もあったと伝えられている。篁は仁明天皇の承和元年（八三四）に遣唐副使に任命されたが、同五年、三度目の出発のときに船に乗ることを拒否して嵯峨上皇の怒りをかい、隠岐《おき》の島に流された。このときの歌が『古今集』羇旅歌に入集している。

隠岐国に流されける時に、船に乗りて出でたつとて、京なる人のもとにつかはしける　小野篁

わたの原八十《やそ》島かけて漕ぎ出でぬと人には告げよ海人《あま》の釣り舟（羇旅・四〇七）

隠岐国に流罪になったときに、船に乗って出立しようとして、都にいる人のもとに贈った歌
大海原に浮かぶ数多くの島々をめざして漕ぎ出していったと、都の人には伝えておくれ、漁師の釣り舟よ。

同じ折に、流謫《るたく》の思いを詠じた「謫行吟《たっこうぎん》」という漢詩も作られたという。承和七年に都に召還されたのちの篁は順調な官途をたどり、最終的には参議《さんぎ》従三位にまで昇進した。

篁の創作活動が和歌と漢詩文の双方にまたがっているように、この時期の和歌と漢詩文は没交渉というわけではなかった。文化史の伏流水のように存在しつづける和歌の中に、漢詩文由来の新しい表現や発想が広く深く浸透していったのもまた、この時期である。唐風謳歌時代と捉えられる九世紀前半は、『古今集』の揺籃期ともいえるのである。

六歌仙時代

仁明朝の半ばの承和九年（八四二）に、皇室の大家父長的な存在であった嵯峨上皇が亡くなると、時代の雰囲気にも変化が現われる。六歌仙時代の幕開けである。

政治史の文脈から見ると、九世紀半ばから後半にかけては、藤原氏が外戚として勢力を伸張していった、前期摂関政治と呼ばれる時期にあたる。冬嗣の子である藤原良房《ふじわらのよしふさ》は、妹の順子《じゅんし》（五《ご》

条后《じょうのきさき》）を仁明天皇の女御としていたが、承和の変によって順子所生の道康親王を皇太子とすることに成功した。のちの文徳天皇（嘉祥三年〈八五〇〉～天安二年〈八五八〉在位）である。良房はさらに一人娘の明子《めいし》（染殿后《そめどののきさき》）を文徳天皇の妃とした。明子の生んだ皇子が即位して、清和天皇（天安二年〈八五八〉～貞観十八年〈八七六〉在位）となる。清和天皇の妃も藤原氏の出身で、『古今集』の歌人としても知られる二条后高子。そして高子所生の皇子が、のちの陽成天皇（貞観十八年〈八七六〉～元慶八年〈八八四〉在位）である。このように九世紀後半には文徳、清和、陽成と三代にわたって藤原氏の女性を母に持つ天皇が即位し、政治の実権は良房から養子の基経《もとつね》へと継承され、藤原氏の地歩は着実に固められていった。

『古今集』には、藤原良房が染殿后明子の御前に飾られた、花瓶に挿した桜を見て詠んだ歌が採られている。

染殿后の御前《おまへ》に、花瓶《はながめ》に桜の花を挿《さ》させたまへるを見てよめる

藤原良房

年経《ふ》ればよはひは老いぬしかはあれど花をし見ればもの思ひもなし　（春上・五二）

長い年月が経ったので、私はすっかり年老いてしまった。けれども、この桜の花を見ていると、何一つの憂いもないことだ。

月日を重ねれば頽齢を迎えるのは避けがたいことであるが、こうして満開の桜を目の当たりにし

ていると物思いもない、と良房は歌う。彼が見つめる晴れやかな桜には、天皇の生母となった明子の姿が重ねられていよう。后の呼称の由来となった「染殿」は良房の邸宅で、別名東都第ともいい、「染殿花亭」と讃えられる桜の名所であった。嘉祥三年（八五〇）三月、仁明天皇はもう一度染殿の桜を見ることを願いながら亡くなった。翌春に染殿邸で行なわれた天皇の追善供養の席では、集まった貴族たちが漢詩だけでなく和歌によっても、哀悼の情を述べたと伝えられる（『日本文徳天皇実録』仁寿元年〈八五一〉三月十日条）。

また二条后高子の歌も、『古今集』春上の冒頭部分の、立春の歌群の中に収められている。

二条后の春のはじめの御歌《おほむうた》

雪のうちに春は来にけり鶯のこほれる涙今やとくらむ（春上・四）

雪がまだ残っているのに、立春もすぎて春が訪れた。冬の寒さで凍っていた鶯の涙も、今はもう解けているだろうか。

この歌は、〈雪と鶯の組合せ〉という型によって、早春の景と時間を切り取っている。高子は鶯の凍結した涙を思い描き、春が訪れたのだから、小さな氷の粒も柔らかく解けているだろうか、と歌う。知的なからくりと繊細な想像力とが、一つに結びついた歌である。

政治史の変化と軌を一にするように、漢詩文全盛の時代は過ぎ去り、宮廷文学としての和歌に復興の兆しが見え始めていた。後宮の親密で文芸的な雰囲気の中で、人々をつなぎ生活に彩りを与える社交雅語としての和歌の価値が再認識されていく。またその一方では、藤原氏の台頭によって政治の中心からはじき出された人々も、漢詩よりも片々たる和歌に、自らの真情を託したのであった。六歌仙と呼ばれる歌人たちが生きたのは、まさにこのような時期である。

六歌仙の中で、業平、小町、遍昭の三人は『古今集』中にまとまった数の歌を残しているが、文屋康秀、大友黒主（大伴と表記されることもある）、喜撰法師の歌は少ない。喜撰法師に至っては、

我が庵《いほ》は都の辰巳《たつみ》しかぞ住む世をうぢ山と人は言ふなり（雑下・九八三・喜撰法師）

私の庵は都の東南にあって、このように安らかに暮らしています。それなのに、世の中を「憂い」と思う人が隠れ住む「宇治山」だと、世間の人は言っているようですよ。

という一首が知られるだけの、半ば伝説的な存在である。この六人の人選は、歌人としての力量という面から見ると、いささかバランスを欠いている。彼らをひとくくりにすることは『古今集』撰者自身の発想であったのか、それとも当時の世間一般に広がっていた認識を踏襲したものであったのか、実はそのあたりも判然としないのである〔*2〕。

もっともこの六人は、一人ひとり異なった属性を備えており、取合せの妙も感じられる。まず在原業平と文屋康秀の二人は男性官人であるが、業平は天皇家につながる高貴な血筋の人物、康

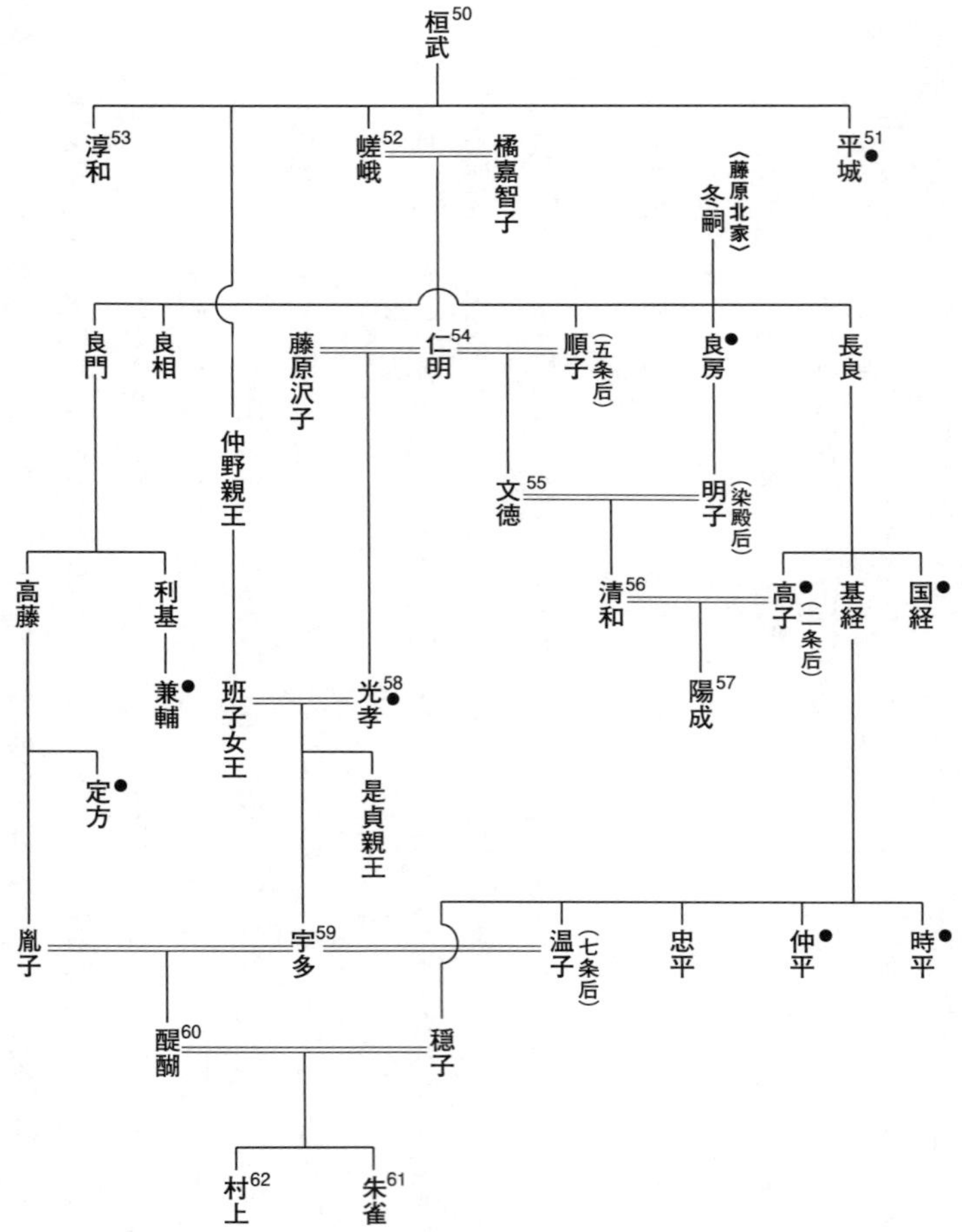

＊数字は天皇の歴代を示す
＊●印は『古今集』歌人であることを示す

皇室・藤原氏系図

秀は二条后に歌を奉ったりしているものの、基本的には下級官人であった。遍昭と喜撰法師はいずれも出家者であるが、遍昭が歴とした高僧であるのに対して、喜撰法師は素姓すら明らかではない。小野小町は唯一の女性歌人である。そして、他の五人が都の貴族であったのに対して、大友黒主は近江国（滋賀県）在住の豪族で、醍醐天皇の大嘗会の歌を奉献している（三章二節）。この六人には、身分の高低、俗人と僧侶、男と女、都と地方といったさまざまな対立構造が認められ、ひとりとして同じ範疇にくくられる人はいない。仮名序はこうした人々を、自分たちとは異なった、しかしほど遠からぬ時期に活躍した先達と見なしたのであった。

六歌仙の主要な三人、在原業平、小野小町、僧正遍昭の歌には、それぞれの「個」の輝きが見いだされる。彼らの歌を少し丁寧に読んでみよう。

三　在原業平の「こころ」と「ことば」

権力から遠ざけられた貴種

六歌仙の中で『古今集』に最も多くの歌を採られているのは、在原業平（天長二年〈八二五〉～元慶四年〈八八〇〉）である。総歌数は三十首で、これは四人の撰者および素性法師に次いで六番目、

B群の歌人では最多の数である。内訳は四季歌が五首、賀歌が一首、羇旅歌が三首、恋歌が十一首、哀傷歌が一首、雑歌が九首である。業平の歌は四季歌よりも、恋歌や雑歌に多く採られる傾向にある。

三十首、六番目という数以上に、『古今集』における業平の存在は大きい——私はそのように考えている。『古今集』を代表する歌人を一人挙げるとすれば、それはまちがいなく紀貫之であるが、もしも業平の存在がなかったら、この歌集の魅力は三割がた目減りしてしまうのではないだろうか。業平の歌はいかにも『古今集』的な表現技巧を駆使したものでありながら、貫之とはまた異なった特質を備えている。そして『古今集』は、そのような業平の歌に詳細な詞書を添えて、要所に位置づけている。『古今集』の撰者たち、とりわけ貫之は、みずからの理想とは少し異なるのであろう業平の歌を、深く理解し、敬意とともに『古今集』の中に取り入れており、業平の存在は『古今集』を成り立たせる力源の一つとなっているのである。

業平は、平城天皇の第一皇子である阿保親王《あぼしんのう》の五男として生まれた。母は桓武天皇の皇女伊都内親王。父母双方から皇族の血をひく貴種である。しかし平城天皇は、弟の嵯峨天皇に譲位したのちの弘仁元年（八一〇）に、いわゆる「薬子《くすこ》の変」を起こして失敗、そのまま出家しており、阿保親王もこの事件に連座して、一時期大宰府に左遷されていた。平城天皇の系譜は、業平が生まれる以前に、皇位継承とは無縁になっていたのである。

業平は幼少時に、異母兄である行平たちとともに在原姓を賜って臣籍に降下し、右馬頭《うまのかみ》、右《う》近権中将《こんのごんのちゅうじょう》などを経て、従四位上蔵人頭《くろうどのとう》に至った。一般に知られる「在五中将《ざいごのちゅうじょう》業平」という呼称は、在原氏の五男で中将であったことによる。『日本三代実録』の薨卒伝《こうそつでん》は、業平の人となりについて「体貌閑麗、放縦《ほうじゅうにして》不拘《かかわらず》、略無才学《ほぼさいがくなく》、善作倭歌《よくわかをつくる》（容姿端麗で、奔放不羈なところがあり、官人としての能力には欠けていたが、和歌を作ることに秀でていた）」というコメントを記している（元慶四年〈八八〇〉五月二十八日条）。

また、『伊勢物語』の主人公の「男」に業平のイメージが投影されていることも、広く知られている。『伊勢物語』は十世紀の後半に成立したとされる歌物語で、主要な章段は『古今集』に入集する業平の歌によって構成されている。この物語は、ある程度の時間をかけて複数の人の手によって出来上がったものであり、成長途上で紀貫之も関与していたと見る説もある。近年では、物語の原型にあたる部分は業平自身の創作であった可能性も説かれている〔＊3〕。『伊勢物語』に語られる「二条后との恋」や「東下り」「伊勢斎宮との恋」などのエピソードが、どこまで業平の実人生に還元されるのかは諸説があるが、業平という人物が貴族社会の注目を集める存在で、没後さほど間を置かない時期から、浪漫的な物語と結びつけられていたことは確かであろう。高貴な血筋を引きながら、政治的には不遇であり、生来の魅力と歌の力によって人々の心を掌握するという業平の属性は、のちの『源氏物語』の主人公光源氏の原型となるものである。

社交の場で歌う

業平の歌を読んでみよう。最初は『百人一首』でもなじみぶかい歌。『古今集』では秋下に収められているが、業平が見ているのは、ありのままの秋の自然ではない。

二条后の春宮《とうぐう》の御息所《みやすどころ》と申しける時に、御屛風に龍田川に紅葉流れたる形《かた》を描《か》けりけるを題にてよめる　在原業平

ちはやぶる神代《かみよ》も聞かず龍田川唐紅《からくれなゐ》に水くくるとは（秋下・二九四）

不思議なことの多かった神代の昔にも聞いたことがない。龍田川が、流れる水を鮮やかな紅色に絞り染めにするなんて。

詞書に記されるとおり、この歌は、二条后高子の御前にあった屛風——和やかな日本の山水を描いた大和絵屛風であったのだろう——の絵をテーマにして詠まれたものである。画面には「龍田川に紅葉が流れるところ」が描かれていた。業平はこの絵を「龍田川が青い流水を紅色に絞り染めにしている」と解釈する。川が意志を持つ者のように擬人化され、同時に紅葉の浮かぶ川面が「くくり染め（絞り染め）」に見立てられている。そして、歌全体は倒置法の構文によっており、こんな不思議なことは神々の時代でさえ聞いたことがない！　と驚嘆する思いが強調されている。

「ことば」の技巧を駆使することによって、美しい絵が鮮やかな歌へと生まれ変わったのであった。絵画を契機として「ことば」の想像力が発動するのである。二条后が「春宮の御息所」すなわち皇太子の生母という立場にあったのは、貞観十一年（八六九）から同十八年のこと。彼女の周辺には歌人たちが出入りして、雅やかな小集団を形成していたらしい。業平もその一人として、後宮の日々に花を添えていたのである。

二首目は『古今集』賀に収められる歌。これも晴れやかな宴の場で詠まれた歌である。

堀河《ほりかは》の大臣《おほいまうちぎみ》の四十《よそぢ》の賀《が》、九条《くでう》の家にてしける時によめる　在原業平

桜花散りかひくもれ老いらくの来《こ》むといふなる道まがふがに（賀・三四九）

桜の花よ、散り乱れてあたりを曇らせておくれ。「老い」がやってくると言われている道が、まぎれてわからなくなるように。

「堀河の大臣」とは藤原基経のこと。基経は貞観十七年（八七五）に四十歳となり、藤原氏の本拠地の一つである九条邸において、長寿を祝う宴が催された。列席した業平は、基経のもとに「老い」がやって来ないように、と歌う。「老い」がやって来る道があると言われるが、桜の花よ、紛々と散り乱れて視界を曇らせてしまっておくれ、と。いつまでも若々しくあってくださいという寿ぎの歌なのだが、その一方で、桜吹雪の向こう側から避けがたい「老い」がひたひたと近づいて

くるという、冷厳な真実も見据えられている。現代の私たちは、大鎌を振りかざした西洋風の死に神のイメージを持っているが、「老い」を擬人化したら、どのような姿になるのだろうか。昭和の無季俳句「戦争が廊下の奥に立つてゐた」(渡辺白泉《はくせん》)などにも通じるような、本来かたちのない概念を生々しく具現化する、擬人法の力が働いていよう。

業平の歌は『古今集』賀の中でも出色の名歌であるが、いささか「型破り」でもある。二章二節で述べたように、賀宴の歌は多くの場合、鶴、亀、松、千代、八千代、万代、千歳などの瑞祥を連ねて詠まれる。業平の歌が賀歌として期待される〈型〉から逸脱していることは明らかであろう。この歌によって祝われてしまった基経は、いったいどのように感じたのだろうか。

在原氏と紀氏

業平の三首目は『古今集』雑下に収められる歌で、『伊勢物語』八十三段でも知られる。

惟喬親王《これたかのみこ》のもとにまかり通ひけるを、頭《かしら》おろして小野《をの》といふ所に侍りけるに、正月《むつき》に訪《とぶら》はむとてまかりたりけるに、比叡《ひえ》の山の麓《ふもと》なりければ、雪いと深かりけり。しひてかの室《むろ》にまかりいたりて拝みけるに、つれづれとして、いとものの悲しくて、帰りまうで来てよみて贈りける　　在原業平

忘れては夢かとぞ思ふ思ひきや雪踏みわけて君を見むとは （雑下・九七〇）

つい現実を忘れてしまって、夢ではないかと思うことです。かつて一度でも思ったでしょうか、深い雪を踏み分けて、わが君にお会いすることになろうとは。

惟喬親王は文徳天皇の第一皇子、母は紀名虎《きのなとら》の娘の三条町《さんじょうのまち》（紀静子）である。惟喬親王は父帝に愛されたと言われるが、染殿后明子を母に持つ弟（のちの清和天皇）が生まれたため、皇太子になることはできなかった。業平は紀氏の女性を妻としていた関係からか、かねてから親王と親交を結んでいた。

『古今集』には紀氏・在原氏関係の歌人が非常に多いことが知られており、その様相は「紀氏山脈」と呼ばれることもある〔＊4〕。『古今集』の歌人一二六人のうち、約二割にあたる二十八人が紀氏・在原氏の関係者である。この人々の歌は二五〇首あまりにのぼり――もちろん貫之の一〇二首が全体の数を押し上げる一因ではあるのだが――『古今集』全体の二割強、作者が明らかな歌に限ると約四割を占めている。単に数が多いというだけではない。すでに見てきたとおり、春上の巻頭歌は、業平の孫にあたる在原元方の作。最終巻である大歌所御歌の巻軸歌は、紀名虎女を母、紀有常女を妻として、業平とも親交を結んだ藤原敏行の作であった。『古今集』の中には紀氏・在原氏の血脈が見え隠れしている。

こうした現象は、どうして生じたのだろうか。いくつかの理由が考えられる。まずは、撰者た

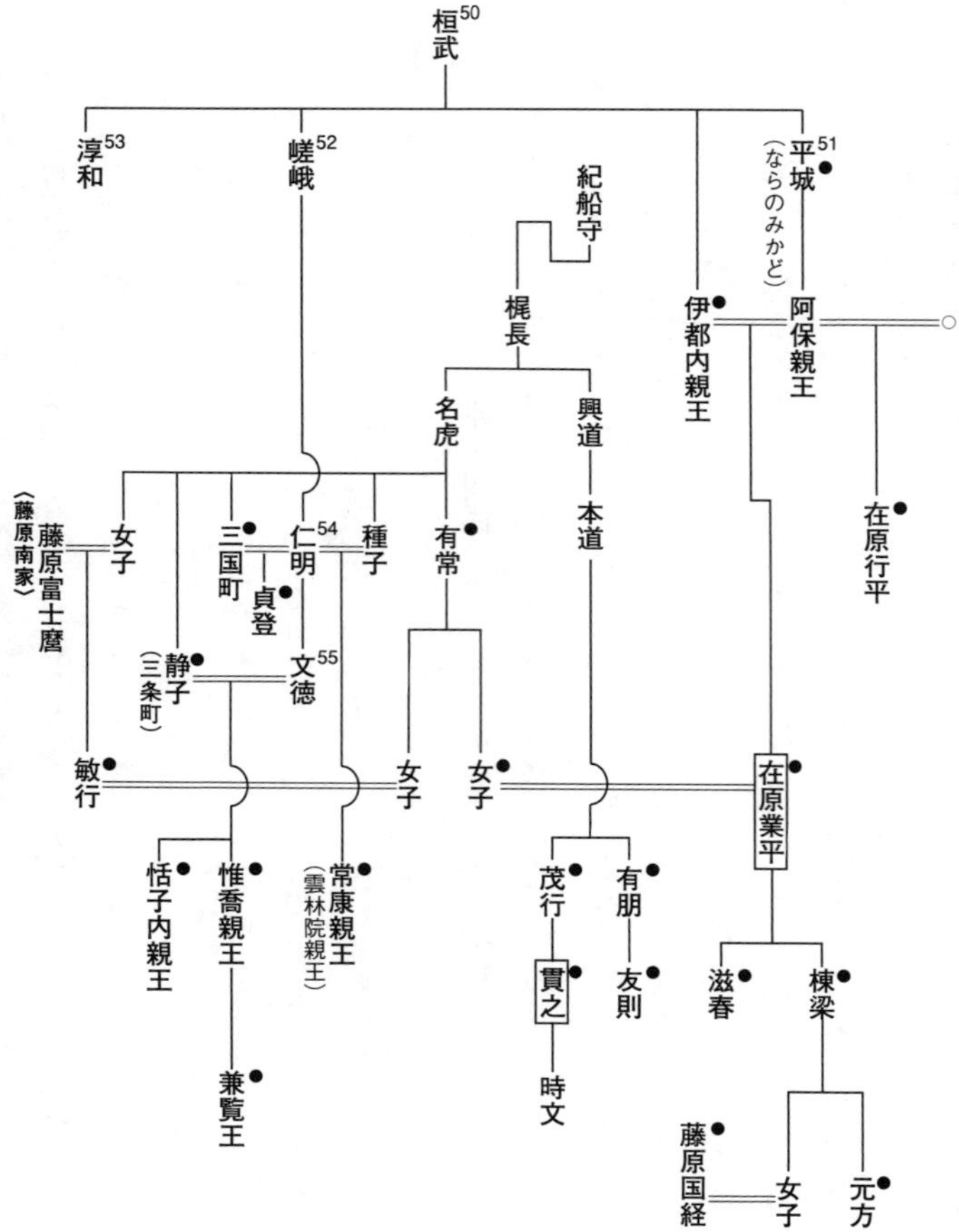

＊数字は天皇の歴代を示す
＊●印は『古今集』歌人であることを示す

紀氏・在原氏系図

ちが各々の伝手をたどって歌を集めた結果、こうした偏りが生じたということ。四番目の勅撰集『後拾遺集』（応徳三年〈一〇八六〉）が編まれた際には人々の関心が過熱し、歌学書《かがくしょ》『袋草紙《ふくろぞうし》』（藤原清輔著、保元三年〈一一五八〉成立か）には、歌を入れてもらうために撰者に賄賂を贈った者もいたという逸話が残るのだが、それは勅撰和歌集が貴族社会に定着し、権威と目されるようになってからの話である。撰者たちの身分の軽さからも明らかなとおり、『古今集』の編纂は、少なくとも当初においては、貴族社会のさほどの重大事ではなかったらしい。撰者たちは、みずからの力の及ぶ範囲で、最善を尽くして歌を集めた——その結果がこれなのではないだろうか。

また実際問題として、紀氏がすぐれた歌人を世に送ったということ。紀氏は『日本書紀』によれば武内宿禰《たけのうちのすくね》を先祖とする古代の豪族で、武門の家柄であったが、平安時代に入ると藤原氏に圧倒されて次第に衰えていった。その退潮のさなかに友則・貫之のような歌人が現われる。日本文学史には、古くからの武門の家が衰亡していくときに、その血筋の中から歌人が生まれる——

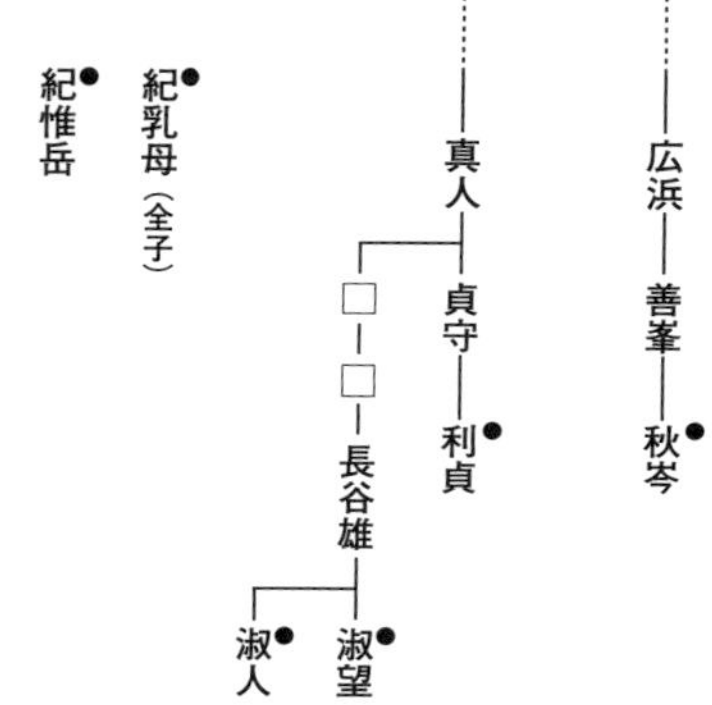

＊『古今集』には別系統の紀氏の人々の歌も採られている。
貫之たちとの系譜関係は未詳である
＊●印は『古今集』歌人であることを示す

名虎・貫之とは別系統の紀氏の人々

大伴家持、源《みなもとの》実朝《さねとも》も然り——という奇妙な法則性があるようだ。そして貫之たちは、紀氏と近しいところに、高貴な血筋につながるものの権力の中心からは疎外されて、「悲しき玩具」である歌とともに生きた在原業平と、その一族を見いだしたのである。

貫之の敬慕

紀貫之の中に業平敬慕の思いがあることは、後年の『土佐日記』の記述からもうかがうことができる。『古今集』成立から三十年後にあたる承平五年(九三五)一月八日、貫之たちを乗せた船は、悪天候のために土佐国大湊《おおみなと》の海岸に足止めされていた。

八日。さはることありて、なほ同じところなり。今宵、月は海にぞ入る。これを見て、業平の君の、「山の端《は》逃げて入れずもあらなむ」といふ歌なむ思ほゆる。もし海辺にてよままし かば、「波立ちさへて入れずもあらなむ」ともよみてましや。今、この歌を思ひ出でて、ある人のよめりける、

てる月の流るるみれば天の川出《い》づる港は海にざりける

とや。

(『土佐日記』一月八日条)

八日の月が早々と海に沈むのを見て、船の人々は、かつて在原業平が詠んだ「山の端逃げて入れずもあらなむ（山の稜線が逃げていって月を入れないでほしいな）」という歌を想起した。あの「業平の君」――敬慕の思いのこもった呼称である――がこの光景を目にしたなら「波立ちさへて入れずもあらなむ（波が邪魔をして月を入れないでほしいな）」とでも詠むだろうか。こうした連想から、船の一員が「てる月の流るる見れば（空に輝く月が西に流れていくのを見ると、天の川の河口も、地上の川と同じく海であったのだなあ）」という歌を詠んだというところで、この日の記事はしめくくられている。

貫之が引用している「山の端逃げて入れずもあらなむ」は、『古今集』雑上に見られる、次の歌である。

惟喬親王の狩しける供《とも》にまかりて、宿りに帰りて、夜《よ》ひと夜酒を飲み、物語をしけるに、十一日の月もかくれなむとしける折に、親王酔《ゑ》ひて、うちに入《い》りなむとしければ、よみ侍りける　　在原業平

飽かなくにまだきも月の隠るるか山の端《は》逃げて入れずもあらなむ（雑上・八八四）

心ゆくまで見ていないのに、早くも月が隠れてしまうのか。山の端よ、逃げていって月を入れないでおくれ。

業平たち気心の知れた男性貴族が、一日野に遊んだのちに、惟喬親王を囲んで酒宴を行なった。十一日の月が沈もうとするときに、若い親王は年長の男たちよりも先に酔いが回ってしまったのだろうか、寝室に入ろうとなさったので、業平は「飽かなくに」の歌を詠んだ。名残が尽きないのに沈んでいく月は、もっとお話ししていたいのに寝室に入ってしまう惟喬親王の比喩でもある。「山の端逃げて入れずもあらなむ」という思い切った機智的な表現は、とっさに業平の口から出た親王を引き留める言葉であった。このエピソードは『伊勢物語』八十二段にも語られており、それによると季節は春、一座の中には紀有常も加わっていたという。惟喬親王、在原業平そして紀氏の人々の幸せな円居《まどい》の場面である。

見てきたとおり『土佐日記』一月八日条には、眼前の景色から業平の故事を想起して、これを典拠としながら海上の名場面を描き出すという仕組みが存在する。また都に近づいた二月九日の記事の中でも、業平の故事と歌とが、懐かしいものとしてふり返られている。『土佐日記』は業平の記憶を包み込んでいるのである。こうしたことから貫之の、業平の歌と事跡への関心の深さや、敬慕の思いを見て取ってよいであろう。

話をもとに戻そう。紀氏と在原氏の期待を担った惟喬親王が、二十九歳の若さで突然出家をしたのは、貞観十四年（八七二）七月のことであった。髪を下ろした親王は、比叡山の麓に近い、洛北の小野の里に隠棲した。翌年の正月、慕わしい親王に拝謁するために、業平は深い雪を踏み分けて訪ねて行く。ひとりぼっちの親王の姿に心を痛めた彼が、都に帰ったのちに詠んで贈ったのが、「忘れては」の歌であった。業平は出家姿の親王に対面した今なお、あるいは今だからこそ、事の成り行きを「夢」ではないかと「思ふ」。そして「……思ふ／思ひきや……」という同語の反復を跳躍台として、残酷な現実から幸せであった過去へと「こころ」を飛翔させていく。この歌は、予想外の運命の転変に遭遇した感慨を、そのまま大づかみに捉えている。

業平は、貴族社会の華やかな社交の場において、また失意の親王の傍らで、折に触れて歌を詠んだ。歌は日常生活の彩りであり、人々をつなぐ社交の具であり、個の「こころ」を託すかけがえのない器でもあった。そして、それらさまざまな業平の歌には、大胆な「擬人法」や「見立て」、倒置法や同語反復などの、鮮やかな「ことば」の技が認められる。歌全体の骨格をなす大振りな技巧は、業平の歌を特徴づけるものである。

「こころ」余りて「ことば」足らず

一方で、仮名序において貫之は、六歌仙のそれぞれについて寸評を加えているが、業平については次のように記している。

在原業平は、そのこころ余《あま》りて、ことば足《た》らず。しぼめる花の色なくて匂ひ残れるがごとし。（仮名序）

在原業平は、歌に詠もうとする「こころ」があり余っていて、それを表現する「ことば」が不十分である。しぼんだ花の色が褪せて、香りだけが残っているかのようである。

業平の歌には溢れるばかりの感情がこめられており、それに比べると表現が追いついていない、つまり「こころ」と「ことば」の均衡を失しているという、意外にも辛口の批評であるが、六歌仙評の中で「こころ」と「ことば」という一対のキーワードが二つ揃って用いられているのは、業平評のみである。この批評の意味するところを、具体的な歌の表現に即して考えてみよう。手がかりとしたいのは、『古今集』恋五の巻頭歌、つまり失われた恋を追憶する巻のプロローグにあたる歌である。

五条后宮《ごでうのきさいのみや》の西の対《たい》に住みける人に、本意《ほい》にはあらでもの言ひわたりけるを、正月《むつき》の十日《とをか》あまりになむ、ほかへ隠れにける。あり所は聞きけれど、えものも言はで、またの年の春、梅の花盛りに、月のおもしろかりける夜、去年《こぞ》を恋ひて、かの西の対に行きて、月の傾《かたぶ》くまで、あばらなる板敷《いたじき》に臥せりてよめる　在原業平

月やあらぬ春や昔の春ならぬ我が身一つはもとの身にして　（恋五・七四七）

この歌にも詳細な詞書が付されている。業平は五条后順子の邸宅の西の対に住む女のもとに密

かに通っていたが、その人は正月の十日過ぎに、他所に姿を隠してしまった。居場所はわかっているものの連絡もとれないまま季節が一巡し、翌年の春が訪れる。「梅」が満開で、「月」の美しい夜に、昨年のことを恋しく思った業平は例の西の対に出かけていき、今は人気もなくがらんとした板の間に、月が西の空に傾くまで臥して、この歌を詠んだ。五条后の邸宅に仮寓していた女とは、のちの二条后高子を連想させる。彼女は、藤原氏の姫君としての既定路線にそって、後宮に上がったのだった。かりに詞書がなかったら、この歌は、人生の時が過ぎていくことへの慨嘆とも読み得るであろう。詳細な詞書は、業平の詠嘆に「失われた恋」という輪郭を与えて、恋五巻頭に位置づけるためにも必要なものなのである。

疑問か？ 反語か？

この歌には古来二通りの解釈があり、現在の注釈書の中でも説が分かれている。問題になるのは、「月や〜／春や〜」とくり返される二つの係助詞《かかりじょし》「や」が、疑問の意なのか、それとも、反語の意なのか、ということである。それぞれの現代語訳は次のとおりである。

A 疑問説＝月は昔の月ではないのか？ 春は昔の春ではないのか？ 私の身一つはたしかにもとのままの身であって……。

B 反語説＝月は昔の月ではないのか、いや同じ月だ。春は昔の春ではないのか、いや同じ春だ。

私の身一つはもとのままの身であって（しかしあの人がいない今、すべてが変わってしまったように感じられる）。

A疑問説の場合は、「月や～春や～」と問いかけるものの答えは得られず、確かな実感を伴う唯一のものとして「我が身」を見いだしたと解される。B反語説の場合は、月も春も我が身もみな「もとのまま」ではおかしいというので、通常は（　）内に入れたような言葉を補って訳す。疑問説では、詠み手の悲しみと混乱の感情が強く感じられるのに対して、反語説では、自然は不変であるが人事は変化するという論理の骨格が鮮明に見えてくる。この歌の理解としてより適切なのは、どちらなのだろうか。

右のような問題は、判断を下すことよりも、問題を設定して考えてみること自体が、歌の理解を深めるための手立てであるともいえるのだが、敢えて一つの「正解」を選ぶなら、それは疑問説であろう。

古典和歌研究の常道は、同時代の歌の用例を多く集めて法則性を見いだすこと、つまり帰納法的なアプローチである。もちろん目の前にある歌が稀な例外である可能性はつねに否定できない――ことばには揺れがある――のであるが、現代人の先入観によって安易に判断を下すことは慎まねばならない。すでに『古今集』前後における「○や～／△や～」と係助詞をくり返す歌について の検討がなされており、それらはみな「○は～なのかしら／△は～なのかしら」という疑問のリフレインであることが報告されている〔*5〕。「月やあらぬ」の歌も、まずはA疑問説にそって考えてみたい。

代悲白頭翁の〈型〉

その一方で、B反語説にも捨てがたい点がある。というのは「月やあらぬ」の歌には、二章一節で検討した紀貫之「人はいさ」（春上・四二）の歌と同様に、劉希夷の詩「代悲白頭翁」の影響があるという指摘がなされており〔＊6〕、反語説で解すると、「年々歳々花相似たり、歳々年々人同じからず」の系譜の中にぴたりと当てはまるのである。

前述のとおり、私は「や」は疑問であると解するのだが、「月やあらぬ」が「代悲白頭翁」の系譜に連なることもまた認めてよいと考えている。詞書に記された一年後の同じ季節に思い出の地を訪うという男の行動や、再び巡ってきた梅花の季節（＝自然）と二度と戻ってこない恋人（＝人事）という対比の構造は、「年々歳々花相似たり、歳々年々人同じからず」の嘆きを底に潜ませたものであろう。「代悲白頭翁」的な〈型〉がこの歌の枠組みとなっているのである。

業平の独自性は、「代悲白頭翁」を発想の枠組みとしながら、それとは異なる感慨を歌うところに認められる。人の世は変わっても春は同じように巡って来ると言われる、懐かしい西の対には昔と同じ春の自然が待っているはずだ、ところが恋人を失った自分の目には何もかもが変わってしまったようにも見える――「月は昔の月ではないのか？　春は昔の春ではないのか？」という問いかけは、このようにして導かれてくる。

『古今集』の歌人たちは、共通の観念に寄り添いつつ歌うことが多い。みずからの感情を「年々歳々花相似たり……」の〈型〉にあてはめて「かたち」にすること自体に、初々しい感動と喜びがあったのだと思われる。業平もこうした〈型〉を共有しているのだが、彼の「こころ」は所与の〈型〉の外へと溢れ出している。

月から春への飛躍

「月やあらぬ」の歌は「梅の花盛りに、月のおもしろかりける夜」に詠まれたものである。すると歌の中にも「月」と「梅」が登場してもよさそうであるが、実際には「月やあらぬ」につづくのは「春や昔の春ならぬ」である。第二句三句の「春」は「梅」もしくは「花」となるのが穏当なのではないか。

月から春へ――。このつながりに軽い違和感を抱くのは、私ひとりではない。昭和を代表する『古今集』の注釈書の一つに、窪田空穂《くぼたうつほ》『古今和歌集評釈』がある〔*7〕。窪田空穂は歌人として知られるが、同時に『万葉集』『古今集』『新古今集』の三つの歌集の注釈をひとりで成し遂げたすぐれた和歌研究者であった。つまり古典和歌の世界を知り抜いた最良の導き手の一人なのだが、その『窪田評釈』は「月やあらぬ」の歌について、

「春」は、花をいいかえたもの。……花は、梅の花と取れる。
と、わざわざ注を施した上で、

月は昔の月ではないのかなァ。花は昔の花ではないのかなァ。わが身だけは、以前《もと》どおりの身であって。

と、「春」を「花」に置き換えた現代語訳を行なっているのである。どうしてなのか？　古典和歌の世界においては「月」と「梅」は花鳥風月の一つという点で同格であり、また〈月と梅の組合せ〉という〈型〉が認められるからである。

誰《た》が園《その》の梅の花そもひさかたの清き月夜《つくよ》にここだ散り来る（『万葉集』巻十・二三二五・作者未詳）

我が宿に咲きたる梅を月夜《つくよ》良み夕々《よひよひ》見せむ君をこそ待て（『万葉集』巻十・二三四九・作者未詳）

月夜《つきよ》にはそれとも見えず梅の花香をたづねてぞ知るべかりける

（『古今集』春上・四〇・凡河内躬恒）

「月やあらぬ春や昔の春ならぬ」は、〈月と梅の組合せ〉という想定される〈型〉から逸脱している。しかし「梅」ではなく「春」と歌ったところに、この歌の魅力の一つが求められよう。「春」ということばは、月光の下の的皪《てきれき》たる梅の姿や、早春の夜の大気に溶け込んだ花の香、さらにはゆるやかな季節の巡行をも包み込んでいる。「月は……梅は……」と目に触れる景物を一つ一つ押さえていくのに比べると、どこかが綻びたような歌い方であるが――紀貫之は決してこのような歌い方はしないだろう――月と春とが非対称であること、言い換えれば月から春へと予想外の飛躍があることによって、一首の中に余白があり、余情が生まれるのである。

たった一つ、たしかな我が身

「月や〜春や〜」というリフレインにつづいて、下句に登場するのは「我が身一つはもとの身にして」という自分自身を見つめることばである。「我が身」の持つ重みを測ってみたい。

『古今集』歌の内部には緊密な「ことば」の照応が認められ、しばしば「我」と「人」あるいは「身」と「心」とが対になって、一首の表現がかたちづくられている。「我」は自分自身のこと、「人」は自分以外の他者すべて――大切な恋人（あなた）も世間一般の人々も――をさす。また「我」の構成要素となるのが「身」と「心」であり、この二つは相反するものとして捉えられることが多い。たとえば次のように。

人を思ふ心は我にあらねばや身の惑ふだに知られざるらむ（恋一・五二三・よみ人知らず）

あの人を恋い慕う心は、もはや私自身のものではないので、身が戸惑っていることさえわからないのだろうか。

「人」に恋い焦がれるあまりに、「我」の「心」はふわふわとさまよい出している、置き去りにされた「身」が戸惑っていることも知らずに。この歌は、「我」と「人」、「身」と「心」という対を用いて、何をするにも上の空な、恋する者の有様にかたちを与えている。

このような「我」「人」、「身」「心」の対応関係を参照すると、次のような問いかけが呼び起されてくる。「月やあらぬ」の歌の「我が身」は、「人の心」に置き換えることも可能だったのではないか？　つまり「変わらない我が身」ではなく「変わってしまった人の心」が嘆息されるのである。あるいはまた「我が心」であったらどうだろうか？　字余りになることに目をつぶれば、「我が心一つはもとの心にして」と、みずからの愛情は変わらないことを言う歌もあり得たのではなかったか。

しかし業平は、そのいずれでもなく「我が身」を取り上げ、それを「一つ」と捉え、さらに「もとの身」であると畳み重ねる。「月やあらぬ」の歌は、その詞書とも相俟って、肉体の存在を強く感じさせる。男は、西の対の「あばらなる板敷」に臥している。早春のひんやりとした夜気、梅の香りの甘さ、板敷の冷え冷えとした感触、それらの感覚から翻って意識される身体の存在。業平は、何もかも変わったように感じられる中で確かなものはこの身体一つと歌う。「代悲白頭翁」的な表現・発想の〈型〉から出発して、移ろっていく現実に対する砦としての「個」の身体を見いだす——「我が身一つ」の発見が、この歌の要諦なのであった。

業平は〈型〉を破る

ここまで考えて来たとおり、「月やあらぬ」の歌は、当時の表現・発想の〈型〉からすれば、次のようなかたちになる可能性もあったのであろう。

月も昔梅も昔の梅なれど人の心ぞ移ろひにける

右の歌は、まず上句で〈月と梅の組合せ〉の型によりつつ自然が不変であることを歌い、下句では「人の心」を取り上げて、恋人の心が変わってしまったこと、さらには人間の心は移ろっていくものであることを嘆く。そして二つの事柄は「……なれど」という逆接のことばによって関係づけられている。これはこれで大きな破綻はなく、自然と人事を対比する構造もわかりやすい。「人の心ぞ移ろひにける」という下句は、もともとの業平の歌よりも恋歌らしいともいえよう。しかし、この改作は全体的に説明的であり、あまり面白い歌ではない。というよりも「月やあらぬ」の歌が持っていた詩的なひらめきは、まったく感じられない。「月やあらぬ」の魅力は、〈型〉どおりではないところ、〈型〉の内部から「こころ」が溢れ出していくところにあることが確認できよう。業平は同時代の〈型〉に即しつつ、その〈型〉を破っていくのである。

仮名序の業平評に戻ろう。すでに述べたとおり、紀貫之の歌では、緊密に呼応しあった「ことば」によって、「こころ」が十全に表わされている。貫之の場合「ことば」と「こころ」には見事な均衡が認められるのである。それに対して、業平の歌では「ことば」と「ことば」のあいだに飛躍があり、その空隙から「ことば」になりきれなかった「こころ」が溢れ出している。「こころ余りて、ことば足らず」という評言は、ほかの歌人とは一線を画する業平の特質、業平の本質を捉えたものであった。

四　小野小町と僧正遍昭

六歌仙の紅一点

小野小町は、六歌仙唯一の女性歌人であり、仮名序では次のように評される。

小野小町は、いにしへの衣通姫《そとほりひめ》の流なり。あはれなるやうにて、強からず。いはば、よき女のなやめる所あるに似たり。強からぬは、女の歌なればなるべし。　（仮名序）

小野小町は、古代の衣通姫の系譜につながる歌人である。その歌は、しみじみと身にしみるようであるが、強くはない。いわば、美しい女が病気に悩んでいるところがあるのに似ている。強くないのは、女の歌だからであろう。

「衣通姫」とは、『日本書紀』によれば允恭《いんぎょう》天皇の皇后の妹にあたる人で、その美しさが衣を通して照り輝くようであったために、この名があるという。天皇のもとに出仕したものの、姉の嫉妬によって天皇との愛を妨げられて、次の歌を詠んだという伝承がある。

衣通姫のひとりゐて、帝を恋ひたてまつりて

我が背子《せこ》が来《く》べき宵なりささがにの蜘蛛《くも》のふるまひかねてしるしも

（『古今集』墨滅歌・一一一〇）

衣通姫がひとりで寂しくしていたときに、帝を恋い慕われて

今宵は私の恋しい人が来るはずです。蜘蛛がしきりに動き回って、はっきりと予兆を示しています。

「ささがにの」は蜘蛛にかかる枕詞。蜘蛛が動き回るのは、待ち人が訪れる前兆であるという俗信があった。

小野小町については『古今集』を遡る資料はほとんど存在しない。『古今集』内でも彼女の歌は「題知らず（詠歌事情未詳）」である場合が大半である。そのため小町の伝記には不明な点が多

いのだが、おおむね仁明朝から文徳朝にかけて活躍した人であったらしい。「〜町」という呼称は、惟喬親王の母である三条町のように更衣に用いられる場合があることから、小野小町も仁明天皇の更衣の一人であったかと考える説もある。

小町の歌は『古今集』に十八首入集しており、これは撰者時代の歌人である伊勢に次いで、女性としては第二位の歌数である。その内訳を見ると、四季歌には一首のみで、恋歌に十三首が集中している。『古今集』は小野小町を「恋歌の歌人」として遇しているといえよう。もっとも小町の歌として広く知られているのは、四季歌に分類される次の歌であろう。

花の色は移りにけりないたづらに我が身世にふるながめせしまに（春下・一一三・小野小町）

花の色は虚しく褪せてしまった、春の長雨に降りこめられている間に——私の容姿もすっかり衰えてしまった、いたずらに物思いにふけって過ごしている間に。

春下の落花の歌群の中の一首で、長雨が降りつづくうちに花が色褪せてしまったことを嘆いた歌である。また「ふる」が「降る」と「経《ふ》る」の、「ながめ」が「長雨」と「眺め」の掛詞であることから、物思いをしているうちに人生の時が虚しく過ぎてしまった、という感慨を詠じた歌であると見ることもできる。「降る」と「長雨」は縁語の関係にある。

花の色――降る――長雨　　……〈物象〉
経る――眺め……花の色（容色の比喩）……〈心情表現〉

右のようなことばの連なりによって、翻って初句の「花の色」も若い盛りの美しさの比喩であったとも捉え返され、さらには「衣通姫の流」と評されるのにふさわしい、美しく不幸せな小町の姿も立ち現われてくる。この歌には、落花を詠じた典型的な四季歌でありながら、移ろっていく人生の時をも想起させるような揺らぎがある。後世の説話や謡曲の中にも広がっていく「薄幸の美女小野小町」のイメージの淵源は、こうした『古今集』歌の中に求められるのである。

贈答歌のウィット

小野小町の歌をもう一例、今度は贈答歌を見てみよう。『古今集』所収歌の中には、本来は歌人たちが実生活においてやりとりした贈答歌であったものも含まれているはずであるが、それらは詠歌の場からいったん切り離されて、歌集の論理の中に位置づけられている。『古今集』には、贈答歌が一対として収められることは案外少なく、わずか十四組（二十八首）にすぎない。しかも、業平関係が九組――業平の特別待遇はここにも認められる――貫之関係が二組、小町関係が二組という偏りを示している〔*8〕。次に引用するのは、恋二の巻頭近くに配列された安倍清行と小野小町の贈答歌である。

下出雲寺《しもついづもでら》に人のわざしける日、真静法師《しんせいほふし》の導師《だうし》にて言へりける言《こと》を歌によみて、小野小町がもとにつかはしける　安倍清行

包めども袖にたまらぬ白玉《しらたま》は人を見ぬ目の涙なりけり　（恋二・五五六）

返し　小野小町

おろかなる涙ぞ袖に玉はなす我はせきあへずたぎつ瀬なれば　（恋二・五五七）

下出雲寺（所在未詳。京都の寺とされる）で催された法事に出席した安倍清行（天長二年〈八二五〉～昌泰三年〈九〇〇〉）は、その日真静法師が行なった説教の言葉を取り込んで、小野小町に詠みかける。

包んでも袖にたまらず外にこぼれ落ちる白玉は、恋しいあなたに逢えない私の目から流れ出る涙なのでした。

真静法師が語ったのは、『法華経』「五百弟子受記品《ごひゃくでしじゅきぼん》」の中の「無価《むげ》の宝珠」の逸話であったらしい。ある人の衣の裏側に、親友が値段のつけようもないほど高価な宝石を縫いつけておいてく

れた。ところが、その人は泥酔していたために、宝石の存在に気づかないまま貧乏な生活に甘んじていた。それを知った親友は大変驚いて、衣の裏の宝石を活用して必要なものを手に入れるように促した。「無価の宝珠」は、仏から授けられた真の悟りの象徴であるという。この逸話を下敷きにして清行は、経文の「無価の宝珠」は衣の裏側に隠れているけれど、私の袖からは包み切れないほどの白玉（真珠）がこぼれ落ちています、この白玉はあなたを思って流す涙なのですよ、と訴えたのであった。

対する小町は、清行のウイットを理解した上で、「袖の白玉＝涙」という勘所を押さえて、次のように答えた。

いい加減な涙が袖に留まって玉となっているのですよ。私の涙はせき止めることなどできません。早瀬のように激しく流れていますから。

小町の返歌は、清行の贈歌に見られた「袖・（白）玉・涙」ということばや涙を玉に見立てる〈型〉を共有しつつ、その一方で、あなたの涙は玉となって袖に溜まるとのことですが、私の涙は急流ですよ、あなたの愛情はその程度のものなのかしら？　と切り返している。

このように、「ことば」においては贈歌を踏襲しながら「こころ」においては反駁を試みるというのが、贈答歌、特に男女間で詠み交わす歌の基本ルールであった。このルールは、考えてみれば当たり前なのかもしれない。直接顔を合わせる機会もほとんどない、歌によってのみつながる男女が、それでもなお互いの思いを寄り添わせていきたいと願うなら、相手の歌の「ことば」を自分の歌の中に手繰り寄せるほかはない。と言って、「あなたのおっしゃるとおり」と肯定するばかりでは、新しい展開も刺激もなく、関係は先細りになってしまうだろう。予想外の切り返しがあってこそ、さらなる歌が誘い出されて、濃やかな「ことば」と「こころ」の交流がつづいていくのである。こうした贈答歌の基本ルールは、現代の私たちのコミュニケーションのあり方にも示唆を与えてくれる。

『古今集』の中にあって、清行と小町の歌は、男女の贈答歌の範型を示している。けれども、二人のあいだには本当に恋愛関係があったのだろうか。むしろ熟達した歌の技量を持つ大人の男女が、経文の一節をきっかけにして、恋歌めいた軽やかなことばの応酬を楽しんでいるようにも思われるのである。気心の知れたペアが、巧みなステップを踏んでダンスを踊るように。

エリート官僚から出家歌人へ

僧正遍昭〈弘仁七年〈八一六〉～寛平二年〈八九〇〉〉は俗名を良岑宗貞《よしみねのむねさだ》といい、『経国集』の撰者をつとめた大納言《だいなごん》安世の子、桓武天皇の皇孫で、先に登場した在原業平とは従兄弟の関係にある。在俗時の遍昭は有能な官人であり、仁明天皇に親しく仕えて蔵人頭を務めた。蔵人は令外《りょうげの》官《かん》の一つで、天皇に近侍して機密文書の取り扱いから身辺の諸雑事までを取り仕切る役職であり、そのトップに立つのが蔵人頭である。宗貞（遍昭）は、いわば天皇直属の秘書室長のような立場であった。将来の昇進も望める好位置である。しかし、嘉祥三年（八五〇）に天皇が崩御《ほうぎょ》したことを契機に、彼は世俗の生活を捨て去り、出家して比叡山に入ることを選んだ。

『古今集』哀傷歌には、遍昭が仁明天皇の服喪期間が明けた際に詠んだ歌が収められている。

深草《ふかくさ》の帝の御時《おほむとき》に、蔵人頭にて夜昼《よるひる》なれつかうまつりけるを、諒闇《りやうあん》になりにければ、さらに世にもまじらずして、比叡《ひえ》の山に登りて、頭《かしら》おろしてけり。そのまたの年、みな人御服《おほむぶく》脱ぎて、あるは冠《かうぶり》賜はりなど、喜びけるを聞きてよめる

僧正遍昭

みな人は花の衣になりぬなり苔の袂よかわきだにせよ（哀傷・八四七）

世間の人は皆、喪服を脱いで華やかな衣に着がえたようだ。私の僧衣の袂よ、いつまでも涙に濡れていないで、せめて乾いておくれ。

「深草の帝」は仁明天皇のこと。「諒闇」とは「まことにくらい」という意で、天皇の崩御による服喪期間をいう。通常は一年間で、臣下もともに喪に服した。仁明天皇の諒闇が明けて、世間の人々は喪服を脱ぎ、中には昇進した者などもいて喜んでいる。しかし遍昭にとっては、未だに世界は闇に閉ざされたままである。世の人は皆「花の衣（色とりどりの日常着）」に着がえたよう

だ――「なり」という伝聞推量の助動詞からも新時代の華やぎとは無縁の遍昭の気分を見て取ることができる――私の「苔の袂（僧衣の袂）」もせめて乾いてほしい、と遍昭は歌う。衣に「乾け」と命じることを通して、尽きることのない涙の存在が暗示されているのである。こうして遍昭は後半生を出家者として生きることになったが、宗教界においても重きをなして、やがて僧侶の最高位である僧正の位にまで昇りつめた。

遍昭の歌は『古今集』中に十七首採られる。撰者たちは、彼の在俗時の歌を「良岑宗貞」の作、出家後の歌を「僧正遍昭」の作として区別して扱っており、前者が三首、後者が十四首である。『百人一首』で知られる歌は、良岑宗貞名義である。

五節《ごせち》の舞姫《まひめ》を見てよめる　良岑宗貞

天《あま》つ風雲の通ひ路《ぢ》吹きとぢよをとめの姿しばしとどめむ（雑上・八七二）

空吹く風よ、天女たちが帰って行く雲間の通り道を吹き閉ざしておくれ、美しい乙女たちの舞い姿を、もうしばらく地上に留めておきたいから。

「五節」は例年陰暦十一月に、新嘗会《しんじょうえ》に際して宮中で行なわれた少女の舞楽で、容姿端麗な未婚女性四人が舞姫に選ばれた（ただし大嘗会の年は五人）。宗貞青年は宮中にあって、きらびやかな美少女の舞を、天女のそれとして歌う。この美しい舞姿をいつまでも見ていたいという願いが、風に呼びかけることによって、間接的に表現されている。

聖と俗のあわい

遍昭の歌について、仮名序は次のように評している。

僧正遍昭は、歌のさまは得たれども、まことすくなし。たとへば、絵にかける女を見て、いたづらに心を動かすがごとし。（仮名序）

僧正遍昭は、歌の「さま」は見事だが、真実味が足りない。たとえて言うなら、絵に描かれた女性を見て、かいもないのに虚しく心を動かすようなものである。

一首全体の詠みぶりは見事であるが何か真実味が足りない——この批評は、遍昭の歌にさまざまな技巧が駆使されており、ことば遊びの要素が多く見られることを指しているのであろう。しかし、技巧的でことば遊びを好むのは、遍昭に限らず、『古今集』の歌人全体に通じる特徴である。特に遍昭に対してこの批評がなされるのは何故なのだろうか。撰者たちはこれ以上の説明をしないのだが、遍昭の歌に、みずからが出家者であることを逆手に取って戯れてみせる傾向があるからではないかと思われる。たとえば次のような歌である。

蓮《はちす》の露を見てよめる　　僧正遍昭

1
蓮葉《ば》のにごりに染《し》まぬ心もてなにかは露を玉とあざむく　(夏・一六五)

蓮の葉は泥水の中にありながら濁りに染まらない清浄な心を持っているのに、どうして、その上に置いた露を玉だと見せかけて人をだますのだろうか。

題知らず　　僧正遍昭

2
名にめでて折れるばかりぞ女郎花《をみなへし》我おちにきと人に語るな　(秋上・二二六)

「女」という名前に心をひかれて折り取っただけだ、女郎花さん、僧侶である私が堕落したなどと、人に語ってはいけないよ。

1は〈露と白玉の見立て〉という型に即した歌であるが、『法華経』「湧出品《ゆじゆつぽん》」の「世間の法《のり》に染まらざること、蓮花の水に在るが如し」という一節を取り入れて、聖なる花であるはずの蓮が、どうして露を宝玉と見せかけるような欺瞞を行なうのだろうか、という奇抜な問いかけを発している。「あざむく」は和歌に用いられるのは珍しい語である。2は秋の七草の一つである女郎花を詠んだ歌。女郎花は、「女（をみな）」という名を持つことから、蠱惑《こわく》的な女性のイメージと重ねられる花である。遍昭はこの花を手折って、私は僧侶の身なのに君の魅力に迷って堕落してしまったね、こんなことを人に語ってはいけないよ、と可愛い花に耳打ちする――という自分を演じる。「堕《お》つ」も歌には稀なことばである。この歌は「題知らず」であるが、おそらくは大勢の人々の集まる場で披露されたのであろう。破戒僧を装った遍昭の洒脱《しゃだつ》なふるまいは、人々の喝采を浴びたことが想像される。

僧正遍昭は、宗教界と俗界のあわいに立って、多彩な「ことば」を自在に操って見せる、懐の深い歌人である。

古今集の中の「個」

ここまで六歌仙の主要歌人である業平、小町、遍昭の歌を読んできたが、これらの歌から、次のようなことが確認できよう。

まず彼らの歌の中で「見立て」「擬人法」「掛詞」や「縁語」といった『古今集』を特徴づけるレトリックが開花していること。六歌仙の歌は、いかにも『古今集』らしい歌であり、この人々と撰者時代の歌人たちは、共通する言語感覚、表現の〈型〉を持っているといってよいであろう。と同時に、彼らの歌には、撰者時代の歌人たちとは少し異なる「個」が感じられること。くり返し述べてきたとおり、古典和歌、特に『古今集』の歌に個性を見いだすことは難しい。現代の私たちの目には『古今集』の歌はどれも似通って見えるし――もっとも今から千百年後の人々は二十一世紀前半の私たちの詩歌をどのように読むだろうか――古典和歌とは、個性の主張以前に、共通する表現や発想の〈型〉によって詠まれるものである。業平、小町、遍昭たちの歌に「その人らしさ」が認められるとしたら、それは何故なのだろうか。

その理由の一つは、六歌仙の生きた時代相に求められるであろう。藤原北家《ほっけ》中心の体制が作り上げられていく中で、そこから疎外された王統の人々が、公的文学として認められた漢詩ではなく、古来のやまとことばによる和歌によって、みずからの真情を吐露する——そこにかけがえのない一回的な表現が生まれたのだという指摘がなされている〔*9〕。唐風謳歌時代を潜り抜けて、『万葉集』はすでに遠く、『古今集』はまだかたちをなさないこの時代、歌の表現には、さまざまな変異があり得たのだと思われる。その中にあって、これらの人々の歌は、おそらくは同時代の混沌を突き抜けた到達点を示すものであった。

また、六歌仙の「その人らしさ」とは、ほかならぬ『古今集』が演出したものであったと捉えることもできよう。撰者たちは業平、小町、遍昭それぞれの歌を取捨選択し、あるときは詳細な詞書を添えて歌集の中に位置づけており、仮名序の中で的確な評言を加えてもいる。六歌仙の個性は、『古今集』の編集の力によって鮮明になったのである。そもそも私たちが九世紀後半の一時期を「六歌仙時代」とくくって和歌史の画期と見なすのも、『古今集』仮名序の認識を踏襲したものであった。『古今集』の中には単に百年あまりの和歌が収められているのではない。この歌集は百年の和歌史を構想し、創造しているのである。

五 「よみ人知らず」——古今集の基層の歌

「作者不詳」の真意

「よみ人知らず」の歌を読む前に、作者が不明であるとはどういうことなのか考えてみよう。作者が不明であることの理由として、まず思い浮かぶのは、それらが古い時代の歌ではないかということである。歌が詠まれてから長い時間が経って、作者や詠歌事情は忘れ去られてしまった、しかし歌の「ことば」だけは人々のあいだで生きつづけた、といった事情である。このように考えるところから、「よみ人知らず」を唐風謳歌時代の歌であると見なす説も生まれたのであった。

また、作者が記憶あるいは記録するに値しない人物、たとえば貴族社会の底辺で生きる人であったという可能性もあるかもしれない。『古今集』の歌人の中には、素性のよくわからない「しろめ（白女）」という女性がいる。

源《みなもとのさね》実が筑紫《つくし》へ湯浴《ゆあ》みむとてまかりけるに、山崎にて別れ惜しみける所にてよめる

しろめ

命だに心にかなふものならばなにか別れの悲しからまし　（離別・三八七）

せめて命だけでも心のままになって、あなたの帰りを生きて待てるのであったなら、どうして別れがこんなにも悲しいだろうか。

源実（撰者と同時代の男性官人）が九州の温泉に湯治に出かける際に、別れを惜しんで詠んだ歌である。山崎は山城（京都府）と摂津（大阪府）の国境であり、淀川の船着場であった。源実は、ここから船に乗って西に下ったのであろう。船着場で哀切な別れの歌を詠んだこの女性は、摂津国江口《えぐち》の遊女であったとも、もとを正せば大江玉淵《おおえのたまぶち》という貴族の娘であったとも伝えられているが、真偽のほどはわからない。ともあれ『古今集』の歌人には、意外な階層の広がりがある。「よみ人知らず」の中にも、宮廷社会の周縁の人々の歌が含まれているのかもしれない。

記録するに値しないということをもう一歩推し進めるなら、憚らねばならない事情があり匿名にするというケースも考えられよう。のちの時代の例であるが、七番目の勅撰集『千載集』（文《ぶん》治《じ》四年〈一一八八〉奏覧）には、朝敵となった平忠度《たいらのただのり》の名歌「さざ波や志賀のみやこはあれにしを昔ながらの山桜かな（さざ波の志賀の古い都は荒れ果ててしまったが、長等山《ながらやま》の山桜は昔ながらに美しく咲いていることだ）」を、撰者である藤原俊成が惜しんで、「よみ人知らず」（『千載集』春上・六六／故郷花といへる心をよみ侍りける）として収録したという逸話が残っている。

『古今集』の「よみ人知らず」にも、他の資料と照らし合わせることによって作者が判明する例がある。

おほかたの秋来るからに我が身こそ悲しきものと思ひ知りぬれ（秋上・一八五・よみ人知らず）

世の中全体に秋が巡って来たのにつけても、この私の身こそが悲しいものなのだと思い知ったことだ。

この歌は、撰者時代の歌人である大江千里の『句題和歌《くだいわか》』（別名『千里集《ちさとしゅう》』）という歌集の中に収められている。千里は和歌と漢詩の双方に通じた人であり、『句題和歌』も、漢詩の名句と、それを翻案して新たに詠んだ和歌を並べるという、独特な歌集である。千里自身が記した序文によれば、宇多天皇から和歌を献上せよとの命令を受けたので、漢詩の名句を探して歌を作り、それをまとめて寛平六年（八九四）に提出したのだという。右の歌は、

秋来たりて転《うた》た覚ゆ此の身の衰へたるを

という、中唐の詩人白居易《はっきょい》（七七二年〜八四六年）の「新秋早起　有懐元少尹」（『白氏文集《はくしぶんしゅう》』巻十九）の中の一句を題として詠まれたもので、歴とした千里の新作であった。千里の歌が「よみ人知らず」とされたのは、撰者のケアレスミスなのだろうか。あるいは漢詩句の翻案という特殊性から、通常の創作歌とは異質なものであると判断されたのだろうか〔＊10〕。このように、作者が不明であることには、さまざまな理由や事情が考えられる。『古今集』の「よみ人知らず」の中に案外新しい歌が隠れている可能性も残るのである。

万葉集との重出歌

しかしながら、『古今集』の「よみ人知らず」のかなりの部分が、古くからの歌の歴史に根ざした歌群であることも確かであろう。これらの歌々の中には『万葉集』との重出歌が認められるからである。

現在重出と見なされる歌は十二首ほどである〔＊11〕。その一端を眺めてみよう。○印をつけたのが『古今集』、隣が対応する『万葉集』の原文である。これらの歌は『古今集』の中に違和感なく融けこんでいるのだが、こうして見比べてみれば、たしかに『万葉集』の歌なのである。

○さ夜中と夜は更けぬらし雁が音《ね》の聞こゆる空に月渡る見ゆ（『古今集』秋上・一九二・よみ人しらず）
　佐宵中等《さよなかと》　夜者深去良斯《よはふけぬらし》　鴈音《かりがねの》　所レ聞空《きこゆるそらを》　月渡見《つきわたるみゆ》（『万葉集』巻九・一七〇一・人麻呂歌集《ひとまろかしゅう》歌）

○月草に衣は摺《す》らむ朝露に濡れての後《のち》は移ろひぬとも（『古今集』秋上・二四七・よみ人知らず）
　月草尓《つきくさに》　衣者将レ揩《ころもはすらむ》　朝露尓《あさつゆに》　所レ沾而後者《ぬれてののちは》　徙去友《うつろひぬとも》（『万葉集』巻七・一三五一・作者未詳）

○奥山の菅《すが》の根しのぎ降る雪の消《け》ぬとか言はむ恋のしげきに（『古今集』恋一・五五一・よみ人知らず）
　高山之《たかやまの》　菅葉之努芸《すがのはしのぎ》　零雪之《ふるゆきの》　消跡可曰毛《けぬとかいはも》　恋乃繁鶏鳩《こひのしげけく》（『万葉集』巻八・一六五五・三国人足《みくにのひとたり》）

一般的には、貫之たちの生きた時代には『万葉集』は稀覯本と化しており、容易に手にすることはできず、そもそも万葉仮名を読み解くことも難しくなっていたと考えられている。記録によれば、『万葉集』をあらためて訓読する試みが開始されるのは、『古今集』成立から約半世紀後のことであった。天暦五年（九五一）に村上天皇《むらかみ》（醍醐天皇の子）の宣旨によって、源順、清原元輔、紀時文、大中臣能宣、坂上望城の五人が、内裏の梨壺《なしつぼ》（昭陽舎《しょうようしゃ》）において『万葉集』の訓読作業に取り組んだのである（ちなみに彼らは同時に二番目の勅撰集『後撰集』の編纂にも携わっている）。彼らの訓を「古点《こてん》」あるいは「天暦古点」といい、この時に『万葉集』全四五一八首中の四〇〇〇首以上の歌に、何らかの訓読が施された――こうした見方が通説である。

しかし、本書一章で見たとおり、『古今集』仮名序には、歌集編纂に際して「万葉集に入らぬ古き歌」を選んだという記述がある。これを信じるなら、撰者は手元に集まった歌々について『万葉集』との照合作業を行なったのではないだろうか。貫之たちは、宮廷の書庫深く蔵されていた『万葉集』の閲覧を許され、みずからの和歌の素養をも生かしつつ万葉仮名と向かい合い、ある程度まで読み解くことができたのだろうと、私は考えている〔*12〕。そして、そうした照合と点検の努力にもかかわらず、若干の重出歌が残ってしまったのではなかったか。

重出歌の残存は、貫之たちの弁別作業が困難であったこと、つまり『万葉集』からの流伝《るでん》歌が、撰者たちの近くに、さほど大きな違和感のないものとして生きつづけていたことを意味しているであろう。こうした歌の存在は、万葉と古今のあいだに――古代和歌史にと言ってもよい――ゆるやかな連続性があったことを示している。「よみ人知らず」の歌の中には、万葉歌の水脈が流れ込んでいるのである。

「恋もするかな」――万葉から古今へ

万葉と古今の連続性は、重出歌の存在以外からも見て取ることができる。二章一節で考察した「景物の組合せ」もそうであったが、二つの歌集には共通する表現・発想の〈型〉が、さまざまなレベルで認められるのである。ここではさらに、恋歌から一例を挙げてみよう。『古今集』恋一の巻頭歌、つまり恋歌全体の冒頭に置かれるのは、次の「よみ人知らず」の歌である。

時鳥《ほととぎす》鳴くや五月《さつき》のあやめ草あやめも知らぬ恋もするかな　（恋一・四六九・よみ人知らず）

時鳥が鳴く五月に咲いている菖蒲草ではないが、「あやめも知らぬ」――思慮分別を失った恋もすることだ。

「時鳥鳴くや五月のあやめ草」が序詞である。現代の私たちは、五月という言葉からすがすがしい初夏の陽気を連想する。花が咲き、鳥が鳴く五月。この歌は、心浮き立つ恋の始まりを告げるのだろうか？　陰暦の五月は、現在の六月にあたる。五月雨は梅雨のこと。古典文学の「五月」

は憂鬱な梅雨空の季節である。また「時鳥」は夏を代表する景物であるが、その声は人々の心に懐旧の念や人恋しい気分を呼び覚ます、という通念がある。「時鳥鳴くや五月のあやめ草」は、やや陰鬱で湿潤な景であった。こうした景を示してから、この歌は「あやめ草」との同音くり返しによって「あやめ（文目）」を導き出し、自分は「あやめも知らぬ恋」つまり物事の筋道を見失った恋をしていることだ、と嘆息する。『古今集』の恋歌は、どうにもならない恋心をもてまして鬱々とする歌から始まる。

今注目したいのは、序詞ではなく、第五句の「恋もするかな」という心情表現である。「恋もするかな」は万葉から平安和歌に至るまで生きつづける決まり文句であった〔＊13〕。そして、第五句に「恋もするかな」を据える歌々には、何らかの物象の提示から始まり、中間部で音の共通性を契機にして心情表現に転じて、第五句の「恋もするかな」という詠嘆に収束していくという共通の〈型〉が認められる。

やや歌数が多くなるが、万葉から古今へと〈型〉が継承されていく様相を示すために、用例を列挙してみよう。1から6までは『万葉集』の歌、7以降が『古今集』の歌である（「かも」は詠嘆の助詞「かな」の古いかたちである）。

1 高座《たかくら》の三笠の山に鳴く鳥の止《や》めば継《つ》がるる恋もするかも　（『万葉集』巻三・三七三・山部赤人）
2 をみなへし佐紀沢《さきさは》に生《お》ふる花かつみかつても知らぬ恋もするかも

（『万葉集』巻四・六七五・中臣女郎《なかとみのいらつめ》）

3 かほ鳥の間《ま》なくしば鳴く春の野の草根の繁《しげ》き恋もするかも

（『万葉集』巻十・一八九八・作者未詳）

4 この山の峰に近しと我《あ》が見つる月の空なる恋もするかも（『万葉集』巻十一・二六七二・作者未詳）

5 君が着る三笠の山に居《ゐ》る雲の立てば継がるる恋もするかも

（『万葉集』巻十一・二六七五・作者未詳）

6 庭清み沖辺《おきへ》漕ぎ出《い》づる海人舟《あまぶね》の梶《かぢ》取る間《ま》なき恋もするかも

（『万葉集』巻十一・二七四六・作者未詳）

7 時鳥鳴くや五月《さつき》のあやめ草あやめも知らぬ恋もするかな（『古今集』恋一・四六九・よみ人知らず）

8 夕月夜《ゆふづくよ》さすや岡辺の松の葉のいつともわかぬ恋もするかな

（『古今集』恋一・四九〇・よみ人知らず）

9 我が園の梅のほつ枝に鶯の音《ね》になきぬべき恋もするかな（『古今集』恋一・四九八・よみ人知らず）

10 川の瀬になびく玉藻《たまも》の水隠《みがく》れて人に知られぬ恋もするかな

（『古今集』恋二・五六五・紀友則）

11 五月山梢《こずゑ》を高み時鳥鳴く音《ね》そらなる恋もするかな

（『古今集』恋二・五七九・紀貫之）

これらの歌から、「恋もするかな」という決まり文句が、『万葉集』に端を発して『古今集』の「よみ人知らず」の中で生きつづけ、さらには紀友則、貫之といった撰者たちの歌にも継承されていることがわかる。このうち11の貫之の歌は、7の恋一巻頭歌と同じく時鳥を詠みこんでいる。歌意は、うっそうと繁った五月の山では木々の梢も高く感じられるので、時鳥の声も空高くから聞こえてくる——私もそのような上の空の恋をしていることだ、というもの。「そらなる」という共通部分を媒介にして、時鳥の声（物象）と、恋に浮かされる心（心情表現）とが結びついている。一首の成り立ちは、次のように図解することができる。

五月山梢を高み時鳥鳴く音そらなる　……〈物象〉
　　そらなる恋もするかな　……〈心情表現〉

前半の物象と後半の心情表現とが対応して、一つの歌をかたちづくっていることが確認できよう。1から11の歌はいずれも、こうした構造を持っている。

「恋もするかな」という決まり文句は、一首の感動の焦点にあたり、歌の表現を成り立たせる要に位置している。この決まり文句を用いることによって、人々は自分固有の「こころ」に、他者にも理解可能な歌という「かたち」を与えることができる。と同時に、「恋もするかな」自体は「恋をしていることだ」という詠嘆を表わしているに過ぎず、意味するところはむしろ空虚である。それぞれの歌に多様性と彩りを与えているのは、前半に置かれる物象の「ことば」なのである。共通する〈型〉を踏まえることで、人々はいくらでも新しい歌を詠むことができる。そのつもりになれば現代の私たちでさえも。

ひさかたのスカイツリーに日は暮れて月の空なる恋もするかな
千葉大のケヤキ並木の蟬しぐれ絶ゆることなき恋もするかな

「よみ人知らず」は、おおよそのところ『古今集』の中でも古い時代の歌である。しかしそれらは、この歌集の大切な構成要素であり、撰者時代の歌と生きてつながったものでもあった。「よみ人知らず」は、単に時間軸に沿った過去の歌であるというよりも、同時代の歌を垂直に掘り下げたときに突き当たる基層の歌なのである。

秋はどうして悲しいのか

「よみ人知らず」の歌には、漢詩文の表現・発想も浸透している。わかりやすい例を一つ挙げよう。秋を悲哀の季節と捉えることは、『古今集』の大切なテーマの一つであり、秋上には次のような歌が並んでいる。

木《こ》の間より漏《も》りくる月の影見れば心尽くしの秋は来にけり　（秋上・一八四・よみ人知らず）

おほかたの秋来るからに我が身こそ悲しきものと思ひ知りぬれ
（秋上・一八五・よみ人知らず＝実は大江千里の歌）

我がために来る秋にしもあらなくに虫の音聞けばまづぞ悲しき　（秋上・一八六・よみ人知らず）

物ごとに秋ぞ悲しきもみぢつつ移ろひゆくをかぎりと思へば　（秋上・一八七・よみ人知らず）

ひとり寝《ぬ》る床《とこ》は草葉にあらねども秋くる宵は露けかりけり　（秋上・一八八・よみ人知らず）

秋が訪れると、月の光や虫の音、色褪せて散っていく紅葉などの森羅万象につけて、しみじみと悲しみを感じてしまう――『古今集』の歌人たちは、こうした感性を共有していた。現代の私たちにも、同じような感じ方が受け継がれているのではないだろうか。

あらためて考えると、秋はどうして悲しいのだろうか。一年の労働の収穫を得る、実りの季節でもあるのに――。このような疑問を抱いて『万葉集』に遡ると、たまたま秋に経験した悲しみを歌うことはあっても、秋という季節自体を悲哀感と結びつける発想は未だ認められないという事実に出会う。「秋は悲しい」というのは、日本人の自然発生的、生得的な感じ方ではなく、唐風謳歌時代に漢詩文から移し植えられた観念、つまり発想の〈型〉であった〔＊14〕。

浸透する漢詩文

秋を悲哀の季節と捉えることは、中国文学においては『楚辞《そじ》』（二世紀成立か）や晋の潘岳《はんがく》（二四七〜三〇〇）の「秋興賦《しゅうきょうふ》」（『文選』巻十三など所収）以来の伝統であり、日本の漢詩人たちも、こうした観念を学び取って詩作を行なっている。三番目の勅撰漢詩集である『経国集』には、嵯峨天皇と群臣たちが詠じた「秋哀れぶべし（秋可哀）」を題とした作品群が収録されている。平安京の神泉苑で催された、重陽《ちょうよう》の宴において作られたものであるという。一例として、嵯峨天皇の賦の冒頭部分を見てみよう。

秋哀《あは》れぶべし　年序《ねんじょ》の早く寒けきことを哀れぶ　天高爽《そらかうさう》にして雲渺渺《べうべう》たり　気蕭颯《けせうさつ》にして露団団《だんだん》たり　庭潦収《ていらうをさま》りて水既に浄し　林蟬疎《りんせんおろそ》かにして引弾《こゑつ》きなむとす……［中略］……秋哀れぶべし　草木《さうもく》の揺落《えうらく》を哀れぶ　晩林を変衰に対《む》かふ　秋声を蕭索《せうさく》に聴く　芳菊の丘阜《きうふ》を望む　幽蘭《いうらん》の皐沢《かうたく》を看《み》る……［以下略］……

秋は悲しむべきである　一年が早く巡って寒さがやってきたことを悲しむ　空は高く爽やかで雲が遠く広がっている　気配は物寂しく露がびっしりと降りている　庭の水は静かに澄み切っており林の蟬の声もまばらになって終わろうとしている……［中略］……秋は悲しむべきである　草木が揺れて落ちることを悲しむ　晩秋の林は変色して枯れていき　もの寂しい秋の音を聴く　芳しい菊

の生えた丘を遠望し、奥ゆかしい蘭の生えた水辺を見る……［以下略］……

（『経国集』巻一・「重陽の節神泉苑にして秋哀れぶべしといふことを賦す」一首・嵯峨天皇）〔＊15〕

天皇の作品には、〈「秋哀れぶべし」という主題を提示して、つづいて悲哀の情を喚起する秋の自然の種々相を連ねる〉というワンセットを、複数回くり返していく構造が認められるが、同席した群臣も、天皇の作に和して同じ構造の作品を作っている。こうした創作活動を通じて、中国漢詩文から日本漢詩文へ、さらにはジャンルの壁を超えて「よみ人知らず」の歌へと、「悲しみの秋」の観念が浸透していった。

ちなみに『百人一首』で知られる大江千里の次の歌——『句題和歌』所収歌ではない——も『古今集』の一首である。

月見れば千ぢにものこそ悲しけれ我が身一つの秋にはあらねど　（秋上・一九三・大江千里）

月を見ていると、心も千々に乱れて悲しくてならないことだ。私一人のために訪れた秋ではないのだけれど。

この歌は「悲しみの秋」という〈型〉に加えて、中唐の詩人白居易の詩句「燕子楼中霜月《えんしろうちゅうそうげつ》の夜　秋来たりて只一人の為に長し」（『白氏文集』巻十五・燕子楼）を踏まえている。また「千ぢに」と「一つ」には「千」と「一」という数の対があるが、これも漢詩文に見られる数対の技法を意識している。一首の歌の中に、漢詩文の影響が幾重にもかさなっていることが知られよう。

本書のそこここで触れて来たとおり、漢詩文の影響は『古今集』の広範な部分に及んでいる。一つ一つの詩句の摂取にとどまらず、外国語である漢詩・漢文を操る経験そのものが、母語である日本語を相対化することにつながり、さらには意識的に「ことば」を選び詩歌の表現を彫琢することと結びついているであろう。漢詩文は『古今集』に大きな恩恵をもたらしたのである。

かぐわしい古今集

「よみ人知らず」の中には、万葉歌の水脈が流れ込み、また漢詩文の表現や発想も浸透している。これら名もない、しかし豊かな歌々は、『古今集』歌人の歌を下支えすると同時に、のちの時代の文学にも大きな影響を与えている。一つの例として次の歌について考えてみよう。

五月《さつき》待つ花橘の香《か》をかげば昔の人の袖の香《か》ぞする　（夏・一三九・よみ人知らず）

五月を待って咲きはじめた橘の花の香をかぐと、ああ懐かしい、昔なじみのあの人の袖の香りがする。

橘はミカン科の常緑樹で、初夏に白い五弁の花が咲く。花も実も芳香を放つ。『古事記』や『日本書紀』には、この実は常世《とこよ》の国からもたらされた「非時香菓《ときじくのかくのこのみ》（不老長寿の果実のこと）」であるという伝承が記されている。

『古今集』は、梅や橘などの花々の香り、衣にたきしめた薫香や移り香など、さまざまな香りに満ちている。『古今集』はかぐわしい歌集である。しかし『万葉集』に遡ると、香りの歌、つまり嗅覚を詠じた歌は非常に少ないことが知られている。試みに数字を挙げると、『古今集』春上には梅花の歌群があり（三二番〜四八番）、全十七首のうち十三首が香りについて歌っている。一方『万葉集』の梅の歌は一一〇首あまりと大変に多く――実は『万葉集』では桜よりも梅の歌の方が多い――万葉人がこの花を愛好していたことがわかるが、香りを歌ったと認めてよい歌は、たった一首しかない。『万葉集』においては感覚の中心は視覚であり、聴覚や嗅覚によって捉えられるはずのものも、視覚によって統合される傾向があった。『万葉集』では、五感は融合的あるいは未分化な状態にあり、嗅覚的な美の真の自立は、『古今集』を待たなければならなかった。

そのような変化を促したものは何であったか。変化の要因として、二つのことが考えられている〔＊16〕。一つは、前述の「悲しみの秋」の場合と同じく、漢詩文の影響である。漢詩文の世界は芳醇な香りに満ちている。そうした詩句を読み、みずからも創作してみることをとおして、日本人の感覚にも変化が生じたことは想像に難くない。

もう一つは、まさに九世紀という時代に、薫香の文化が貴族社会に広がったことである。薫物《たきもの》の材料である香木は、海外から輸入される奢侈《しゃし》品であった。記録によれば、日本に香木が伝わったのは、推古《すいこ》天皇の時代である（『日本書紀』推古三年〈五九五〉）。貴重な香は、当初は仏前に薫らせる「名香《みょうごう》」として用いられることが中心であったが、徐々に上流貴族の日常生活の中にも取り入れられ、衣服にたきしめたり（衣香《いこう》）、室内によい香りを漂わせたり（空薫物《そらだきもの》）することが行なわれるようになった。平安時代末に成立した香道の書物『薫集類抄《くんじゅうるいしょう》』（藤原範兼《ふじわらののりかね》著）には、「黒方《くろぼう》・梅花・荷葉《かよう》・侍従《じじゅう》」などの主要な香の調合法が記されるが、創始者として藤原冬嗣、賀《か》陽《や》親王（桓武天皇第七皇子）、四条大納言　源　定《みなもとのさだむ》（嵯峨天皇の子）、八条宮本康親王（仁明天皇第五皇子）といった九世紀初めから中葉の人々の名が挙がっている。

九世紀は、香りの文化という点でも画期であり、かぐわしい『古今集』はこうした新しい文化の洗礼を受けている。人はありのままのものを感じ取るのではない。感覚はそれぞれの時代の文化的な枠組みの中で機能するのである。

花たちばな現象

香りを歌うといっても、『古今集』は単に「よい香りがするなあ」と詠嘆するわけではない。この集の歌には、香りというかたちのないものを捉えるためのさまざまな仕掛け、つまり表現の〈型〉が見られる。梅の歌から拾ってみよう。まずは「よみ人知らず」から。

1 折りつれば袖こそにほへ梅の花ありとやここに鶯の鳴く　（春上・三二・よみ人知らず）

2 色よりも香《か》こそあはれと思ほゆれ誰《た》が袖触れし宿の梅ぞも　（春上・三三・よみ人知らず）

3 宿近く梅の花植ゑじあぢきなく待つ人の香《か》にあやまたれけり　（春上・三四・よみ人知らず）

花の芳香の好ましさは、〈梅と鶯の組合せ〉という構図の中にあてはめる（1）、視覚的な美である「色」と対比する（2）、人の移り香と重ねる（1、2、3に共通）などの知的な操作をとおして歌われている。さらに撰者時代の歌には、

4 春の夜《よ》の闇はあやなし梅の花色こそ見えね香《か》やはかくるる　（春上・四一・凡河内躬恒）

春の夜の闇は、筋道の立たないことをするなあ。梅の花は、色が見えなくても香までは隠れようもないのだから。

のような、闇を縫って漂う香りという〈型〉も登場する。擬人化された「闇」は梅花を独り占めしようと一生懸命だが、香りまでを隠すことはできない。このように『古今集』は、移ろっていく感覚を理知的・分析的に捉え直して、歌のかたちにする。

「五月待つ」は「花の芳香と人の移り香を重ねる」型の歌であると理解できるが、この歌に特徴的なのは、ふとした香りから思いがけない過去がよみがえるという、感覚と記憶の一瞬の揺ら

ぎを掬いとっている点である。花の香りから思い出される「昔の人」とは、かつて親しかった大切な相手なのであろう。橘の香りがその人の衣香を想起させるのである。『古今集』はこの歌を夏に分類しているが、匂いの記憶には親密な身体性が伴う。ほのかな恋の情緒を感じ取ることも許されよう。

匂いを契機として思いがけない記憶がよみがえることは、現代の私たちも経験するところであろう。こうした現象を描いた文学作品として有名なのは、二十世紀のフランス小説、マルセル・プルーストの『失われた時を求めて』（一九一三年～一九二七年刊行）である。語り手の「私」は、母親から勧められたマドレーヌを浸した紅茶を口にして、「ほかのものから隔絶した、えもいわれぬ快感が、原因のわからぬままに」自分の中に行きわたるのを感じる。

そのとき突然、思い出が姿を現した。これは日曜の朝、コンブレーで（というのも、日曜日はミサの前には外出しなかったからだが）、レオニ叔母の部屋へおはようを言いに行ったときに、叔母がいつも飲んでいる紅茶か菩提樹《ティユール》のハーブティーに浸して私に差し出したくれたマドレーヌの味だった。……［中略］……そして、叔母が私にくれた菩提樹のハーブティーに浸したマドレーヌのひと切れの味を私が認めるや否や（その思い出がなぜ私をあれほど幸福にしたか、そのときの私にはまだわからなかったので、その解明はもっとあとまで待たなければならなかった）、すぐに、叔母の部屋のある、道路に面した古い灰色の家が、私の両親のために庭に面して建てられた母屋の裏の小さな離れ（私がそれまで思い出していたのは、他と切り離されたこの離れの一角だけだった）と、芝居の書き割りのようにつながった。……

（『失われた時を求めて　第一篇スワン家のほうへI』）〔＊17〕

口にふくんだ一匙の紅茶の香りから、コンブレーの街で過ごした幼い日々の記憶が、大量かつ鮮明に、まるで魔法のようによみがえってきて、「思い出の壮大なる建築物」が現われる。この一節は広く知られており、嗅覚的な刺激による過去の出来事の想起を意味する「プルースト現象（Proust phenomenon）」という心理学用語もあるという。

匂いを契機とする記憶の想起。プルーストより千年早く、私たちの『古今集』によって名づけるなら、これは「花たちばな現象」である。「五月待つ」の歌によって、「橘は過ぎ去った時や人を懐かしく回想させる花である」という発想の〈型〉が成立し、定着した。そしてこの〈型〉は、歌の「ことば」とともに、時代を超えて広く人々に共有されることになる。

古歌の想像力

「五月待つ花橘の香をかげば昔の人の袖の香ぞする」の歌は、のちの時代の文学に、ジャンルを超えて、大きな影響を与えている。その一端を見てみよう〔＊18〕。

『伊勢物語』六十段には、主人公の「男」が詠んだ歌として「五月待つ」が登場する。男は宮仕えに忙殺されていた。ないがしろにされた妻は、「大切にしよう」と言ってくれた身分の低い男につき従って、地方に下ってしまう。後日二人は、勅使と、その接待係の妻という立場で再会した。男は女を酒席に呼び出して、酒肴の橘を手に取って、この歌を口ずさむ。勅使がもとの夫であることに気づいた女は、尼になって山に入ってしまった。夫の愛情を信じ切れなかった愚かな女の話とも、妻の幸せを踏みにじった非情な男の話とも解釈できる、多様性を含み込んだ物語である。二人の境遇の変化には、都と地方、身分の貴賤というバイアスがかかっており、理想的な男の物語である『伊勢物語』の論理に即して言えば、「女の浅慮」の方に比重が置かれるのであろう。ストーリーのみを追うと後味の悪さも残るのだが、男の詠んだ歌がほかならぬ「五月待つ」であることが、この物語に救いを与えている。男にとって、出奔した妻はかぐわしい花橘の女性であった。苦渋を味わった関係ではあったが、かけがえのない愛の記憶もまた存在している。口ずさんだ歌から、芳香が広がるように、二人の懐かしい日々がよみがえっている。

『古今集』から約百年後の『和泉式部日記』の冒頭にも、印象的な橘のエピソードがある。恋人であった皇子を失って悲しみに暮れている女（和泉式部）のもとに、故人の弟宮（敦道親王《あつみちしんのう》）から、「いかが見給ふ（どのように御覧になりますか）」というメッセージとともに橘の枝が届けられる。女はとっさに「五月待つ」の歌を連想して、これを踏まえた返歌を贈った。橘をよすがとして亡き人の記憶を共有することから、二人のあいだに心の交流が生まれて、新たな恋が始まる。

同じ時期に成立した『源氏物語』の中にも、「懐かしい花橘」がしばしば登場する。たとえば、光源氏の妻の一人に「花散里《はなちるさと》」と呼ばれる女性がいるが、この呼称は、彼女の邸を訪ねていく道すがら光源氏が口ずさんだ、次の歌にちなんでいる。

橘の香をなつかしみ時鳥《ほととぎす》花散る里をたづねてぞとふ　（『源氏物語』花散里巻）

歌意は、橘の香りが懐かしいので時鳥はこの花の散る邸をめざしてやってきました、そのように、私もあなたが懐かしくて訪ねてきたのです、というもの。〈橘と時鳥の組合せ〉も古典和歌の〈型〉の一つ。花散里の「花」は、桜ではなく橘である。花散里という女性はその呼称のとおり、つねに変わらない懐かしさを湛えた女君として、光源氏の最晩年まで人生をともにしている。

『古今集』から三百年後、鎌倉時代初期の『新古今集』には、「五月待つ」の歌を「本歌《ほんか》」とした、次のような歌がある。

橘のにほふあたりのうたた寝《ね》は夢も昔の袖の香ぞする　（『新古今集』夏・二四五・俊成卿女《しゅんぜいきょうのむすめ》）

歌意は、橘が香るあたりでうたた寝をすると、夢の中でも昔慣れ親しんだ人の袖の香りがすることです、というもの。夏の短夜《みじかよ》に橘の香りに包まれて仮寝をしていると、夢の中まで芳香が忍び込んできたのか、懐かしい昔の恋人の気配がすぐ近くに感じられた、目覚めると花の香りだけが残っていた、という。橘の香りによって、過去と現在、夢と現実を重ね合わせた艶麗な夏の歌である。

「本歌取り」とは、大まかに言えば、人々によく知られた古歌を意識的に取り入れて新しい歌を詠むことで、『新古今集』の時代に頂点に達した技法である。取り入れたもとの歌を「本歌」という。本歌取りを理論的に練り上げた藤原定家は、歌論書『近代秀歌《きんだいしゅうか》』(承元《じょうげん》三年〈一二〇九〉成立)の中で、次のように述べている。

> 詞《ことば》は古きを慕ひ、心は新しきを求め、及ばぬ高き姿をねがひて、寛平以往の歌にならはば、おのづからよろしきこともなどか侍らざらむ。(近代秀歌)〔＊19〕
>
> 歌を詠むときには、詞は古くからのものを大切にし、心は新しいものを求めて、卓越した古歌の姿を理想として、寛平期以前の歌に学ぶならば、自然と良い歌が生まれるはずだ。

「よみ人知らず」は、まさに定家のいう「寛平以往の歌」である。「よみ人知らず」の歌は、『古今集』の基層を支えると同時に、さまざまな歌や物語の想像力の源ともなるのだった。花が匂い立つように、『古今和歌集』の「こころ」と「ことば」から、新たな文学が生まれ出るのである。

注

＊1 小沢正夫『古今集の世界』(塙選書・一九六一年、増補版一九七六年)など。本書の表は、小沢編著『作者別年代順　古今和歌集』(明治書院・一九七五年、増補版一九九〇年)に若干の修整をして作成している。

＊2 長谷川政春「六歌仙時代」(『一冊の講座　日本の古典文学4　古今和歌集』有精堂・一九八七年)。

＊3 山本登朗『伊勢物語の生成と展開』(笠間書院・二〇一七年)。

＊4 目崎徳衛『紀貫之』(吉川弘文館・一九六一年)。

＊5 工藤重矩「在原業平「月やあらぬ」の解釈」(『平安朝和歌漢詩文新考—継承と批判—』風間書房・二〇〇〇年)。

＊6 小島憲之「詩より和歌へ」(『上代日本文学と中国文学—出典論を中心とする比較文学的考察—　下』塙書房・一九六五年)、小松光三「「月やあらぬ」の背景—漢詩に典拠を求めて—」(『王朝』一九七六年六月)など。

＊7 窪田空穂『古今和歌集評釈　新訂版　中巻』(東京堂・一九六〇年)。

＊8 ちなみに業平、貫之、小町関係以外の残りもう一組の贈答歌は、本書三章一節で取り上げた藤原因香と近院右大臣源能有の贈答歌(恋四所収)である。

＊9 秋山虔「六歌仙時代とは何か」(『王朝の文学空間』東京大学出版会・一九八四年)。

＊10 片桐洋一『古今和歌集全評釈　上』(講談社・一九九八年)。

＊11 和歌は三十一音の小さな詩型であるため、おのずからよく似た歌も生まれる。同一歌と類歌(似ている歌)の線引きは案外難しく、「万葉と古今の重出歌」の認定も研究者によって揺れがあるが、おおよそ次の十二首と考えてよいであろう。『古今集』の歌番号を掲げる。「一九二・二四七・四八九・四九二・五五一・六八三・七〇三・七二〇・七五八・一一〇七・一一〇八・一一一一」。なお『万葉集』の訓読の歴史や重出歌の問題については、小松(小川)靖彦『萬葉学史の研究』(おうふう・二〇〇七年)に詳しい。

＊12　『万葉集』研究者の立場から、鉄野昌弘「家持集と万葉歌」（鈴木日出男編『ことばが拓く　古代文学史』笠間書院・一九九九年）は、「そもそも古今集が、基本的に万葉歌を載せないのは、どんな形にせよ、ほとんどの万葉歌が訓まれていたことを示すだろう」と述べている。

＊13　こうした「決まり文句」については、上野理「平安朝和歌史における褻と晴」（『後拾遺集前後』笠間書院・一九七六年）、鈴木日出男「和歌の表現における心物対応構造」（『古代和歌史論』東京大学出版会・一九九〇年）、鈴木宏子「『古今集』から『万葉集』へ―紀貫之を起点として―」（『文学』二〇一五年五・六月号）などに考察がある。

＊14　小島憲之『古今集以前―詩と歌の交流―』（塙選書・一九七六年）、鈴木日出男「悲秋の詩歌―漢詩と和歌―」（『古代和歌史論』前掲）。

＊15　引用・訓読は小島憲之『国風暗黒時代の文学　中（下）―弘仁・天長期の文学を中心にして―　Ⅰ』（塙書房・一九八五年）による。現代語訳は適宜わかりやすい表現に改めた。

＊16　上野理「花と香と歌」（『後拾遺集前後』前掲）。

＊17　引用は高遠弘美訳『失われた時を求めて1』（光文社古典新訳文庫・二〇一〇年）による。

＊18　高橋亨「五月まつ花橘の変奏譚」（『物語文芸の表現史』名古屋大学出版会・一九八七年）。

＊19　引用は藤平春男ほか校注・訳『新編日本古典文学全集　歌論集』（小学館・二〇〇二年）による。

終章

文学史の新しい頁を開く

一　古今集前夜

和歌を愛好する宇多天皇

最初の勅撰和歌集である『古今集』の誕生は、日本文学史における画期的な出来事であった。前章からの流れを踏まえつつ、この章では歌集の成立に至る最後のステップについて検討しよう。『古今集』に内在する時間の中で、「撰者時代」としてくくられるのは前述のように二十年あまりであるが、その時間は宇多天皇の時代と、醍醐天皇の時代とに二分することができる。まず、『古今集』前夜にあたる宇多天皇の時代について考えてみよう。

藤原氏出身の二条后高子を母に持つ陽成天皇が、素行不良を理由として十七歳の若さで退位させられたのち、皇位についたのは光孝天皇〔元慶八年〈八八四〉~仁和三年〈八八七〉在位〕である。光孝天皇は、陽成天皇から三代系譜を遡った仁明天皇の皇子であり、母は藤原沢子《たくし》、五十五歳という遅い即位であった。これ以降天皇の位は、光孝天皇の息子の宇多天皇へ、さらにその子、『古今集』撰進の勅命を下す醍醐天皇へと継承されていくことになる。『古今集』成立の道程には、皇統譜の屈折点があった。光孝天皇が親王時代に詠じた佳作が、『古今集』春上に採られている。「仁和《にんな》の帝」は光孝天皇のことである。

仁和の帝、親王《みこ》におましましける時に、人に若菜たまひける御歌《おほむうた》

君がため春の野に出でて若菜摘む我が衣手に雪は降りつつ（春上・二一）

光孝天皇が、親王でいらっしゃったときに、ある人に若菜をお贈りになるというので詠みそえた歌

あなたに贈ろうと、早春の野に出て若菜を摘む私の袖に、雪が降りしきっている。

光孝天皇の崩御のあとを受けて、宇多天皇〔仁和三年〈八八七〉~寛平九年〈八九七〉在位〕は二十一歳で即位した。母は桓武天皇の孫にあたる班子《はんし》女王で、藤原氏を外戚としないひさびさの天皇であった。基経の子息である藤原時平《ふじわらのときひら》〔貞観十三年〈八七一〉~延喜九年〈九〇九〉〕と雁行させるように、学者であり漢詩人でもあった菅原道真〔承和十二年〈八四五〉~延喜三年〈九〇三〉〕を重用したことや、その道真の進言によって寛平六年〈八九四〉に遣唐使を停止したことでも知ら

れる。宇多天皇の治世は主要な元号にちなんで「寛平の治」と呼ばれている。寛平期は『古今集』の成立を考える上で、重要な意味を持つ時期である。

宇多天皇は、みずから和歌を愛好する帝であった。寛平期には「寛平御時后宮歌合《かんぴょうのおおんときのきさいのみやのうたあわせ》」や「是貞親王家歌合《これさだのみこのいえのうたあわせ》」（いずれも寛平五年九月以前の成立）などの大規模な歌合が行なわれている。前者には天皇の母である皇太后班子女王の名、後者には兄である是貞親王の名が冠されているが、実質的な主催者は宇多天皇自身であったと考えられている。

ちなみに「歌合」とは、平安時代から鎌倉時代にかけて貴族社会で流行した和歌の催しで、現在確認できる最も古い例は、在原行平が主催した「在民部卿家歌合《ざいみんぶきょうのいえのうたあわせ》」（仁和三年〈八八七〉四月以前開催）である。歌合は、通常次のようなルールで行なわれた。まず主催者を中心として参加者が左右二チームに分かれる。両チームは、与えられたテーマ（歌題）にもとづいた歌を提出し、互いの優劣を競い合う。そして全体の勝ち負けの数を総合して勝敗を決する。歌題は、当日その場で示される場合（即題《そくだい》）と、前もって与えられている場合（兼題《けんだい》）とがあった。また参加者自身が歌を詠むやり方と、歌の創作は事前に得意とする者に依頼しておくやり方とがあった。

院政期から鎌倉時代初期にかけて、歌合は歌の文学性を追求する真剣勝負の場になったが、平安時代中期までの歌合には、歌を中心とした総合芸術といった性格が色濃く認められる。たとえば歌の披露に際しては、美しい工芸品を添えたり、声のよい者に朗詠させたりといった工夫が凝らされた。また参加者は揃いの晴れ着に身を包み、応援団を結成し、時には音楽を奏でて、祝祭的な雰囲気を盛り上げた。要するに、歌を中心とした貴族たちの一大エンターテインメントであったわけである。ただし寛平期に行なわれた二つの歌合には、華やかな行事を伴った形跡が認められず、後述する『新撰万葉集《しんせんまんようしゅう》』の編纂を目的として机上で行なわれた、撰歌合《せんかあわせ》であったと目されている〔*1〕。

「寛平御時后宮歌合」は、「春・夏・秋・冬・恋」の各二十番計二〇〇首からなる大規模な歌合で、約四分の一にあたる五十五首の歌が『古今集』に採られている。「是貞親王家歌合」は全三十五番七十首とやや規模が小さく、すべて秋の歌であることから、秋に開催されたと考えられている。こちらからは『古今集』の秋上・下に二十二首が採られている。二つの歌合は『古今集』の重要な撰集《せんじゅう》資料とされたのであった。また、歌の作者には紀友則、藤原興風、藤原敏行、壬生忠岑、大江千里、伊勢――若き日の貫之の歌も少数ながら見られるが、躬恒の姿はまだない〔*2〕――など、のちの『古今集』の重要な歌人たちが顔を揃えていることも知られる。こうしたことから、寛平期以降を『古今集』にとっての同時代、すなわち「撰者時代」と見なすのである。

和歌と漢詩を対にする

さて、寛平期の和歌、言い換えれば宇多天皇の和歌への対し方には、二つの特徴が認められる。一点目は和歌と漢詩を対にすること、二点目は和歌を遊宴の中に取り入れて楽しむことである。

この二つの点について検討してみよう。

一点目について。寛平五年九月に、宇多天皇の周辺で『新撰万葉集』という異色の歌集が編纂された。この歌集は上下二巻からなり、各巻の内部は「春・夏・秋・冬・恋」に部類されるが、和歌は真仮名（漢字）で表記されており、しかも歌の世界を翻案した七言絶句を各歌の隣に並べるという、他に類を見ない形態を持っている。『新撰万葉集』の成立事情については、残念ながら不明な点が多い。上巻に付された序文によれば、宇多天皇が「後進の詞人、近習《きんじふ》の才子」に歌を献上させて歌合を行なったところ——前述の「寛平御時后宮歌合」と「是貞親王家歌合」であろう——それらが古来の歌に比べてもすぐれたものであったので、歌集としてまとめさせた上で『新撰万葉集』と名づけたのだという。のちの歴史書『日本紀略《にほんきりゃく》』の記述から、少なくとも上巻の編纂と漢詩の制作には、天皇の寵臣であった鴻儒《こうじゅ》（儒学のすぐれた学者のこと）菅原道真が関与していたと考えられている〔＊3〕。

『新撰万葉集』とはどのような歌集だったのか。具体例を見てみよう。

奥山丹　黄葉踏別　鳴麋之　音聴時曾　秋者金敷　（『新撰万葉集』上秋・一一三）

秋山寂寂葉零零　麋鹿鳴音数処聆　勝地尋来遊宴処　無朋無酒意猶冷

（秋山寂々《せきせき》葉零々　麋鹿《びろく》の鳴く音　数処《こゑあまたのところ》に聆《き》こゆ　勝地に尋ね来たりて遊宴する処

朋無く酒無くして意《こころ》なほ冷たし）

（『新撰万葉集』上秋・一一四）〔＊4〕

右が真仮名によって記された和歌、左に並ぶのが和歌を翻案した漢詩である。仮名書きの歌集を見慣れた目には違和感のある佇まいであるが、「奥山丹……」は次の歌である。

奥山にもみぢ踏みわけ鳴く鹿の声聞くときぞ秋は悲しき　（『古今集』秋上・二一五・よみ人知らず）

奥山に黄葉を踏み分けて鳴く鹿の声を聞くときこそ、いっそう秋は悲しいものだ。

この歌は『古今集』に「是貞親王家歌合歌」として収められ、後年の『百人一首』では、伝説的な歌人である猿丸大夫《さるまるだゆう》の歌とされている。一対の歌と詩を見比べることは、私たちにさまざまな知見を与えてくれる。和歌と漢詩は、何を共有し、何が異なっているのか。

和歌には、「もみぢ」と「鹿」が詠みこまれている。本書二章一節で見たとおり、「鹿」は万葉以来の秋の景物で、〈萩と鹿の組合せ〉は、古くから継承されてきた四季歌の〈型〉の一つであった。この「もみぢ」も、黄色く色づいた萩の下葉《したば》であると解する説がある。古来この歌には、黄葉を踏み分けているのは「私」なのか、それとも「鹿」なのか、という解釈の揺れが存在している。前者なら、黄葉を踏み分けて歩いている私の耳に、遠くから鹿の鳴き声が聞こえてきたという歌、後者なら、鹿の声を耳にしたことから、歌の〈型〉に即した想像力が発動して、「黄葉を踏み分けながら鳴いている鹿の姿」を思い描いた歌、となる。和歌の解釈としてはどちらも許容できるものであるが、いずれにしても、一首の焦点はしみじみとした悲しみの情に結ばれている。

一方の漢詩は、和歌の世界を踏まえつつ、それに肉付けを施して、具体的な情景を構成している。秋の山は静かで木の葉がしきりに散っており――「萩」は和歌的な景物であり漢詩の素材にはならない――鹿の声があちこちから聞こえてくる、景色のよい所を求めて宴を楽しもうと思うが、友人もいず、味わうべき酒もなく、心は寒々としたままである。漢詩の中には寂寥感に満ちた秋山の光景が描かれており、その中に分け入っていく「私」は男性官人であるらしい。彼は、秋景色をともに楽しむ知友がいないことを嘆いているのである。

歌と詩は、奥山、鹿、木の葉といった要素を共有し、秋のしめやかな季節感も一致しているが、歌が悲哀の情に収束していくのに対して、詩は具体的な場面を叙述している。歌は抒情に重きを置いており、詩は歌の世界に叙事的な枠組みを与えることで成り立つのである。『新撰万葉集』は和漢の一対を形成して、歌と詩のそれぞれの特質を浮き彫りにするアンソロジーであった。

さらに『新撰万葉集』成立の翌年にあたる寛平六年には、天皇の命令に応じて、漢詩人であり歌人でもあった大江千里が、『句題和歌』を献上している。この歌集は『白氏文集』などの漢詩集から選んだ詩句を題として、これを翻案して新たに詠んだ歌を集めたものである。

『新撰万葉集』と『句題和歌』は、一方は和から漢へ、他方は漢から和へと方向こそ反対であるものの、歌と詩を対にする試みである点では共通している。こうした試みは、歌が詩と比肩し得る内実を持っていることを示すものであり、人々に歌の価値を認識させる契機となり得たであろう。寛平期の和歌は、漢詩をパートナーとして、公的な場に進み出てきているのである。

遊宴で和歌を楽しむ

二点目について。宇多天皇は、在位中にも退位ののちにも、和歌を伴うさまざまな遊宴を催している。歌は天皇の身近にあって、生活の中に小さな喜びをもたらすものであった。具体例として、在位中に開催された「寛平御時菊合《かんぴょうのおおんときききくあわせ》」（正確な開催年次は不明）を見てみよう。

洲浜（『国史大辞典』吉川弘文館より転載）

「菊」は現代の私たちには日本的だと感じられる花であるが、もとを正せば中国伝来の植物であり、『万葉集』の世界には未だ姿が見えない。勅撰三集の中には菊の詩が散見され、やがて『古今集』において秋の景物として定着することになった。「菊合」とは、舶来の貴重な花である菊を賞美する遊びである。歌合と同じく参加者は左右二つのチームに分かれ、それぞれに自慢の菊の花を披露して、美しさを競い合った。披露される菊は、趣向を凝らした洲浜《すはま》（海辺の景を模した台の上に植物や鳥などの細工物をあしらった工芸品）の上に載せられており、その世界を印象づける一首の歌が書き添えられていた。花と工芸品と歌とが、一体となって享受されるのである。
「寛平御時菊合」は十番勝負で、左右それぞれから計二十首の歌が提出されたが、このうちの四首が『古今集』秋下の二七二番から二七五番にかけて連続して並んでいる。一端を見てみよう。

同じ御時せられける菊合に、洲浜を作りて菊の花植ゑたりけるに加へたりける歌。
吹上《ふきあげ》の浜のかたに菊植ゑたりけるによめる　菅原道真

1 **秋風の吹き上げに立てる白菊は花かあらぬか波の寄するか**　（秋下・二七二）

秋風が吹き上げてくるという「吹上の浜」に立っている白菊は、いったい花なのか、そうではないのか。白波が寄せてくるのが花と見えているのか。

大沢《おほさは》の池のかたに菊植ゑたるをよめる　紀友則

2 **一本《ひともと》と思ひし菊を大沢の池の底にも誰《たれ》か植ゑけむ**　（秋下・二七五）

一本しかないと思っていた菊の花を、「大沢の池」の底にも、いったい誰が植えたのだろうか。

詞書の「同じ御時」は、前歌からのつづきによって「寛平御時」を指すことが知られる。1は菅原道真の歌。彼が担当したのは、紀伊国（和歌山県）の歌枕である「吹上の浜」をかたどった洲浜に植えた菊であった。秋風がそうそうと吹く吹上の浜の白菊は、本当に菊なのだろうか、もしかしたら寄せてくる波なのではないか？　この歌は〈波と花の見立て〉によって、白菊の清冽な美しさを讃えると同時に、浜辺に打ち寄せる白い波の幻を作り出している。2は紀友則の歌。「大沢の池」は京都嵯峨の大覚寺近くにある名高い池で、「池の底に植えられているもう一本の菊」とは、水に映る影のことである。この歌にかぎらず、『古今集』歌人たちは水面の映像を歌うことを好んだ。

帝の御前で披露された洲浜は、善美を尽くした細工物であったのだろう。そして、この二首の歌はいずれも、「ことば」の力によって見えないものを写しとり、洲浜以上の景を創り上げている。画竜点睛というべきであろう。趣深い遊宴には秀歌が不可欠なのである。

寛平期の限界

歌と詩を対にすることと、遊宴の中で歌を楽しむこと。この二つが融合しているのが、退位後に企画された「宮滝御幸《みやたきごこう》」と呼ばれる遊覧である。昌泰元年（八九八）十月末に、宇多上皇は気心の知れた廷臣を伴って、大和の宮滝を訪れ、龍田山を越えて摂津の住吉神社に詣でる旅行に出かけた。同行したのは菅原道真、『後撰集』の歌人でもある源昇《みなもとののぼる》、在原友于《ありわらのともゆき》（行平の子）、漢詩人紀長谷雄《きのはせお》たちで、途中からは素性法師も馳せ参じている。ちょうど紅葉の美しい時節であり、人々は行く先々で紅葉をめでる漢詩を作り、また和歌を詠んだ。

宮滝御幸において道真が詠んだのが、『百人一首』でも知られる次の歌である。

朱雀院《すざくゐん》の奈良におはしましたりける時に、手向山《たむけやま》にてよみける　　菅原道真

このたびは幣《ぬさ》もとりあへず手向山もみぢの錦神のまにまに　（羇旅・四二〇）

このたびの旅は急なことで、捧げ物とする幣帛《へいはく》の用意もせずに参りました。そのかわりに、この手向山の「紅葉の錦」をお供えいたしますから、どうぞ神様の御心のままにお受け取りください。

「朱雀院」は宇多上皇のこと。退位後に朱雀院を御所としたために、この呼称がある。手向山は、旅の無事を祈って神々に幣帛を捧げる場所のことで、普通名詞と考えられる。道真は、龍田山において時雨に濡れた紅葉を見て、次のような漢詩も作っている。

満山の紅葉《こうえふ》小《ささやか》なる機《はた》を破《くだ》く　況《いは》むや浮べる雲い足の下《もと》より飛ぶに遇《あ》はむや
寒《こ》いたる樹は何処《いづく》に去《ゆ》きしかを知らず　雨の中《うち》を錦を衣《き》て故郷に帰らむ
（宮滝御幸記略《みやたきごこうきりやく》・十月二十八日条）〔*5〕

歌と詩は、旅の情趣を心行くまで味わうための手立てであった。そして二つのジャンルが、鮮や

かな紅葉を錦に見立てるという表現の〈型〉を共有していることも知られるのである。

宇多天皇（上皇）は、退位ののちも歌にまつわる催しを行なっており、それらは『古今集』の中に取り入れられている。『古今集』入集歌の確認できる最下限にあたる延喜十三年「亭子院歌合《ていじのいんのうたあわせ》」も、宇多上皇が主催したものであったことは、すでに触れた。

宇多天皇は和歌を愛好し、寛平期に詠まれたり集められたりした歌は『古今集』の中に取り入れられて、この歌集の主要部分を形成することになった。しかし、この時期の二つの特徴は、和歌の位置づけに限界があったことを示すものでもあるだろう。和歌は漢詩と対にされるが、逆にいえば、漢詩の支えなしでは、日の当たる場所に出て来られなかった。あらためて『新撰万葉集』を眺めてみると、和歌が漢字や漢詩文の文化の中に、窮屈そうに囚われていることが感得される。そして、天皇が個人として生活の中で歌を愛好することと、律令政治の政策の一環として新しい歌集が企図されることとのあいだには、なお一刻みの懸隔がある。寛平期は『古今集』にとっての同時代であるが、『古今集』の誕生に至るには、もう一段の飛躍が必要なのである。

二　古今集誕生

「延喜の治」の文化事業

では、もう一段の飛躍は、どのようにして可能になったのか。さらに『古今集』の誕生に至る時代の流れを追ってみよう。

寛平九年（八九七）、三十代の若さであった宇多天皇は、第一皇子の醍醐天皇（寛平九年〜延長八年〈九三〇〉在位）に位を譲る。新帝は十三歳、母は藤原氏ではあるが傍流の女性であった。譲位に際して宇多天皇は「寛平御遺誡《かんぴょうのごゆいかい》」という覚え書きを残し、藤原時平と菅原道真の二人を補佐役とするよう言い置いたが、道真は「廃帝を企てた」という讒言《ざんげん》にあって、延喜元年（九〇一）に大宰府に左遷されてしまう。以降醍醐天皇の時代は、年若い天皇と、少壮気鋭の政治家である左大臣藤原時平のペアによって領導されていく。

醍醐天皇の治世は、平安中期の人々からノスタルジックな憧れをこめて「延喜の治」と呼ばれ、天皇親政によって理想的な政治が行なわれた聖代として仰ぎ見られたが、実際は変質していく律令政治を立て直すべく、延喜荘園整理令などのさまざまな改革が試みられたものの、今一つ成果が上がらなかった時期であった。その一方で、たしかに醍醐朝には後世に残る多くの文化事業が行なわれており、六国史の掉尾《ちょうび》を飾る歴史書『日本三代実録』、『延喜式』『延喜格』などの法律書、宮廷儀式の次第を記した『延喜儀式』などが相次いで編纂された。最初の勅撰和歌集である『古今和歌集』の編纂も、こうした文化事業の一つである。九世紀前半の嵯峨天皇の文化圏で作られたのは勅撰漢詩集であったが、十世紀初頭の醍醐朝において企画されたのは、勅撰和歌集であった。その背景には、本書五章からたどってきたような和歌史の積み重ねがあったのだが、未だ私的なものに留まっていた和歌に「勅撰」という公的な枠組みが与えられたのは、大きな出来事であった。

和歌好きの宇多天皇と、まぎれもない大詩人である菅原道真のペアには作れなかった勅撰和歌集が、年若い醍醐天皇と藤原時平のペア——延喜五年に天皇は二十一歳、時平は三十五歳である——の時代に誕生する。道真が自他ともに認めるすぐれた漢詩人であったことは、勅撰和歌集を企画するためには、むしろブレーキとして働いたのだろうか。あるいは、天皇の外戚となることで地位を固めてきた藤原氏の長である時平にとっては、宮廷生活を彩る和歌は親しい文芸であったのだろうか。ちなみに時平の歌も『古今集』に二首採られている。そのうちの一首を見ておこう。

もろこしの吉野の山にこもるともおくれむと思ふ我ならなくに

（雑躰・誹諧歌・一〇四九・藤原時平）

たとえあなたが、この国ではなく遠い唐土にある吉野山に籠ったとしても、あとに取り残されるような私ではないのだ。

吉野山は大和国の歌枕で、桜と雪の名所であると同時に、この世に住みわびた人が隠棲する土地というイメージもあった。あなたが大和の吉野山どころか、もっと遠くの唐土の吉野山に籠ったとしても、私はついていく――たとえ地の果てまでだって追いかけていきますよ、という歌なのである。言うまでもなく「もろこしの吉野の山」などは存在しない。どこかおどけた大げさな表現が、この歌が誹諧歌に分類された所以であろう。道真を追い落とした敵役《かたきやく》のイメージの強い時平ではあるが、このような奇妙で魅力的な歌の作者でもあるのだった。

自立する和歌

『古今集』の新しさは、寛平期の『新撰万葉集』と比較することによって、鮮明に見えてくるであろう。

『古今集』は、漢字や漢詩文の桎梏《しっこく》――敢えて強い表現を用いておこう――から解放されている。本書四章二節で分析した掛詞・縁語などの歌特有のレトリックや、歌の「ことば」の肌理《きめ》は、一字一音の仮名表記によってこそ、生き生きと立ち現われてくる。たおやかな平仮名は和歌の世界にふさわしいものであり、美しい料紙に流麗な仮名で書かれたのであろう『古今集』は、そのまま一つの美術品でもある。仮名表記を選びとったことは、和歌が漢詩文から自立することの宣言であった。

『新撰万葉集』に比べて、撰歌範囲が広がっていることも重要である。『新撰万葉集』に収録されたのは寛平期の歌であり、本書五章の三つの区分でいえば、A群の一部にあたる。『古今集』は寛平期の成果を生かしつつ、B群「過去の歌人たちの歌」を取り込み、C群「よみ人知らず」をも撰歌の対象とした。さらに『古今集』編纂と並行して詠まれたのであろう新しい歌、つまりA群の最先端の歌も要所に加えられている。このことは単に量の拡大ではなく、歌集の質の変化にもつながっているであろう。『古今集』は同時代の歌の姿を捉えるだけではなく、その中に平安時代初頭からの歌の歴史を封じ込めている。『古今集』自体が一つの和歌史を構築し、さらに、その先端を切り拓いているのである。

そして、『古今集』は主題ごとに全二十巻に分けられ、その内部には緊密な配列が見られる。本書二章、三章で確認したように、『古今集』はかくあるべき「こころ」と「ことば」の見本帖であり、その中には四季の移ろいがあり、恋の顚末があり、王朝人の感情や感性がある。一首一首の歌の完成度もさることながら、それらがひとまとまりの体系を形成していることは、きわめて重要であった。『古今集』の中には、「ことば」によって創造された、もう一つの理想的な小宇宙が存在するのである。

貫之の予言

けれども、醍醐朝の文化事業の中で、『古今集』の編纂は果たしてどれほどの重みを持っていたのだろうか。

序章でも触れたとおり、『古今集』を始まりとする勅撰和歌集の歴史は、二十一番目の『新続古今和歌集』に至るまで、五百年以上にわたってつづいていく。勅撰和歌集の伝統は、日本古典文学史の背骨にあたるものであり、『古今集』は古典中の古典として尊重され、読み継がれていった。勅撰集の編纂は応仁の乱によって途絶するが、それ以降も『古今集』を仰ぎ見ることはつづいていき、その力は明治時代にまで残存している。そして『古今集』の影響は広く文学以外にも及んでおり、絵画や工芸などをも含めた日本文化の美意識の規範となった。貫之は仮名序を次のように結んでいる。

人麿亡くなりにたれど、歌のこととどまれるかな。たとひ時移り事去り、楽しび悲しびゆきかふとも、この歌の文字あるをや。青柳の糸絶えず、松の葉の散りうせずして、まさきの葛《かづら》長く伝はり、鳥の跡久しくとどまれらば、歌のさまをも知り、ことの心を得たらむ人は、大空の月を見るがごとくに、いにしへを仰ぎて、今を恋ひざらめかも。（仮名序）

『万葉集』の伝統は途絶えたが、歌はこの世界に残っている。たとえ時代が移り変わり、物事が過ぎ去り、人の心を楽しみや悲しみが行き来しても、この歌の文字は長く存在しつづけるであろう。歌のさまを知り「ことば」の本質を理解している将来の人は、大空の月を見るように「古」を仰ぎ見て、『古今集』が成立した「今」を恋い慕わないことがあるだろうか——貫之の予言は的中したのであった。王朝の貴族が歌い、編集した歌集が、その後千年あまりにわたって生きつづけ、現代の私たちの感情や感性にまでつながっていることは、小さな奇跡といってよいであろう。

しかし、後世に与えた力の大きさとは裏腹に、最初の企画自体は、ごくささやかなものだったのではないだろうか。近年の和歌研究において、そのように考えられるいくつかの証拠が指摘されている。

第一は「命令系統」の問題。勅撰漢詩集や醍醐朝の歴史書・法律書の場合は、天皇の勅命を公卿クラスの人が受けて、さらに実務担当者に委ねるというしかるべき手順を踏んだことが序文の中に明記されるが、『古今集』の序にはそうした記述が一切見られない〔＊6〕。一口に勅撰とは言っても、歌集の扱いには、ある種の軽さが認められるのである。

第二は「場所」の問題。『貫之集』によれば、『古今集』の編集作業は「承香殿《じょうきょうでん》の東なる所」において行なわれたという。従来この場所は、宮中の文書を管理する「内御書所《うちのごしょどころ》」を意味すると考えられてきたが、実は内御書所という機関が設置されるのはもう少しのちの時期であったことが明らかにされた〔*7〕。どうやら『古今集』編纂作業は、権威ある役所の中ではなく、文字どおり後宮殿舎の片隅に設けられた仮の編集室において――そこは帝から声がかかるような晴れがましい場所ではあったが――こぢんまりと進められたらしい。

第三は「人」の問題。『古今集』の撰者たちはおしなべて身分が低い。勅撰漢詩集の撰者たちが天皇の側近である重臣であったことと比べると、雲泥の差である。そして紀氏関係の歌人の歌が多いこと。勅撰和歌集の編纂が貴族社会の注目を集める重大事であったなら、こうした偏りは許容されなかったであろう。

『古今集』は勅撰和歌集であるが、勅撰の重みは後世のそれとはずいぶん異なるものであった。のちの時代のあり方から遡って『古今集』をめぐる状況を推し量るのは、おそらくまちがいなのであろう。『古今集』は、当初の期待と予想をはるかに超える到達点を示した歌集であった。機が熟したから『古今集』が編まれるのではなく、『古今集』が誕生することによって日本文学史の新しい頁が開かれるのである。

では、予想を超えていく力は、どこから生じるのだろうか。一章一節冒頭に掲げた『貫之集』の初夏の夜の挿話を、もう一度思い出してみたい。

こと夏はいかが鳴きけん時鳥今宵ばかりはあらじとぞ聞く　（『貫之集』七九五）

『古今集』を誕生させた力を、最初の勅撰和歌集の編纂を委ねられた紀貫之たちの高揚と熱意の中に求めようとするのは、いささか浪漫的に過ぎる見方だろうか。しかし、時代やジャンルを超えて、新しい「何か」が生まれるときに最も大切な鍵となるものは、ひたむきな個人の自由な創造力の中に存在する――私は、そう信じている。

注

＊1　歌合については萩谷朴『平安朝歌合大成　新訂増補』全五巻（同朋舎出版・一九九五～九六年）。
＊2　高野平『寛平后宮歌合に関する研究』（風間書房・一九七六年）は、資料を精査して、寛平期の歌合に凡河内躬恒の歌が一首も採られていないことを指摘する。
＊3　ただし下巻の序文には延喜十三年（九一三）八月十五日という日付があり、道真の没後である。
＊4　引用・訓読は『新編国歌大観　第二巻』（角川書店・一九八四年）による。
＊5　引用・訓読は川口久雄校注『日本古典文学大系　菅家文草・菅家後集』（岩波書店・一九六六年）による。
＊6　増田繁夫「勅撰和歌集とは何か」（『和歌文学論集2　古今集とその前後』風間書房・一九九四年）。
＊7　工藤重矩「後撰和歌集の撰集―奉行文・禁制文、梨壺、撰者をめぐる諸問題―」（『平安朝和歌漢詩文新考―継承と批判―』風間書房・二〇〇〇年）。

あとがき

NHK出版の福田直子さんに、古典和歌についての新書を書きませんかと声をかけていただいたのは、二〇一五年の師走のことでした。思いがけないことでしたが好奇心も手伝って、冬晴れの日の午後、私は渋谷の福田さんのオフィスまで出かけて行きました。その日は三時間ほどお話をしたのでしたか、いくつかの企画を考えてみたのですが、どことなく釈然としない気分が残りました。その気分の出どころに思い至ったのは、帰りの山手線の中でした。私のような地味なジャンルの研究者にとって、多くの読者にあてて本を書く機会は、それほど多くはないはずです。もしもチャンスが与えられるなら、私が書きたいのは古典和歌一般についてではなく『古今和歌集』についてなのだ――『源氏物語』の桐壺更衣の辞世の歌「かぎりとて別るる道の悲しきにいかまほしきは命なりけり」ではありませんが、「書かまほしきは古今なりけり」であったのです。帰宅したのち、時間を割いていただいたお礼のメールに添えて、『古今集』の本の簡単な企画書を作って福田さんにお送りしました。幸いなことに、そちらの「ストレートな企画」(福田さんの言)が採用され、媒体も新書からNHKブックスに変わって、本書を書くことになりました。

遠い卒業論文以来、私は生活の中のかなりの時間を『古今集』との対話に費やしてきたように思います。この魅力的な、しかし千年以上を隔てた歌集について語りたいことは沢山あったのですが、本書の完成までには思いのほか時間がかかりました。本書を書くにあたって、私は三つのことをめざしました。一つめは、この一冊の中に『古今集』を読むために必要な知識を過不足なく収めること。二つめは、できるだけ多くの歌を取り上げて丁寧に読み味わっていくこと。三つめは、入門書でもなく概説書でもなく注釈書でもない、「古今集はカビ臭い遺物ではなく、現代の私たちにとっても興味深い創造性に満ちた歌集である」という一貫した論理を持った書物とすること。これらの鼎立《ていりつ》を模索したために、執筆が難航したのでした。また、本書の執筆期間は体調の曲がり角とも重なりました。「胃酸過多頭痛肩凝不整脈眩暈膝痛今日もよれよれ」といった日がつづいて、もう若くはないことが実感されました。けれども二〇一七年に入った頃から薄紙を剝ぐように心身の状態が回復し、それにつれて原稿執筆が軌道に乗り始めました。私の仕事が滞っているあいだ、福田さんは生活編集部に転出なさり、月刊誌の編集長として采配を振りながら気長に待ち、出来上がった原稿に前向きな助言を与えてくださいました。また校正の段階で、大河原晶子さんに細やかに、かつ力強く支えていただきました。心からお礼申し上げます。

福田さんと出会ったきっかけは、二〇一五年十一月九日にアーツカウンシル東京〈公益財団法人東京都歴史文化財団〉の主催で行なわれた「実演とお話による伝統芸能パースペクティヴ〈第3回〉庭を読む〈六義園〉―景色とうつろひ・「和歌の宇宙」に遊ぶ―」という催しに出演したことでした。午前中は東洋文庫においてミニレクチャーを行ない、午後の前半は六義園の庭をめぐって現代に生きる和歌の伝統を体感する、そして午後の後半は再び東洋文庫にもどって「見えないものを見る」ことについて座談会を行なうという一日がかりの催しでした。出演者は脳科学者の藤井直敬氏、下掛宝生流ワキ方能楽師の安田登氏、文化人類学者の船曳建夫氏で、和歌の研究者として私も末席に加わりました。私の役割は和歌の修辞技法についてお話をすることで、これは午前中に終わりましたから、午後はすっかり寛いだ気分になり、安田登さんのあとについて楽しく談笑しながら錦繍《きんしゅう》に彩られた庭園めぐりをしました。安田さんを囲む小集団の中に福田さんがいらっしゃったのでした。私を仲間に加えてくださった出演者のお三方、アーツカウンシル東京シニア・プログラムオフィサーの玉虫美香子さん、堀内宏公さんのご厚情に深謝いたします。

非力な私が、ここまで曲がりなりにも研究生活をつづけてこられたのは、二つの研究会のお蔭です。一つは、母校お茶の水女子大学の卒業生・大学院生の研究会であった「いさら会」です。会の活動期は一九八〇年代半ばから九〇年代半ばにわたる十年ほどで、月一回茗荷谷の国文学研究室に集まって、『後拾遺集』の輪読をしました。夏休みには箱根で合宿をし、一日中室内にこもって歌を読みつづけたあとで、高原の涼やかな夜空を仰いで夏の大三角形を探したのも懐かしい思い出です。この研究会において私は、和歌の研究のために不可欠なさまざまな基礎訓練を積むことができました。会を主宰し、私たち女子学生の一人ひとりに惜しみない愛情を注いでくださった犬養廉《きよし》先生、女性研究者として背筋を伸ばして立つ姿を示してくださっている平野由紀子先生に、心から感謝申し上げます。もう一つは九〇年代半ばから現在までつづいている「東京大学古代文学研究会」です。『古今集』や『源氏物語』について新しい問題意識をもって論文を書こうとするとき、つねにこの研究会での口頭発表が起点となりました。修士論文以来の指導教員である鈴木日出男先生は、言葉についての繊細で犀利《さいり》な分析と長い射程を見据えた文学史の構想とが、一本の論文、一人の研究者の中で両立し得ることを、身をもってお教えくださいました。先生に引率していただいた春の京都旅行で見たのが、私の生涯最高の桜です。また藤原克己先生には、研究という禁欲的な制度の中にあっても、文学に憧れる心を持ちつづけていてよいことを教えていただいております。二つの研究会で出会ったみなさまに敬愛の思いを捧げます。

そして、本書をお読みくださったみなさまに、心からの「ありがとう」を申し上げます。面白かったとお感じでしたら、次はぜひ『古今集』そのものをお読みください。本書で取り上げた歌は二〇〇首ほどにすぎません。『古今集』には素晴らしい歌がまだまだ沢山あるのです。つまらなかったとお感じでしたら、それはパートナーを僭称した私の力不足ですので、やはりぜひ一度本物の『古今集』をお読みください。

本書の原稿が私の手を離れていこうとしている今、無事に書き上げることのできた静かな喜びが心を満たしています。この小さな書物が、みなさまが『古今集』に親しんでくださる機縁となりますように。

二〇一八年　父の米寿の年の晩秋に

鈴木　宏子

主要参考文献

西下経一『古今集の伝本の研究』明治書院・一九五四年
久曾神昇『古今和歌集成立論』全四巻　風間書房・一九六〇～一九六一年
小沢正夫『古今集の世界』塙選書・一九六一年（増補版　一九七六年）
松田武夫『古今集の構造に関する研究』風間書房・一九六五年
藤岡忠美『平安和歌史論―三代集時代の基調―』桜楓社・一九六六年
奥村恒哉『古今集・後撰集の諸問題』風間書房・一九七一年
村瀬敏夫『古今集の基盤と周辺』桜楓社・一九七一年
山口博『王朝歌壇の研究　宇多醍醐朱雀朝篇』桜楓社・一九七三年
小島憲之『古今集以前―詩と歌の交流―』塙選書・一九七六年
奥村恒哉『古今集の研究』臨川書店・一九八〇年
菊地靖彦『古今的世界の研究』笠間書院・一九八〇年
島田良二『古今集とその周辺』笠間書院・一九八七年
鈴木日出男『古代和歌史論』東京大学出版会・一九九〇年
渡辺秀夫『平安朝文学と漢文世界』勉誠社・一九九一年
片桐洋一『古今和歌集の研究』明治書院・一九九一年
小町谷照彦『古今和歌集と歌ことば表現』岩波書店・一九九四年
平沢竜介『古今歌風の成立』笠間書院・一九九九年
片桐洋一『古今和歌集以後』笠間書院・二〇〇〇年

工藤重矩『平安朝和歌漢詩文新考―継承と批判―』風間書房・二〇〇〇年
鈴木宏子『古今和歌集表現論』笠間書院・二〇〇〇年
藤岡忠美『平安朝和歌　読解と試論』風間書房・二〇〇三年
犬養廉『平安　和歌と日記』笠間書院・二〇〇四年
徳原茂実『古今和歌集の遠景』和泉書院・二〇〇五年
平野由紀子『平安和歌研究』風間書房・二〇〇八年
平沢竜介『王朝文学の始発』笠間書院・二〇〇九年
鈴木宏子『王朝和歌の想像力―古今集と源氏物語―』笠間書院・二〇一二年
渡辺秀夫『和歌の詩学―平安朝文学と漢文世界―』勉誠出版・二〇一四年
近藤みゆき『王朝和歌研究の方法』笠間書院・二〇一五年

＊

増田繁夫・小町谷照彦・鈴木日出男・藤原克己編『古今和歌集研究集成』全三巻　風間書房・二〇〇四年

＊

窪田空穂『古今和歌集評釈』全二巻　東京堂出版・一九三五〜七年（新訂版　一九六〇年）
松田武夫『新釈古今和歌集』上・下　風間書房・一九六八年　一九七五年
竹岡正夫『古今和歌集全評釈―古注七種集成―』上・下　右文書院・一九七六年（補訂版　一九八一年）
片桐洋一『古今和歌集全評釈』全三巻　講談社・一九九八年
佐伯梅友校注『日本古典文学大系　古今和歌集』岩波書店・一九五八年
奥村恒哉校注『新潮日本古典集成　古今和歌集』新潮社・一九七八年

小島憲之・新井栄蔵校注『新日本古典文学大系　古今和歌集』岩波書店・一九八九年
小沢正夫・松田成穂校注・訳『新編日本古典文学全集　古今和歌集』小学館・一九九四年
高田祐彦訳注『新版古今和歌集』角川ソフィア文庫・二〇〇九年
小町谷照彦訳注『古今和歌集』ちくま学芸文庫・二〇一〇年
久保田淳監修・久保田淳・高野晴代・鈴木宏子・高木和子・高橋由記著『和歌文学大系5　古今和歌集』明治書院・二〇二一年

鈴木宏子（すずき・ひろこ）
1960年宇都宮市生まれ。1979年茨城県立水戸第一高等学校卒業。1983年お茶の水女子大学文教育学部国文学科卒業。1991年東京大学大学院人文科学研究科国語国文学専攻博士課程単位取得満期退学。博士（文学）。現在、千葉大学教育学部教授。専門分野は平安文学、和歌文学。2013年第14回紫式部学術賞受賞。
単著に『古今和歌集表現論』（笠間書院・2000年）、『王朝和歌の想像力―古今集と源氏物語―』（笠間書院・2012年）、共著に『後拾遺和歌集新釈上・下』（笠間書院・1996年・1997年）、『和歌文学大系18巻』（明治書院・1998年）、『和歌のルール』（笠間書院・2014年）、共編著に『和歌史を学ぶ人のために』（世界思想社・2011年）などがある。

NHK *BOOKS* 1254

「古今和歌集」の創造力

2018年12月20日　第1刷発行
2022年 3 月20日　第6刷発行

著　者　**鈴木宏子**

発行者　**土井成紀**
発行所　**NHK出版**
東京都渋谷区宇田川町41-1　郵便番号150-8081
電話 0570-009-321（問い合わせ） 0570-000-321（注文）
ホームページ　https://www.nhk-book.co.jp
振替　00110-1-49701
装幀者　**水戸部 功**
印　刷　**三秀舎・近代美術**
製　本　**三森製本所**

Printed in Japan　ISBN978-4-14-091254-6 C1392

NHK BOOKS

＊文学・古典・言語・芸術

※在庫品切れの際はご容赦下さい。